王小波　著

黑铁时代

北京出版集团公司
北京十月文艺出版社

新经典文化股份有限公司
www.readinglife.com
出 品

目录

大学四年级	1
黑铁时代	60
黑铁公寓	76
最灿烂的阳光	94
王仙客寻无双记	100
白银时代	151
鬼营	206
奸党与我们	222
一个愤世嫉俗的人	262
我不能说	267
今天早上	269
海鬼	278

寓言一	283
末日	288
小张	292
我曾经	294
那年秋天	298
不成功的爱情	300
《红拂夜奔》片段	305
《三十而立》片段之一	307
《三十而立》片段之二	309
《他们的世界》片段	319
《黄金时代》故事梗概	339
《东宫·西宫》的补充——形体与感觉	350
读周建《没有极限的科学——关于相对论三大实验验证的历史反思》文稿的眉批	357
《红拂夜奔》第六章说明	365
《万寿寺》写作笔记	366

王小波自书简介　　　367
附录　　　369

大学四年级

一

在大学里的第四年,以前空空荡荡的信箱忽然满了起来,我开始收到推销各种东西的邮寄广告:时装、皮衣、首饰、化妆品、成套的唱片、CD、LD、丛书、文库等等。有些东西过去买不起,有些东西人家不卖给我们;现在这些东西我都有了,堆在双层床的顶上。到目前为止,我还没付过钱,全是赊购。它们不仅是商品,还是我已经长大的证明。有一样东西人家在努力推销,我还没有买,那就是公寓的入住权。我今年已经二十二岁了,再有一年,就要毕业,搬出学生宿舍,住进黑铁公寓。以前的事情未必值得记述,对我来说,大学的四年级是第一个值得记录的年度。

所有上过大学的人,都必须住在有营业执照的公寓里。据说公寓里特别好，别人想住都住不进去。假如你生在我们的时代，对这些想必已经耳熟能详，但你也可能生在后世，所以我要说给你知道——假如有样东西人人都说好，那它一定不好，这是一定之理。我有一个表哥，开着一所黑铁公寓。我和他说，想到公寓里看看。他说，我正要搬家，你就不用过来了。他正要搬进我们学校对面的旧仓库，正在那里装修房子。闲着没事时我常去看看，但装修公司的人不让我进去，说是这种地方不准学生来看。我说我是业主的表弟，表哥让我来看看工程质量，他们才让我进去了。

我表哥的公寓里地下铺着黑色的水磨石，四壁上涂着黑色的油漆。整个楼层黑得一塌糊涂，看起来倒是蛮别致的。地面和四壁都做好之后，在装修公司的泛光灯照耀之下，这地方像个夜里开放的溜冰场。但这地方想要住人的话，就得隔成房间才对。后来他们开始打隔断——水磨石地面上早就留好了地脚，他们在地脚上竖起了若干铁柱子，在铁柱子之间架起了铁栅栏，又在铁栅栏上涂上了黑漆。一面做这些事，一面往里面搬粗笨家具。等到这些活做好了之后，这地方倒像个动物园，放着很多关动物的笼子。和兽笼不同的是，每一间里都有一个小小的卫生间，有床，有桌子，这就让你不得不相信，这些笼子是给人住的：狮子老虎既不会坐抽水马桶，也不会坐椅子。我在滑溜溜的地面上走着，冷风刺着我的耳朵。时值冬日，北风在拆去了窗框的方洞中呼啸着。工人正把这些洞砌起来，此后这里会是一所没有窗户的房子，不点灯会伸手不见五指。我想不明白，为什么就不能留着窗户。

我表哥的房子装修好了，他搬了过来，带着他的家具、杂物，还有六个房客。家具装在大卡车上，由搬家公司的人搬上楼去，房客装在一辆黑玻璃的面包车上，一直没有露面。那辆面包车窗子像黑铁公寓的窗子一样，装着铁栅栏，有个武装警卫坐在车里，还有几个站在了周围。等到一切都安顿好了，才把面包车的门打开，请房客们下车。原来这些房客都是女的。有两位有四十来岁，看上去像学校里的教授。有三位有三十来岁，看上去像学校里的讲师。还有一位只有二十多岁，像一个研究生，或者是高年级同学。大家都拖着沉重的脚镣，手里提着一个黑塑料垃圾袋，里面盛着换洗衣服，只有那个女孩没提塑料袋。她们从车上下来，顺着墙根站成了一排，等着我表哥清点人数。

我表哥搬家那天，北京城里刮着大风，天空被尘暴弄得灰蒙蒙的，照在地面上的阳光也变得惨白。有两位房客戴着花头巾，有三位房客戴着墨镜，其他人没有戴。我表哥说：老师们，搬家是好事情，大家高兴一点——这回的房子真不赖。但她们听了无动于衷，谁也不肯高兴。我想这是很自然的，披枷戴锁站在过往行人面前，谁也高兴不起来。我听说监狱里的犯人犯了错误时，就给他们戴上脚镣作为惩罚——这还是因为他们已经在监狱里，没别的地方可送了。我们不过是多读了几本书而已，又没招谁惹谁，干吗要戴这种东西。当然，给犯人戴的脚镣是生铁铸的，房客们戴的脚镣是不锈钢做的，样子非常的小巧别致。但它仍然是脚镣，不是别的东西。我表哥见我在发愣，就解释说：这不是搬家吗，万一跑丢一个就不好了——咱们平时不戴这种东西。我表哥像别的老北京一样，喜欢说"咱们"来套近乎，但我觉得他这个"咱们"十足虚伪，因为他没戴这种东西。这些房客里有五个戴着手铐或者拇指铐——这后一种东西也非常的小巧，像两个连在一起的顶针，把两手的大拇指铐在了一起。不过这也不是什么好东西，因为假如没有钥匙，不把大拇指砍掉是取不下来的，而把拇指砍掉了就会立刻成为残废。她们双手并在前面提着袋子，像动物园里的狗熊在作揖。我表哥又说：手铐出门时才戴，不是总戴着的。那个年轻的女孩倒是没戴手铐，双手被一条麂皮绳子反绑在了身后。她挺起胸膛，好像就要从容就义的样子。我表哥解释说：这位老师讨厌手铐，所以用根绳子。他还对我说，要是你将来讨厌手铐，或者对铁器过敏的话，也可以用根绳子——他是在和我说笑话。我听说癌病房里的病人总拿死和别人开玩笑，已婚的女人和未婚的女人间总拿性来开玩笑。但我觉得这个笑话十足虚伪，因为他自己并没有用根绳子嘛。所有公寓的人肘弯都扣着一根铁环，被一根铁链串在一起，只有我表哥例外，这件事让人看着实在有气。

有句话我们经常听说：知识分子是社会的精英——而我正要变成一个知识分子，或者说，一个精英。以前我听到这里就满意了,现在不满意。现在我觉得更重要的是:应该怎么对待这些精英。这些房客们都穿着郑重的秋季服装——呢子的上衣和裙子,这些衣服都是很贵的;脸上涂了很重的粉,嘴唇涂得鲜艳欲滴。只有一个人例外:那个年轻的女孩没有化妆。她穿着花格衬衫,袖子挽到肘上,那个扣住手臂的铁环被掩在袖子里。下襟束在腰带里,那条小牛皮的腰带好像是名牌。腿上穿着褪色的牛仔裤,脚下穿一双雪白的运动鞋。那条不锈钢的脚镣亮晶晶的,镣环扣在套着白袜子的脚腕上。背着手,姿势挺拔,四下张望着——她排在队尾。混在这样一群人里,她非常抢眼,我不禁盯住了她。她的领口敞开着,露出了锁骨和一部分胸口,随着呼吸平缓地起伏着。后来她转过身去背对着我——她的小臂修长,手腕被黑色的皮条纠缠着。有时她握紧拳头,把双手往上举着,这样双臂就构成个 W 形;有时又把手放下来,平静地搭在对面的手臂上。与此同时,别的房客低着头,一动都不动。直到一切都安顿好了,我表哥才说:好,进去吧。房客们从黑铁公寓的前门鱼贯而入,像一伙被逮住的女贼。那个女孩走在最后,她在我脚上踩了一脚,说:小傻帽儿!看什么你? 既然她说我是傻帽儿,想必我就是傻帽儿了,但她也该告诉我,我到底傻在哪里。我还想和她说几句,但她已经走过去了。电动的铁门哗啦啦地关上,把别人都挡在了门外。

二

我住的宿舍离学校的南墙很近,学校的南墙又和我表哥开的公寓很近,有一段南墙是砌锅炉的耐火砖砌的,黄碜碜的,看起来很古怪。墙下有窄窄的一条草坪,出了南墙就能看见,总没人浇水,但草还活着。草坪里种了一丛丛的月季,夏天草坪上满是西瓜皮。草坪前面是马路,过了马路就到了黑铁公寓门前。人们说,所有的聪明人都住在公寓里,住在公寓外面的人都不够聪明。聪明人被人像大蒜一样拴成一串,这件事却未必聪明。你知道吧,这世界上最不幸的事就是:吃了千辛万苦,做成一件傻事情。

黑铁公寓是一座四四方方的混凝土城堡,从外面看起来是浅灰色的,但它名副其实,因为它里面非常的黑。在高高的天花板上,亮着一盏遥远的水银灯,照着这间宽大的房子,好像一座篮球馆内部的样子,但是这里没有篮球架子。从底层的中央乘升降机到达四楼,你会发现自己在十字交叉的通道的中心。每条通道通向一个窗子,窗子的大小刚够区别白天和黑夜。在通道两边,雕花的黑漆铁栏杆后面,就是黑铁公寓的房间——房间里的一切都一览无余,你怎么也不肯同意,像这样的小房间可以要那么多的房钱。但是人家也不需要你同意,他们径直把你推进其中的一间,然后你就得为这间房子付钱了。隆冬时节,黑铁公寓里面流动着透明的暖风,从铺在地面上的橡胶地毯上方流过,黑铁公寓里面一尘不染，多亏了有效的中央空调系统。这里有第一流的房间服务——一日三餐都有人从铁门上的送饭口送进来。从这个口子送进来的还有内衣和卫生纸、袋装茶和袋装咖啡——在动物园里，人们也是这样给笼养的猛兽送东西，只是不送袋装咖啡——住在这个笼子里，你大概也用不着别的东西。这个地方过去是座旧仓库，现在是黑铁公寓。打听了这所公寓的房钱之后，我得出了这样一个结论：这黑铁公寓可真是够黑的。

经过深思熟虑，我在表哥那里打了一份工。大学四年级功课不忙，现在放寒假，我又需要钱。至于为什么要到表哥那里打工，我也说不清楚：深思熟虑的结果往往就是说不清楚。上工的头一天，我表哥说道：咱们这里什么都好，就是少了一样东西——他让我猜猜是什么。我想了半天没有想出来，他告诉我说：这里有七个房间，但只有六个房客，所以少了一个房客，空了一个房间。四〇二室就是空着的。算数我是会的，但我没有注意过这件事。我倒注意到他说到空了一间房时看了我一眼，我马上就感到不舒服。他让我想想该怎么办，我又没想出来。他告诉我说：应该去买一个来。原来房客还可以买卖。这件事我不知道，想不出来也怪不得我啦。他打电话请人来替班，我们俩开车去了房客市场。这地方在中关村路口，食品商场二楼。最早是电脑市场，后来是股票交易所，现在卖人——什么能赚钱就卖什么，用我表哥的话说，什么牛× 这里就卖什么，这话把我逼入了两难境界。如果说房客，也就是社会的精英,是不够牛×的货物,我没法同意,这等于说我也不够牛×。但若说他们是牛×的货物,我也不喜欢——谁也不愿被比作一个牛×。

市场里熙熙攘攘,有很多摊位,每个摊位上都拴着好几个很牛×的货物,穿着打扮和我表哥的房客搬家时差不多,但每人手里都有一把折扇,假如有人来问,就打开来遮着脸,隔着扇子和他说话——看起来像日本的艺伎。假如人成为商品,就应该遮着脸。

你未必去过那个房客市场,但你早晚是要去的:不是作为买主,而是作为货物。这间房子很高,没有天花板,在透光的塑料瓦中央有一个长方形的天窗。从底下看上去,天窗就像个亭子,或者说,像一道长廊。盯着它看得久了,脑海里还会冒出些木字边的中国字:"榭""枋"之类;这些建筑都是木头造的,但现在天然的木头很少了,这个天窗是角铁焊出来的。你正看得出神,忽然手上一阵冰凉。低头一看,眼前是一件黑皮夹克和一个秃头,他正把戴着黑皮手套的手放在你手腕上。当然,你是货物,对方是主顾。此时你如梦方醒,连忙用扇子把脸遮上。对方问道:你是干什么的?你要告诉他,是学中文的,除了从口袋里掏毕业证给他看,还要告诉他:我每月都有作品在刊物上发表。对方小声嘟囔道:这才几个钱哪。然后他后退半步,上上下下打量着你,摇摇头说:你该减减肥了。为了回答这种轻蔑,你要挺起胸膛,收紧肚皮,刷地把扇子一收,朗声说道:大家评评理,我这样子难道还算胖吗?有人给你鼓掌,都是卖主。有人嘘你,都是买主。有人一声不吭,都是货物。所有的货物都一声不吭,抬头看着天窗。

我表哥说,有些公寓的房客多房间少,有些公寓房客少房间多,互相之间需要调剂。这是合乎道理的,但此地交易的方法实在古怪。看好了货以后,把他带到市场中心的公平秤那里,卸掉了手铐脚镣,脱掉外衣和裤子,往磅上一站:论斤约,每斤一百块。不管秃顶大胖子还是苗条小姑娘,都是这个价钱——就算是卖肉,也该分个等级。要是有什么争论,也都围绕这分量。买主指着房客说道:早上你给他揣了不少吧?这是指早饭而言。卖主则说,甭管揣了多少,你看看现在都几点了。这就是说,现在已经过了十点,早饭都消化了。我觉得这种买卖方法实在太笨,禁不住嘟囔了出来。我表哥听到了,就问我:照你看,应该怎么卖?我就提出了一个公式:用房客的收入乘一个权数,加他的预期寿命(这可以从他的健康状况估计出来)乘第二个权数,减掉他的消费。我表哥听了就说:扯淡。像你这么会算账,我都该进公寓,还开什么公寓呢……还是得论斤约!这话听得我目瞪口呆,因为它包含着精深的道理:有件事情你看着很笨,但别人都那么做,那就是因为不这么做就要倒霉——有这么一条,一切聪明与笨都要倒过来说。我表哥一点都不笨,甚至还可以说很精明——像这么精明的人却没有考上大学。也许这另有内情,但我不敢想下去了。

从理论上说,我表哥是个文盲。他受过九年义务教育,但所有的功课都是零分，既不识字又不会算数。像这样的人才能开公寓，因为他不会和房客串通一气。实际上没有比这更虚伪的事了：现在哪有文盲呢。就拿我表哥来说吧，他不仅会算数，而且三位以下的加减法心算起来比我还要快。他还有阅读的嗜好，床底下的纸箱子里放了那么大一堆话本小说。在市场上他看过了一个待售房客的文凭，回过头来问我：表弟，这个词是什么意思，A-N-T-H-R-O-P-O-L-O-G-Y。气得我差点骂了出来：别装孙子！你要是不认识这个字，这么长一个单词，怎么能拼得一个字母都不错呢？

我说表哥精明，还表现在他知道买大胖子不值。这种人不光是压秤，而且往往有一身的病，有时会犯心脏病，有时会中风。不管犯了哪种病，结果总是一样——用他的话来说，叫做"砸在手里了"。他专找苗条的人打听。终于找到了一个苗条小姑娘，看样子不超过四十公斤，明眸皓齿，虽瘦精神却旺盛，大概在三十年之内不会有砸在手里的问题。他很中意。一问职业，却是个画家。我表哥就嚷了起来：画家不要！都是穷光蛋，扔在街上都没人捡！女孩很受打击，蹲在地下就哭起来了。我也蹲下去安慰她——她说自己毕业一年多了，每天都被牵出来卖，不得安生，也没法工作。要是今天再卖不出去，回去就自杀——但看她的样子不像是当真的。她一眼就看出我不是个买主，就问我是学什么的。我说是学应用数学的。她说你没这个问题——专业好，人又瘦，会很好卖。想到自己好卖，稍微有点得意，过了一会儿，又连打几个寒噤。

三

一般以为，有学问的人聪明，必须把他们关进公寓里，没有学问的人比较笨，让他们在外面跑跑没有什么——这个看法是错误的。有学问的人往往很笨，没有学问的人反而很聪明。这是因为假如学问会给人带来好处，聪明人就不会不要它，或者有了学问也不让你知道。因为这个缘故，黑铁公寓里的房客就是一伙傻瓜，但她们都以为公寓里有个比她们还大的傻瓜，那就是我。

每天早上我要从床上爬起来，送四〇三室的房客去上班。这张床放在公寓的走廊里，紧贴四〇三室。这位阿姨身材颀长，肤色黝黑，刚起床时头发乱糟糟地垂在脸两旁，像个印第安人。洗漱之后，她要把头发编成一根辫子。在我看来，这比任何一种发式都要麻烦。然后她又给脸化妆，这段时间也是非常的漫长。我还没有活到等女人的年龄，所以禁不住催促道：阿姨，能不能快一点？她答道：小表弟，不要急嘛。我要去上班。有两件事使我感到不快：第一，我不喜欢她强调自己要上班。在这所公寓里，只有她要上班，因为她是银行的职员。第二，我不喜欢她叫我表弟——我不是她的表弟。弄完了脸以后，她取出一叠衣服：外衣放在下面，内衣放在上面，都叠得整整齐齐，脱掉身上的梳妆袍，仔仔细细地穿戴起来——古代的武士上阵前披挂也没有她仔细。她穿的是一套暗色的男式西服，里面是薄薄的毛衣，所以显示出婀娜的曲线。我没看见她的大衣在哪里，看来她不准备穿大衣。今天外面在刮西北风，最高气温是零下十度。有句老话叫做"爱俏不穿棉，冻死不可怜"。我没有提醒她外面冷。既然是冻死不可怜，我可怜她干什么。

四〇三室的阿姨终于穿戴整齐，戴上了耳环，隔着铁栅栏让我看"可以不可以"。我答道：很可以。就打开铁门走了进去，手里拿了一个黑色的公文箱。这回轮到我问她可以不可以。她叹了一口气，把手伸了过来——这不是公文箱，而是一种手铐的式样。我怀着暗藏的快意，把她的双手铐在皮箱的把手上。

北京的三环路两旁的人行道上有一些铁柱子，以前我不知道是干什么的。早上有些铁柱边上有人，一只手拿着一张报纸在看。此时北风正烈，会把报纸吹走。吹走了一份，他会从大衣口袋里拿出另一份。在旧报纸飞走之后，新报纸展开之前，你会看到他的一只手被铐在柱上的一个铁环里。这就是黑铁公寓的房客，在等上班的班车。我把四〇三的房客带到过街天桥下，那里有一根铁柱子，是银行的班车站。此时我穿着一件破旧的蓝棉大衣，把头缩在领子里，从口袋里掏出一条铁链和一把大锁来，说道：伸伸手，阿姨。只要她一伸手，我就可以把铁链从她腋下穿过去，往铁柱子上一套，把她锁在这里，然后我就可以回去睡懒觉——班车司机有开锁的钥匙。但是她不伸手，反而把双臂夹紧说：你陪陪我。我偏过头来，看着她，用很不讨人喜欢的口吻说道：为什么呀？这座天桥底下是个风口，别的地方刮着五级风，这里有七级。四〇三的房客跺着脚，把双手缩在袖口里，往四下看着，忽然把嘴凑到我耳畔说道：我怕在这里碰上性骚扰。这倒是个使我不能推托的理由。我往四下看着，看到几团废报纸神速地呼呼飞过，没看到有人经过。现在没人不等于总没人，我不好意思就这么溜掉。

早上六点钟，黑铁公寓笼罩在一团黑暗的温暖里。虽然这里总是这么黑，但人的生物钟还在起作用，所有的房间里没有一丝声音，大家都在睡着。我睡在走廊的行军床上，被一阵刺耳的闹钟声吵醒，然后一盏雪亮的泛光灯直射我的面门。我像蝙蝠、像猫头鹰一样，讨厌这种突如其来的白光。四〇三室的房客在白光下起身，脱下身上的睡袍，在卫生间里出出进进。我和她说过，换个红色的暗室灯就不会这么晃人。但她瞪着我看了好半天，然后说道：红灯怎么成？我要化妆。我要去上班，不化妆怎么成？我无话可说，只能眯着眼睛看她出出进进。她的样子当然无可挑剔，否则也不能在银行里做事。但我总觉得她小腹那里黑蓬蓬的一片，像生了一个大黑痣——起码那地方就难看得很。后来在马路边上，我心里一直想着那个大黑痣，对她的种种暗示就无动于衷——她在我身边不停地跳着脚，说道：冷啊，冷。我知道她的意思：她希望我把这件蓝色的破大衣解开，让她钻进来。但我不肯这么做：我不愿担上性骚扰的恶名。

早上七点钟，灰白色的街道变成了淡蓝色，路边的楼房的墙壁出现了红色的光斑。这个红蓝两色的世界只有一个寓意，那就是冷。我从桥底下探出头去，看到天空明亮，空气透明。风在割我的脸。四〇三室的房客转过身去躲避迎面来的风，她忽然叫道：你看。我转头看去，见到一个小个子，身穿一件破旧的军棉袄，双手揣在袖子里，从桥边走过。我没看到他的脸，只看到那一头乱发像板刷一样竖着。他走起路来一拐一拐的，看来小时缺钙给了他一双O形腿。我想他是一个四川来北京打工的民工。开头我不知道她叫我看什么，后来想起了她说自己常在等车时遇到性骚扰——这就是她说的骚扰者吧。我在心里冷笑了一下说：别扯淡了，人家会骚扰你吗？

我表哥常常关照我说，要尊重房客。起初我觉得这种叮嘱是多此一举：我自己将来也是房客，我会不尊重自己吗？但后来发现这不是多此一举，在天桥底下四〇三喋喋不休时，要不是想起了表哥的叮嘱，我早就出言顶撞了。她说到银行里的种种好处，不但发工资，还发东西：香水、唇膏、山美子牌的内衣（看来她穿在里面的就是山美子了，样子是有点怪，但她不说我是看不出来的），还发香烟，我表哥抽的骆驼牌香烟就是她们那里发的。这种烟是用土耳其烟草手卷的——我说我表哥这两天怎么满身的鸡屎味，原来是她祸害的。我不喜欢听到这些事，这可能是因为银行不雇数学家。但我也不是冷酷无情之辈：听到她说话声发抖，我几次想把大衣脱下来替她披上，但马上又变了主意——她又说到那家银行是外资的，有不少外籍职员，也许有天嫁个外国人，就可以出国，不住公寓了。我不喜欢听到这些话，也许是因为我是个男人，不做变性手术没人肯娶我。到后来，我听到她牙齿在打架，已经在解大衣的纽扣，但这时班车开来了，这个善举就没有做成。班车紧贴着马路牙子停下，前门打开，戴太阳镜的司机低头看看外面，说道：啊哈，有人送啊。四〇三马上就振作起来，一面往班车上爬，一面说道：可不是吗，我们管理员的表弟，在我们这里打工——那辆班车方头方脑，所有的窗口都钉了铁条，叫人想起了运生猪的车——在车门关上之前，她对我说：晚上早点来接我，别忘了。我答应了一声，心里却在想：我要是能把这事忘了才好呢。

我想把接四〇三房客的事忘掉，但没有成功：我才二十二岁，忘不掉上课，忘不掉交作业，也忘不掉去考试，单把这件事忘掉，有点说不过去。但我磨磨蹭蹭，迟了二十分钟出门，我想这是说得过去的。走在路上我又在想心事，这就不可能走快。总而言之，走到天桥底下，天都快黑了。远远看到她抱着铁柱子站在那里。我表哥说：这种铐人的方式叫做恋人式，取人柱相亲相爱之意。

但这种方式很不好,没给房客留任何的颜面:挺体面的人,当街搂根大柱子,算干什么的嘛。有些房客会想:你既不仁,我也不义——假如他身手敏捷,就会设法爬上柱子,从柱顶逃掉。当然他也没地方可去,最后还得回公寓,但先让你着一宿的急。四〇三室的房客当然没有能力从柱顶逃掉,但这么铐着她也不好:天气这么冷,铁柱又没什么暖意。我赶紧脱掉大衣,走过去披在她背上,一面说:阿姨,我来晚了,对不起对不起。一面在各个口袋里搜索公文箱的钥匙。此时天色已暗,桥底下更黑,看不到她的脸——能看见我也不敢看。她低声说道:你能帮我擦擦鼻子吗?我当然能。她鼻子下面有好长一溜清水鼻涕,三层手绢都挡不住寒意。我说:鼻涕够凉的。她哼了一声,听不清楚是哭还是笑。

晚上我陪四〇三的房客回公寓,我走在她的身后。这也是表哥关照的:他说,你刚得罪了房客,千万别走在她的前面。在苍茫暮色中,她显得瘦小了很多,按说披上了一件棉大衣应该显得高大一些。走着走着,我觉得心里热辣辣的,禁不住说:刚才你碰到性骚扰了吗?她说道:刚才没有——从声调里听不出什么来。我又问:刚才没有什么时候有?她说:白天,在银行里。我说:那就不该怪人家民工。她叹口气说:是啊是啊。声音没精打采的。这可是少见的事,在所有的房客里,就属她总是精神抖擞。后来她踮起脚来,带着哭声说道:坏小子,还不快来暖暖我!她想让我钻进大衣,搂着她让她暖和一点。这件事也是我的日常工作。

但我不肯去,还说:阿姨,这可是性骚扰。她终于哭了起来,说道:你干吗这么和我过不去?我不过是爱慕虚荣,没做什么坏事呀!

四

我表哥终于买到了中意的房客,但不是在市场上买的。但这件事说起来话就长了,暂时不必提起。寒假里,有一天下了雪。我表哥没在公寓里,他带房客散步去了。这本该是我的事情,但我回学校去听报告。那天下午他在办公室里喝茶,看到四〇一号的红灯亮了起来。红灯连闪了两下才熄灭了,这表示住户想要出去散步。此时办公室里只有他一个人。他把脚从桌子上拿下来,穿上大头靴子,套上他的黑皮夹克,从办公室里出去,走到四〇一门前,看到里面的女孩已经准备停当:她把头发束成了马尾辫,脸上化了淡妆,穿着白色的衬衣,黑色的紧身裤,脚上穿着长统皮靴——看来她已经知道外面在下雪。她手里拿了一个白信封。这间的管理员是个秃顶的彪形大汉,他从皮带上提起钥匙串,把铁门打开。此时那个女孩把信封塞到他上衣口袋里——信封里是小费。管理员说:用不着这样——然后又改口道:用不着现在给。但是钱已给了。管理员看了一下这间房子:这里的每一样家具都是黑色的,黑色的矮床,床上罩着黑色的床罩,黑色的钢管椅子,黑色的终端台上，放着黑色的PC机——机器是关着的。一切都收拾得井井有条，用不着他尽督促、管理之责。正如他平时常说的，四〇一的房客最让人省心。桌面上还有一个黑色的瓷杯子，里面盛着冒气的热咖啡。管理员建议道：先把咖啡喝了吧。那个女孩没有回答，只是面露不耐烦之色——这位房客虽让人省心，但是很高傲。于是他走向那张几乎看不见的黑皮沙发，叉开双腿坐了下来，然后那个女孩走到他面前，站到他两腿之间，然后转过身去，跪在地板上，把双手背到身后。管理员在牙缝里出了一口气，俯下身去，用手按住她的后脑，让她把头低得更低，直至面颊贴到冷冰冰的地板，然后从袖筒里掏出一根麂皮绳索，很熟练地把她的双手反绑在身后——我说的这件事发生在黑铁时代，黑铁时代的人有很多怪癖。这位管理员像一位熟练的理发师在给女顾客洗发，一面缠绕着绳子，一面说：紧了说话啊。但那个女孩没有说话——看来松紧适中。等到捆绑完毕，他把她扶了起来，转过她的身子，左右端详了一番，看到脸上没有沾到土，头发也没有散乱，就从衣架上拿起黑色的斗篷，给她围在身上，系好了带子。随后他又看到墙上还挂有一顶黑色的女帽，就把它拿到手里，想要戴到她的头上。但那女孩摇了摇头，于是他又把帽子挂在墙上，然后打开了铁门，让她走在前面，两个人一起到漫天的大雪里去散步。

我在表哥的办公室里坐着时，桌面上的红灯也会亮起来。他已经告诉过我，红灯亮是房客要散步，还告诉了我应该怎样做。

我站起身来说：表哥，我去。我表哥犹豫了一阵，在扶手椅里艰难地侧过了身子，从腰上解下了钥匙串，和袖筒里拿出的皮绳绕在一起扔给我说：对人家客气一点——最好叫声阿姨。这种关照是多余的，虽然她比我大不了几岁，我乐意叫她阿姨。我走到四〇一室门外，里面的女孩瞪大了双眼看着我，大概没想到会是我。我开了铁门，走到她的面前说：阿姨，我表哥叫我替他。她又发了一会儿愣，然后叹了口气说：讨厌啊，你。就转过身来，把双手并在一起。我坐在终端椅上，用那根皮绳把她的手反绑起来。平时我的手是挺巧的，但那一回却变得笨手笨脚，捆了个乱七八糟，而且累得两只手都抽了筋。办好了这件事，我站起来，拿了斗篷，笨手笨脚地要给她围上，又被她呵斥了一句：笨蛋！你先把我的衣领竖起来！后来我把斗篷给她披上了，带她出了门，到外面的小公园里去散步——那是在初冬的早晨，天气干冷干冷的。大风把地面上吹得干干净净。至于天上，就不能这么说。每个树枝上都挂着一个被风撕碎了的白色塑料袋，看起来简直有点恶心。

　　四〇一的房客想让我表哥带她去散步，不想让我带她去，我以为她是爱慕虚荣。对于女人来说，爱慕虚荣不算个毛病。我不会爱任何一个不爱慕虚荣的女人。那天晚上，四〇三的房客，那位银行的职员，检讨说自己爱慕虚荣，我听了以后钻进了那件棉大衣，抱住她说：别哭了，阿姨。我喜欢你。她听了马上就破涕为笑，说道：坏小子，别撒谎了。我知道你喜欢谁。四〇一的房客神态傲慢，姿势挺拔，我当然喜欢她，这是明摆着的事。四〇三告诉我说，她是刚进来的，所以这个样子，过上一段时间就和大家一样了，但我不信。四〇三知道我说喜欢她是撒谎，还是叫我搂着她，走完了到公寓的路。我对她没什么意思，但也喜欢搂着她。看来这个谎言很甜蜜。过去皇宫里宫女和太监谈恋爱，大概就是这样的吧。

我和四〇一室的女孩在公园里，她在长椅上坐下来不走了，我站在她面前，搓着手——我穿得单薄，感觉到冷了，尤其是耳朵上。就这么过了一会儿，她忽然说道：你在这里干什么？我告诉她说：我在这里打工。她说：到哪儿打工不行，偏偏要来这里——真讨厌啊，你。我说我在上大学四年级。她说：那又怎么样——口气很噎人。我说：照你看，我应该看都不来看看，径直就住进来？她说：这是你的事，我怎么能知道什么应该什么不应该。我说：你不喜欢我，所以就说我讨厌。要是我表哥你就不讨厌了。听了这话，她皱起眉头来说：混账！然后又说：谁告诉你的？这不是明摆着的事吗，还用人告诉。她发了一会儿愣，然后对我说：你坐下吧。我在她身边坐下来。她接着发愣。又过了一会儿，她说：要是你乐意，不妨搂着我。我就搂着她，过了一会儿才说：这不算性骚扰吧。她笑了起来，说道：油嘴滑舌，讨厌啊你。然后把头放在我肩上了。

我在表哥这里打工，他给我一本《公寓员工守则》。那上面第一条就是：禁止对房客进行任何形式的性骚扰。但所有的人都没把这一条当回事。人都被看起来了，还说什么不准骚扰，简直是胡扯。要是公寓里换两个女的来看管，这些房客肯定要造反，因为她们不是同性恋者。这个小公园本是管理员和房客散步的场所，她不把头靠在我肩上，反倒显得不自然。她在我肩上伸直了脖子，说了一声：不准讨厌啊！就把眼睛闭上了。以后我就成了她打盹的枕头。因为我喜欢她，就心甘情愿地被枕着，肩膀压麻了也没说什么。

黑铁公寓的管理员终身生活在皮革的臭味里，他们必须赤膊穿皮衣，请不要以为这是种好受的滋味。我就不肯这样穿衣服——到了热天要起痱子，冬天衣服里又是冷冰冰的。假如他是男人，就必须是条彪形大汉，脸相还要凶恶。像这样一位管理员在雪天带着四〇一小姐在公园里散步，此时天上降落的雪和米粒相似，有时大块的雪还会从杉树枝上跌落下来。公园里空无一人，他跟在小姐身后从松软的雪层中走过，同时在心疼脚上的皮鞋。小姐在一棵树前站住了，他也趁机从口袋里掏出一盒烟来。就在此时，她转过身来，径直走到他面前说：我也想吸一支烟。此时他面临着抉择：他可以说，不要吸烟，吸烟对身体没好处。他还可以不回答径直走开，这些都是管理员对待房客的方法。但他从烟盒里取出一支揉皱的骆驼牌香烟递了过去。小姐笑了一下，说道：谢谢，我想抽自己的，在斗篷里面的口袋里。管理员把自己的烟收了起来，俯身撩开她的斗篷到里面找香烟。

这件斗篷的里面异常的深,他在里面翻来覆去,终于找到了一盒红色的硬壳坤烟,从中取出一支放进嘴里,然后把烟盒放回口袋里,为小姐整理好斗篷,系好颈下的带子。把一切都整理好之后,他取出自己的打火机,点燃了这支香烟,吸进了一口带有荷花苦涩味的烟——这种味道使他联想到女人阴部的气味,所以他不喜欢这种烟。他把这口烟全都喷了出来,然后很熟练地把香烟掉过头去,放到小姐嘴里——此时他细心地关照了一声:用牙咬住,不然会掉的。而小姐也闷声说了声谢谢。她转过身去,在公园里继续漫步,直到天色变暗,她感到心满意足时,才回到黑铁公寓。她很喜欢今天的雪——可惜的是,不是每天都下雪。管理员跟在她的身后,他的时间也在一分一秒地过去。在内心深处,他感到无奈。但他知道,必须理解房客,尤其是在这天地一色的天气里。外面一片洁白,你却待在漆黑的屋子里,这种处境让人想到失去了的自由,因而变得心痒难熬。你不能光想着收房钱,有时也要迁就一下房客的心境——管理员就是这么想的。他还想道:好在不是每天都下雪。这件事发生在雪天,这个管理员是我的表哥。

五

从前,有位二十三岁的女孩子,一个有才华的音乐家,收到一纸通知，说她已被判定为专门人才，是国家的宝贵财富。因此她必须搬入一家领有执照的公寓，享受保护性的居住。乍一拿到这纸通知，她像别人一样感到天旋地转，还觉得世界末日已经来临；或者说，像从医生那里知道自己得了癌。但她很快又镇定了下来。她也像别人一样，注意到通知末尾那一行字：在二十天之内，她拥有选择住入哪家公寓的权利；过了二十天，当局就要替她行使这种权利，代她指派一个公寓，这样的公寓必然又贵又不好。所以她也像别人一样匆忙地利用了这个权利——把京城里每一家公寓都看了一个遍。实际上，要选择一个终生居住的地方，二十天是根本不够的。但她也和别人一样，对自己最后选定的地方深感满意——这主要是因为，她不满意也搬不出去，除非她住的公寓赔钱，把她卖给别的公寓。她住的这家公寓实际上只有一个管理员，此人同时又是经理、主要股东、法人代表等等；中等身材，长得很结实，头顶光秃秃，粗糙的脸上有很多面疱留下的疤痕。起初她很害怕此人的模样，后来就不可避免地爱上了他——但也不一定是真的爱上了。到了雪天，她要请他带她出去散步……如你所知，这个女孩住在我表哥公寓的四○一室里，这个管理员就是我的表哥。他身上有股鱼腥味，脸相凶恶，主要是因为他的眉毛很浓。我和我表哥都是自由的，但他将要自由下去，我却自由不了多久了。这是很大的区别。想起了这件事，我就会觉得万念俱灰，找个借口不去上班。下雪那天我该在公寓里，但我扯谎说学校里有事，就没有去。

除了我们学校对面的公寓和我表哥这样的管理员，黑铁公寓和管理员还有别的模样。比方说，有这样的公寓：从正面的大铁门进来时，身后照进来灰色的天光，你可以看清眼前是一大片四四方方的空场，地上满是尘土、旧玻璃、陈年发黄的废纸，还有大片干涸了的水渍，靠墙的地方堆放着拆成了木板的包装木箱，靠墙的地方有些粗铁条焊成的小笼子，看起来和马戏团用来搬运狮子老虎的笼子没什么两样。隔着铁栅栏，可以看见里面放着大大小小的包装木箱，有些小木箱上放着棉垫子，这就是椅子，有些中等木箱上放着蛇形管工作台灯，这就是桌子。有人坐在这样的椅子上，从嘴里呵出热气，去温暖手上的冻疮。还有个大木箱铺着肮脏的棉门帘子，在门帘下面露出发黄的旧报纸，这就是你睡觉的床。被推进一间空置的笼子里时，假如发现角落里有干硬的陈年老屎，你千万不要感到诧异。等到电动的大铁门隆隆关上时，头顶那些蒙满了尘土的天窗玻璃继续透入半透明的光线，这地方原来是旧车间，现在是黑铁公寓。所以这个故事又可以重新讲述如下：

当办公室里的红灯亮起来时，管理员把腿从桌子上拿了下来。她拿出一面小镜子照照自己的脸，这张脸的上半部盖着一层绿色的刘海，嘴唇涂得乌黑。她对自己的样子感到满意，就放下小镜子，披上黑皮上衣，从办公室里走了出去。她在走廊上歪歪斜斜地走着，弄出很大的声音，来到四〇一室的门外，哗啦啦地打开铁门，大声大气地问道：要干什么？这就使待在里面的人几乎不敢说自己要干什么。此人是个肤色苍白的秃顶的大汉，低头看着自己的鼻子，唯唯诺诺地说道，想出去散步。那女孩说道：讨厌。从自己腰带上解下一副手铐放在桌子上说。自己戴上，然后就一头闯到卫生间里去了。于是他就像戴手表一样，很仔细地自己把手铐戴在手腕上，然后瞪着大眼看卫生间敞开的大门——门里伸出两只穿着皮靴的脚，还能听到一种湍急细流的响声。这个男人按捺着心跳，等着他的管理员。在黑铁公寓里，管理员总是人们关注的中心，哪怕她正坐在马桶上撒尿……她从卫生间里走出来，一面系黑色皮裤上的腰带，一面喘着粗气，端详着面前的男人。后来，她从衣架上拿下一件黑色的长袍，像用包装袋套住一台高大的仪器，把他罩在袍里（这件长袍没有袖子，只有两个伸出手来的口子，但已经缝死了），用黑布的头罩把他的头套住，只留下一双眼睛在外，就像伊斯兰国家的妇女，这样带他出去散步。上述两个故事发生在同一时间，但地点稍有不同——黑铁时代有不止一所黑铁公寓。有些人必须住在黑铁公寓里，因为他们太聪明。这个男人像一个会行走的黑布口袋一样跟在绿头发的管理员身后。他爱她，依恋她，因为她是自由的。

我们学校对面原来是一片工业区，现在破败了，长满了荒草。有很多厂房、仓库，现在都空着。原来人们也没发现这些房子有什么用场，后来他们发现这里可以办公寓。短短几个月，有好几家黑铁公寓搬了进来，眼看这里要成为一个公寓区。下午时分，我从窗口往外看，看到有两对人从不同的大门出来。一对是我表哥，带着四〇一的房客，他们往西面走了。穿过一片平房区，走过一座久已废弃的铁路桥，运河对面有个小公园。还有一对往东面走，这条路的尽头有条竖着的街，那条街叫做市场街，街上有个农贸市场——往那个方向走比较热闹。那个绿头发管理员我认识，最早时她在我们学校食堂里卖饭，后来有一阵子她在农贸市场上摆烟摊；连账都算不清楚，而且喜欢说个"操"字。我也认识那个秃头——他在市场街上修过手表。和别的修手表的不同，他不是浙江人，而是本地人。这个人说话文质彬彬，不像个手艺人。他还托我到学校书店里买过书，买的什么我已经忘了。四〇一的女孩走在我表哥前面，姿势挺拔；秃头跟在绿头发的身后，弓着腰。我从窗内看着，不停地擦去窗上的呵气。玻璃上有一大片水，后来留下了一片白蒙蒙的污渍，和白内障病人的眼珠很相似。

六

绿头发的女管理员总用手指挖鼻孔，除了其状不雅，还会使手指甲开裂。她走起路来就像一个醉汉一样东歪西倒，说话声音粗哑,但是她很温柔。四〇一的房客,那条秃顶大汉和她出去散步,在街道上走了一会儿,就说:咱们到啤酒馆去坐一会儿吧——我请你。那个女孩想了想说:好吧——下回我请你——其实不管谁要请谁,都没有下一次了。于是他们来到一家熟识的啤酒馆,在一个僻静的车厢座里并肩坐下,要了两升啤酒,把头发染绿的管理员抬头看了看,没有人在注意他们,就撩起他的风帽,把啤酒杯端到他嘴前喂给他喝。桌子上有一碟花生米她一粒粒地拣给他吃,还说:小心点,别咬了我的手。假如驯兽员养了一只海狮,她就会这样喂它东西吃,也会关照海狮别咬她的手——驯兽员对海狮就是这样温柔。此时啤酒馆里静悄悄,好像没有几个人,但这只是一种假象。啤酒馆里其实有很多人。

忽然之间,一伙大汉好像从地里冒了出来,拥到了桌前,用一根裹着胶皮的钢筋棍子把染绿了头发的管理员打晕,架起了穿黑袍的房客就走。后者是一条彪形大汉,但因为双手被铐住,无力抵抗。他能做的只是努力回头看倒在地上的女孩,但架住他的那些人说:快走吧,没你的事——她死不了的。他轻声答道:我知道。但又问了一句:你们不会把她打坏吧?她会不会得脑震荡?对后一个问题,劫人的人回答说:不知道。与此同时,他在别人的挟持之下飞奔着——这地方和黑铁公寓很近,被人撵上可不是闹着玩的。当天晚上,他就被卖掉了——请不要从字面上理解这件事。办公寓的希望有房客,而假如没有什么政策上的变化,房客就不会增多。所以就有了这样的事：有些人把某家公寓的房客劫走，介绍给另外一家——当然，这是要收钱的。这些人被叫做房客贩子。菜贩是蔬菜的来源，正如房客贩子是房客的来源。买卖房客只是改变他的住址，这和买卖人口是两回事。

  劫走了秃头的房客贩子们把他拖到农贸市场附近，塞进一辆小四轮拖拉机的拖车里，在他身上盖了一床肮脏的棉门帘——这样这辆拖拉机就像一辆运菜的车，而他就像一堆容易冻坏、必须盖上的蔬菜。在拖拉机开走之前，人家又把棉被撩开，很客气地问道：先生先生（大家都知道，住公寓的都是有文化的人），嘴里要不要塞东西？秃头想了一下，皱起眉头来说：不用塞——我不叫唤。就把头缩回棉被之下了。棉被下面虽然暖和，但有一大堆白菜。房客贩子们尊重被劫者的意见，就没有塞他的嘴。贩子们只对管理员坏，对房客是很好的。与此同时，绿头发的管理员在地上醒了过来，感到头很晕。她看到自己的房客不见了，就赶紧回去叫人，去追那些房客贩子。此时她的样子不大好看，满头满脸都是血。后来才知道，她的后脑勺上打了一个大包，很久都不能平躺着睡觉。

  我说过，我请这个秃头修过表，他还托我买过书。后来才发现，他还是我的老校友。他读的也是数学系，只比我高六级。但他没有念到毕业，念到大三，说是得了神经衰弱跟不上功课，就退学了，躲在市场街上修手表。和他同年的学生一个个都进了黑铁公寓，他还在修手表。看到我到市场街上来，戴着大学的校徽趾高气扬的样子，他心里免不了要暗自得意，还觉得我是望乡台上唱山歌，一个不知死的鬼。直到后来他被办事处的人堵在修表亭子里，人家拿出一纸公文，告诉他说：根据新规定，你读过三年大学，也算个知识分子，应该住进公寓里。当时他还很不虚心，对来人大叫大嚷说：不该有新规定。此人身体健壮，躲在亭子里负隅顽抗，别人拿他也没什么办法。直到那个绿头发的女孩拿出一样东西给他看，并且说道：你想跟我们走呢，还是想被它在头上敲一下，然后再被我们拖走？那东西是根铁管子，有一头套着浇花的胶皮管子，很有分量，足可以把人打晕过去。秃头被她说服，跟他们走了，来到了办事处办的公寓里。他很感激她，因为她也可以不说服，径直就来打他一下。后来就是她管着他，所以他对她百依百顺，很有感情——这些事情都是后来这秃头亲口告诉我的。

天黑以后，四〇一室的小姐和管理员乘电梯回到自己的楼层，他把她带进自己的办公室，为她解去斗篷，忽然把她推倒在办公桌上。如前所述，她的双手被反绑在身后，无法支撑身体，这下几乎把脸磕破。管理员一手握住她脑后的马尾辫，另一只手拉开抽屉，从里面拿出一把大剪子，嚓嚓几剪，就把她的长发剪短，剪得乱蓬蓬的像一个鸟窝。这意外的暴力早把女孩吓呆了。假如管理员的剪子停不住，就会把耳朵剪掉。她赶紧呜咽着说道：知道，我在衣服里藏了烟。管理员更加心平气和地问道：烟应该放在哪里？女孩说，应该放在办公室，要抽时出来抽。管理员说：看来你知道自己犯的错误，这就省得我费嘴了——还有一条，你最好别抽烟。这样身体会好。说完了这些话，他把女孩带了出去，带到楼层中央的十字路口，这里有个矮矮的圆笼子，看上去像个字纸篓。管理员打开了笼子上面的锁，把女孩塞了进去。她在里面蜷着身子，就像母体里面的婴儿。管理员把笼门锁上——这是一把定时锁，和银行金库用的相仿——管理员说，等到锁开了，你自己出来，到办公室里找我，看看该拿你怎么办——说完就走了。剩下那个犯错误的女孩，在笼子里尽量坐直，等着面颊上的泪自己干掉，等着笼门上的锁自己打开。在黑铁时代，人们总是在等待着什么。

在黑铁公寓，女孩缩在笼子里，已经睡着了，又被一阵杂沓的脚步声惊醒。一伙穿黑色皮衣的人拖来一个裹在黑布长袍里的男人。那个女孩没有看到他的脸，但是闻到了他的气味，并且嗅出了他是一个男人。住在黑铁公寓的人嗅觉都很灵敏。他们把这个人拉进了四〇二室——那间房子原来是空着的，把他推倒在床上，然后出来锁上了门。此人从床上挣扎起来，追到门口来，从袍袖里伸出双手来说：你们先把我的手铐打开了啊。那伙人里为首的转了回来，看看他戴着手铐的手，态度很好地说道：你先忍忍，明天早上我们找锁匠——你还有张合同要签。然后他们都走开了。

新来的人撩开长袍上的风帽，甩掉头发上的白菜叶子，环顾四周。这地方和他以前住的地方相仿：高高的天花板上悬着一盏水银灯，照着黑铁的笼子，唯一不同的是眼前有个圆形的小笼子，其状像鸟笼，里面有个女孩，双手反剪着缩成一团。他朝她笑了笑说：Hi——这是什么地方？女孩答道：这里是黑铁公寓——你住的是四〇二室。那男人苦笑着说，还是黑铁公寓，只是从四〇一搬到了四〇二——这倒不足为怪。生在黑铁时代，不住在黑铁公寓，还想住在哪里？又过了一会儿，那女孩忽然想表示一下礼貌，就说：Hi——我就住在四〇一。我们是邻居。现在她有了个男人做邻居，但是并不开心。因为她觉得此人身上的气味不好，是一股铁腥气。她皱了一下鼻子，那男人马上就察觉了。他道歉说：不好意思，我身上味儿不好。不能怪我——我们那里几个月洗不了一次澡。女孩说：这里好多了。卫生间里可以洗淋浴。那个男人走进卫生间，发现果然如此，而且喷头里流出的还是热水。虽然如此，这里还是黑铁公寓，说不上哪儿比哪儿更好。而且他还戴着手铐，根本不能洗澡。他又走回门边，看看对面笼子里的女孩，清清嗓子说道：想不想聊聊？女孩把头扭开，轻声说道：还怕以后没的聊——别聊了吧。谁也不想被装在一个笼子里，反剪着双手和别人聊天。但她马上又改变了主意，把头转回来说：好啊，聊吧。但是，在黑铁公寓里又能聊些什么呢。

对于以上事件，我还可以补上几句：下雪那天傍晚，有人在街东头的啤酒馆里打翻了一个管理员，劫走了一个房客，装在拖拉机上,转了一圈转到街西口,把他卖给了我表哥——此时我在场,因为房客贩子在门口用对讲机和他谈生意时,我表哥打电话叫我过去,还让我带着点家伙:和房客贩子打交道,谨慎一点可不是多余。于是我到了公寓外面,后腰上别着一把黑市上买来的钢珠手枪,站在马路对面的人行道上。我表哥见我来到,就把门打开,让那帮人进来,上了楼,把劫来的人送进房间,然后给了他们钱,让他们出去。在此期间我一直远远地跟在他们身后。这种一前一后的架势给他们一定程度的威慑。等到把这帮人打发出了门,我表哥对我说:干得不坏。我们表兄弟俩就到办公室里去喝咖啡。

又过了不一会儿,原主,也就是那个绿头发的女孩,给我表哥打电话,说她那里丢了一个人。我表哥说,这个人在我这里,但是我花了钱。对方也就无话可说。过了一会儿,她又问:那帮劫人的家伙是什么样子?我表哥说:四个人,穿蓝色的旧工作服,开一辆"冀"字头的小四轮拖拉机,往京石路上走了。对方说:谢谢,欠你一个情。就把电话挂上了。我表哥也把电话挂上。我想这四个人要糟了。绿头发的那伙人肯定要开着卡车去追。拖拉机跑不过汽车,追上他们肯定要倒大霉——后来京石路边上就翻了一辆拖拉机,烧得黑漆漆的。车厢里散放着四具黄磣磣的骨头架子,上面一点肉都没剩,像啃过了一样——也不知怎么烧得那么干净。我表哥知道了以后,对我说:该!就该这么整。让他们知道知道,在河北撒野成,北京容不得他们撒野。后来才知道,北京城里常能见到外地来的房客贩子，开着小四轮拖拉机、农用汽车，还有各种可怕的交通工具来推销他们的货色。公寓管理员、警方等有关人士完全知道他们是些贼，到京城来销赃，但只要他们不在本地犯案，就睁一只眼闭一只眼。这是因为北京是文化城，需要他们贩来的货物。把外地的知识分子贩到北京，对此地的繁荣有益。但假若他们敢在此地作案，就对他们毫不客气——一定要让他们知道，在京城作案是死路一条。那些骨头架子知道了这些没有，却没法问了。

过了漫长的一刻，也许已经到了早晨吧，管理员来到四〇二室，带来了一纸合同。秃顶的男人双手接住那张纸，眯起眼来凑近了瞧了一会儿，说道：看不见——我没戴眼镜。别人告诉他说：看不见没关系，你先签了吧，有什么问题以后还可以修改——这种话总是在骗人时说的。被骗的人知道这一点，但没说什么，乖乖地签了字。等到管理员走开时，他对笼子里的女孩说：这里好像不错——起码还肯骗骗我。那个女孩没有回答，只是歪着头。那男人关切地说：你哪里不好？女孩转过头来，想了一会儿，终于直言不讳地说道：我憋了尿！那个秃顶男人就去按了铃。管理员来了以后，问明了情况，把笼子打开，把女孩放了出来，解开她的双手，让她进了卫生间。她方便以后，重新化了妆，换了一件衣服，跪在地下，被反绑好双手，然后又钻进了那个鸟笼子——等到管理员吹着口哨走远之后，她抱怨了一句道：都是你多事——这回就不知什么时候才能出来了！

七

有关我就要失去自由这件事，我表哥告诫我说：你别太拿它当回事。我觉得他说得太轻巧。我表哥这么想得开，他怎么不进公寓里当个房客？听了这话，他说：我不是想住都住不进去吗？这又是一句气人的话。我听了以后不想理他，但他还要理我，说道：表弟，处在你这种地位，想把自己气死是很容易的。他说的也有道理。我想了想，强把心头的火气散去——虽然我也知道，这最后一句话也是在气我，但我只好听他的劝。与此同时，被关在鸟笼子里的女孩终于等到了那激动人心的一瞬：笼门上的定时锁咔的一声，门自己敞开了。她挪动着坐麻了的肢体，从笼子里艰难地钻了出来。能够离开这座小笼子还不是激动人心的原因——离开了小笼子还要走进大笼子——激动人心的是她总算是等到了什么。此时大概是午夜。在灰蒙蒙的水银灯光下，她朝前走去，一直来到了办公室门前。这扇门是开着的，她用肩膀推开门走了进去。管理员仰坐在扶手椅上，脚跷在桌面上。这张桌子是黑色的终端台，和她自己房间里那张一模一样。这间房子里还有一些黑色的钢木家具，和她自己房间里的也是一模一样，但这里明亮一些。管理员把腿从桌上拿下来，说道：到时间了？那女孩点点头，走上前来，转过身去，让他解开捆在手腕上的麂皮绳子。如你所知，绳扣过了夜，变得异常的结实，根本解不开。管理员把女孩拉近了一些，但绳扣还是解不开。他伸开了大腿，让女孩坐在他的腿上，女孩就坐下了，坐得笔直，就如一位淑女坐在抽水马桶上，身上散发着荷花的苦涩味。这种气味使管理员感到一定程度的兴奋，他用一只手解绳扣，另一只手绕过了她的腰，从衬衣下面伸了上去，伸向她形状精致的乳房——她的皮肤逐渐变得粗糙了，很快出现了粟米状的颗粒，不言而喻，那是一些鸡皮疙瘩。管理员把手抽了出来，问道：你讨厌我？那女孩轻声答道：不讨厌，但我害怕你。管理员说：这就好。害怕我是应该的，讨厌我就不好了。他还给她把衣服整理好。不管怎么说吧，绳扣总是解不开的，最后管理员拿起一把大剪刀，嚓的一声把绳子剪断了。女孩马上站了起来，揉着自己的手腕。管理员说道：回去吧——你的房门是开着的。进去以后把它撞上。女孩向房门走去——猛然转过身来说道：你可以去再买根绳子——记在我的账上——还有，我对新来的房客宣传过你的公寓了。

　　管理员确实对房客们说过，你们都是老房客了，有新房客来时，多宣传宣传咱们这里的好处。四〇一的女孩照他的嘱咐办了——我们说过，她告诉秃头说，这里有热水。但他不喜欢她说话的方式。"我宣传过你的公寓了"这样太直露。他喜欢大家把房客和管理员的关系理解为一种合作关系，但是谁也不肯这样理解这种关系。

他还希望房客不要说"你的公寓",而要说"我们的公寓"。他在每个笼子里挂了一个牌子,上面写着:请勿乱抛碎纸,爱护你自己的家。但房客都把牌子扣过来挂着。我表哥虽然不高兴,拿他们也没辙。后来,他把牌子都摘掉了。

我表哥告诉我说,他喜欢女房客,女孩管着省心。他的房客都是些女孩,管起来是省心,可惜她们收入有限:有的是教师,有的是艺术家,没人挣大钱。开公寓的收入除了房钱,还可以按一定的比例从房客的收入里收取管理费,这一算我表哥就很亏了。后来有了这个秃头,我表哥就赚了。这家伙在网络上开了家软件公司,我表哥听了就说:在网络上开公司——很牛×呀你。秃头很谦虚地说道:很一般——不牛×,不牛×。但是一查他的账,发现确实牛×。表哥倒没收他什么管理费,只是请他做自己的合伙人,把他的全部钱,还有全部收入都拿来入了股。秃头也无话可说:反正住在公寓里,要钱也没什么用处。我表哥还说,你要钱时管我要。那秃头也没管他要过。连网络的月费都不管他要,这一点实属可疑。表哥对我说,看来秃头有私设的小金库。这也不算什么了不起的狡猾,要是我在表哥这里住,也要私设小金库。

这个秃头最早住过的公寓设在一座放蔬菜的土库里。这座土库在北京西面的一条运河边上,那时有道高高的土岭,有人说是元大都时代遗下的土城。不管是不是吧,那土岭的土质异常的坚硬。土库挖在光秃秃的土台里,土台周围有几小片菜地,一片乱糟糟的小树林，再远处才是新建的高层建筑。总而言之，那是都市里很难得的一片荒凉地方。夏天的傍晚，那位后来染绿了头发的管理员会走进土库去找那个秃头，手里拿着一根细长的铁链子，打开铁笼的门，把铁链套在他脖子上说：走，秃头，陪我去游泳。此时秃头可能在干各种各样的事情：在台灯下修手表（有一段时间他靠修手表来挣公寓的房钱），看编程序的书，或者是用最便宜的线路板拼凑一台PC机——不管在干什么吧，他马上要扔下手中的事情跟她走，否则就会被链子勒死。管理员身上穿着花花绿绿的尼龙游泳衣，手里拿着塑料垫子、浴巾、消闲的妇女杂志，很快她就把这些东西随地抛撒，而秃头不等东西落地都一一接住，捧在手里。这位管理员对房客性别的看法和表哥完全相反，她说：我喜欢男房客，男房客管起来放心。

河边有片沙地，沙地中央有棵白杨树，到了这个地方，管理员取出一把将军不下马的锁来，把秃头像一只奶山羊那样锁在树上，把钥匙挂在脖子上，一头扎进河水里去。秃头待在岸上百无聊赖，就蹲在地下扒沙土。每逢有人偶尔骑着自行车经过，他就低下头去，用湿沙子堆筑城堡、坦克，还有一切童年堆筑过的东西。有时候那位骑车人还会从车上下来，走下斜坡，一直走到秃头面前蹲下问道：哥们儿，你丫玩的这是什么性游戏？秃头把脸别转过去不回答。这位骑车人又站起身来，对河里的管理员大声说道：姐们儿！你们玩得够野的啊！管理员只顾游水，也不理他。那个人见没有人管理，只好艰难地往堤岸上面爬，嘴里还说：我行我素，目中无人，我真服了你们了。然后他就骑上自行车走了。有时候这位过路人实在磨磨蹭蹭，管理员就在水里大喝一声道：别讨厌啊！他是我们的房客！过路人听了，瞪上秃头一眼，说道：我还以为是干什么的，原来住公寓的！他朝秃头脸上啐了一口，然后就走掉了。

在岸上百无聊赖时，秃头经常在把玩项上的锁链。那条链子是公寓里的人自己做的，用铁丝弯成环，再用电焊机把缺口焊住，就做成了一条铁链，做工实在是很糟，链环七大八小，焊点七扭八歪，还尽是虚焊。样子更是别提有多难看了。把这样的链子套在脖子上实在丢人，后来秃头买了一瓶黑油漆，把它油了一遍，这回好看多了。只可惜油漆是劣质货色，经常掉色，常把他脖子染得漆黑。等到秃头当了网络工程师，挣了一些钱，就买了一条尼龙链子。这东西乌黑乌黑，看上去像是铁的，但又轻又暖，而且异常坚固，永远也挣不断，但这是以后的事情。当时发生的事情是，管理员在水里游够了，爬上岸来，把系在树上的链子解开拿在手里说：你也游游。秃头打量着自己——他穿着一件无领上衣，一条肥大的裤子，是用看不出脏的黑色合成纤维布料做成的（那种布看起来油脂麻花的，表面凸起了很多线头，结实得很，但穿在身上非常不舒服），说道：我没有游泳裤。管理员往四下看了看——我说过了吧，这里比较偏僻——说：有什么关系呢？你是男的啊。他想了想,说道:是啊,我是男的啊。就把上衣脱了下来,在身上乱抓了几把,然后又解开了拦腰系着的布带子,就跳下水去。管理员坐在岸上,手里抓着那根链子,那链子有五六米长——她看上去像个放风筝的人。秃头的水性很好,一切人类游泳的姿势都能运用自如,所以他就采用了被拴住脖子时最适用的一种姿势:狗刨式,打出很多水花,把头高高地扬在水面上。

等到他游够了爬上岸来,管理员已经给自己铺好了垫子,戴上了太阳镜,躺在垫子上打起瞌睡来。秃头想去把衣服穿上,但管理员已经把铁链绕到自己脚上,链子因而变短,够不着衣服了。他只好在管理员身边蹲下,看上去像一只很乖的狮子狗。管理员一觉醒来,看到的情形就是这样:秃头蹲在地下,双膝紧靠在肩膀上,双手抱着膝盖,阴囊下垂,阴毛披挂在阴茎周围,像个芋头,天几乎已经黑透了。此时她大叫一声道:好啊,打道回府!

秃头过去待过的那所公寓是办事处办的。众所周知,办事处是城市里最低一级的行政单位,什么好事都落在后面。这家公寓就办在了菜窖里,也拉不来好的房客。所以他们把自己管辖范围内一切有点文化的人都抓了起来,关在菜窖里。就说这个秃头吧,他只念过两年多师范就退了学,在街口修手表,也被抓了起来。这些乱七八糟的人被关进了菜窖,反倒奋发上进,开了不少高科技公司,公寓的收入大增,从菜窖搬进了废车库——这位秃头说得很坦白:既然修手表都免不了被抓,倒不如发点财,让自己也过得好一点。等到有了钱，秃头就给自己买了一条尼龙锁链，买了皮革的护腕和护踝，还买了一块假豹皮苫在腰间。出门时，他戴上黑皮面具，让管理员用不锈钢手铐把自己反铐住，用锁链牵住脖子，就可以理直气壮地上街了。不管被谁看到，都可以理直气壮地说自己是个性变态，不用说是见不得人的公寓房客了。管理员经常牵着他逛街，给自己买东买西；秃头也有机会到处去遛遛。这里面的道理很简单：有钱就可以买到自由。管理员牵着他走到街口的公共厕所，递给看门的三毛钱和链子的一头，说道：大娘，替我牵着点。看厕所的看看秃头，说道：带进去吧，没人见怪的。然后管理员去上厕所，他在屋角蹲着。有个小女孩走过来说：大叔，可以往你脸上撒尿吗？他还可以理直气壮地回答道：这不是我的爱好——我们在此说到的，就是自由。管理员上完厕所回来，问他道：你撒尿吗？秃头想了想，答道：撒。于是管理员把他带到抽水马桶边上，撩开那张豹皮，取出他的把把，对准了马桶说：尿吧。秃头红着脸说，你拿着我不好意思，尿不出来。管理员就说：没关系，没关系，尿吧。为房客服务，是我们的责任嘛。说得这么好听，你要是没有钱，她肯定记不得自己有这种责任。然后，秃头就在管理员手里尿了起来，他感觉自己像个小孩子，不像个男人。因为这个管理员，秃头对那个公寓很满意。但是后来他被人劫到了另一家公寓里，此后就没有这种待遇。后来我或者表哥带他上街，只管撩起豹皮，就让他尿，谁也不给他拿着，有时尿到了腿上，有时尿到豹皮上,弄得他骚烘烘的。他对这种前景很有一点感慨。假如他的邻居肯听的话,他想要说一说,但她总是不像要听的样子。如果他执意要说,她就让他说上两句,然后用一句评论来打断他:你觉得自己太重要了。听了这样的评论,秃头先是愣上一下,然后同意道:是啊,我觉得自己太重要了。然后就不说话了。

我说过的吧,我表哥新买来的这个秃头原来是个牛×人物,除此之外,他还是个君子,所到之处与人方便,很少给人添麻烦。他在网络上开了一家软件公司,用户经常打电话、发电传,问他软件的问题,他也不厌其烦地解释着。无奈有些用户实在太笨,怎么解释也不管用,这时他就要亲自去一趟。如果就在本市,那还好办,要是外地,就得发个特快专递,把他自己寄过去。我送他上邮局办有关手续,开着我表哥的吉普车。这辆车的特异之处是在挡风玻璃后中央有个大铁环,可以把房客的一只手铐在上面,我和秃头出去时就是这样的;还有一个特异之处在于房客的座位比驾驶座矮很多,秃头坐在我身边,比我矮了半个头,他东张西望,嘴里哼着一支不知所云的歌。

有关我表哥的这辆吉普车,还有些需要补充的地方:它是蓝色的,既没有顶篷,又没有门,但车上总带着一块大苫布,到了地方就把它苫上。我表哥出门时总带着一个房客,他说是帮他算账——我表哥是个文盲,但只在理论上是这样。实际上他能算账,三位以下的加减乘除算得比我还快。他还有阅读的嗜好,喜欢看话本小说，床底下纸箱子里有老大一堆。虽然如此，他还是老问别人：这是多少啊？或者是：这上面说些什么？用他自己的话来说就是：总得装装样子吧。当然，我表哥带房客出门，不光是要她算账——我和他出门时，也坐在那个座位上，我表哥常常下意识地把手放在我大腿上。

我和秃头上邮局，帮他办有关手续。手续相当烦琐，除了填单子，还要打手印，照相片，留血样，万一他在邮递的过程中逃跑了，要靠这些资料把他追回来。这些手续办好后，邮局用三十天不褪色的荧光染料在他额头、手背、前胸等部位盖了章，上面写着：邮递物品，交回有奖，藏匿有罪。万一他跑掉了，别人看到这些印迹，就会把他逮送回来。他长叹一声对我说道：出门受罪啊，小老弟。在这座公寓里，只有秃头真正把我当小老弟，这让人感到亲切，又让人感到绝望。我说：你也可以不出门，没人逼着你去。他说：那怎么成？我不能让用户失望。办好了这些手续，就要把他装箱——当然是装寄人的专用集装箱。我和他在邮局后面的库房里，看着传送带上运来的三个箱子。箱子有大号写字台那么大，是深蓝色的，绘有 EMS 标志，顶面漆成黄色，侧面有箭头，有大字，写着此面向上。有两个巴掌大小的窗户。打开椭圆的箱门一看，里面衬有塑料衬垫，有个大箱子占了四分之一的空间，人可以坐在上面，箱里有个化学马桶；顶上有盏不碎的节能灯。里面当然不舒适也不宽敞，但若只待四十八小时，看来还能坚持得住。三个箱子都是这样的,但装箱的小姐还是说道:挑一个吧。这位小姐穿着绿色的制服。戴着绿色的大檐帽,可是穿了一双雪白的运动鞋,色调不协调。秃头挑也不挑,就朝头一个箱子里钻进去了——但他被小姐制止住。这位小姐抬起腿来,用脚尖钩住了秃头的胳臂:邮局的小姐的脚像功夫师的那样灵巧,看上去真是怪怪的。她厉声喝道:穿着衣服就钻进去吗?这话不但让秃头意外,连我都感到意外:我手里提着一条黑色的塑料垃圾袋,秃头的全部衣服鞋袜都在里面,除了他身上那条破破烂烂的内裤。他直起身来,说道:连裤衩也脱?以前不是这样啊。那小姐只说了一句:衣服和人分着邮。别的就懒得再说了。他只好把裤衩也脱了下来——他那个东西真是大极了,垂在两腿之间老大的一嘟噜。小姐看了不好意思起来,飞腿去踢他的屁股,说道:还不快钻进去——他妈的,怎么能这么大。秃头的屁股上留下了一个黑色的鞋印,这使我感到不快。也不知道为什么,我竟会有这样的想法:这个人是我送来的,要踢也得踢我啊。所以我就瞪着那个小姐,把她瞪跑了。好在邮局里人多,瞪跑了这个还有别的。

躲在箱子里,秃头领到了邮寄途中的给养:一袋饼干、一瓶矿泉水。他还要求邮局的职员给他一个坚固的塑料袋子。邮局的人给了他袋子,还说:一听就知道你是个专递油子。我想这是指他常被邮寄,颇有经验而言,所以就请教他为什么需要这个袋子。他说:首先,这个化学马桶里盛的不是专用的药剂,而是颜色相近的蓝墨水——这原因很简单，药剂贵，墨水便宜；用墨水来代替药剂，有关人员就能赚钱。其结果就是屎屙到马桶里还是屎。其次，集装箱外面写着顶面朝上，但在运输的过程中哪面都可能朝上。马桶里的东西全会洒出来，他可不想吃到自己的屎。至于袋子派什么用场，他还没有讲到，邮局就要发货了。秃头钻进那个箱子，别人把门关上，上了锁，打上铅封，他就被寄走了。过了几天，用户把他寄了回来，集装箱送到我们公寓里时，果然是侧倒着的。我们把箱门打开，他从里面钻了出来：此时他已经变成了个蓝色的人，手里紧握着一袋自己的屎。虽然出门是如此不便，但他还是经常出门，一会儿把自己寄到海南岛，一会儿把自己寄到吐鲁番，去给用户排忧解难。他的脸上身上都盖满了戳记，就像一封到处旅行的公文。秃头就是这样的。我受他精神的感召，虽总要送他去邮局，也不觉得麻烦。

八

我一直等待住在四〇四室的房客有事叫我，最后总算等到了机会。我到她门外时，她已经着装完毕，等着我带她去散步。隔着铁栅栏我对她说：我是你的学生，猜猜看我是谁？这位老师是近视眼，留着一头短发，穿着无袖的长裙和绒线衫，把嘴唇涂成了褐色。她一直教我们班,从一年级的数学分析教到了现在。我认识她,在闭路电视上天天见到。她不认识我,也不知道我叫什么名字。她眯着眼睛看了我很久,终于叫了起来:你的拓扑考了七十五分——你这个小傻帽。我的脸忽然阴沉了下来。她说得很对,我的拓扑是考了七十五,这说明我是个小傻帽。但我还是很不高兴,冷冷地说道:请你转过身去,背着手。然后我开门进去,握住她背着的手往上提,压低她的脖子,使她跪倒在地板上,然后从腰上取下手铐,冷冷地说道:对不起了,老师。我把她反铐了起来。

我的老师已经四十六岁了,嘴角处有很深的皱纹,但远看是看不出来的。因为她生得娇小玲珑,看起来比较年轻。我带她上公园,心里想着自己在学校里的事。数学系的功课很难,而且一年比一年难,有很多人都被刷掉了。上学期我的拓扑考了七十五,还不是补考时得到的。这不仅是这门课的全班最高分,也是自我们入校以来的全班最高分。为了这门课我经常熬夜,但被老师称作傻帽。我想着这件事,隐隐听到老师在叫我。我不想答理她,就装作没有听到。后来她用肩膀撞了我一下说:喂!叫你傻帽你不高兴了?这是不言而喻的,所以我没有回答。她又说:不要生气。你还傻得过我吗?这话说得有道理。这位老师是数学博士,我们刚入学时,她是副教授,现在是正教授——这些都是她比我傻的证明。我的火气正在散去,同时也注意到,虽然年龄大了一些,老师依然是有魅力的女人。

我和我的数学老师坐在公园的长椅上。老师披一件半长的呢子斗篷,戴一顶黑色女帽——这身装束很时髦。傍晚时分,天上飘落着零星雪花,公园里游人稀少。我把她抱了起来,放在自己身上,让斗篷搭在自己肩上,在里面抱住她的身体。老师很柔顺地躺在我身上:除了是个有魅力的女人,她还是个讨人喜欢的房客,像住四〇二室的秃头一样。她穿着一件紧身的绒线衫,束在腰带里,双手被反铐在身后。那副手铐是防弹尼龙做的,上面有一行小字:"Made in U.S.A."。我用手指捏住绒线衫,问道:"老师,可以吗?"开头她说:随你的便。这话使我感到冷淡,所以我就僵着不动。她后来又说:没什么不可以的。这话又让人感到振奋。我把她的腰带松开,把绒线衫从腰带里拽了出来,把手伸向老师赤裸的身体。虽然皮肤略显松弛,老师的身体依然美好。在我的爱抚下,起初她保持着矜持的态度,后来就哭了起来,说道:别这样对待我。我说:我爱你呀。她说道:你以为我会相信吗?我把手缩回去,同时说道:不信就算了。老师又说:别,就这样吧。我很仔细地抚摸了各个地方,然后替她束好衣服,就如一个小孩打开属于自己的糖盒子,取出一颗糖,然后把盒子仔细盖好。她使我兴奋不已,因为她不是一般的房客,她是我的老师啊。

有关我的老师,还要补充说,在小学里我有好几位老师,在中学里我有更多的老师,但在大学里只有一位老师,每一门功课,从一年级的分析到三年级的拓扑都是她教,而且一门比一门更难。

至于考试题目，简直是匪夷所思的古怪刁钻。考完之后，你会在电子信箱里收到必须补考的分数，加上一首骂人的打油诗："你是一个无脑汉，两耳之间屎一团……"假如你有这样的老师，自然也会对她有极深的感情。后来在公园里，我把她抱在怀里时，她也承认自己是存心整我们，理由是："眼看一群小傻瓜，死命念着傻功课，就觉得气不打一处来！"既然小傻瓜里有我一份，我听了当然不高兴。然后她就安慰我说：别不高兴——你们谁也没傻过我。现在落到了你手里，想怎么弄我就弄吧。听了这样的话，我马上替她束好衣服，理好头发，整理好项上束的丝巾（在公寓里干了这些天，我做这些事已经很内行了），把她扶在我身边坐好道：老师，我怎么会弄你？我是尊敬你的。她静坐上一会儿，又把头靠在我肩上，脸上却已经潮湿了。在黑铁公寓里，尊敬就是最大的虚伪，虚伪就是最大的轻蔑。我怎么能这样对待我的老师呢？我把她抱在怀里，吻她冷冷的嘴唇、松弛的下巴。与此同时，我一点都不爱她——这也是虚伪，但比尊敬要好多了。

九

我表哥很早就开始歇顶，还不到三十岁，头顶就光秃秃的了。假如所有的头发都掉光还好一点，偏偏在额头上方还剩了一小撮黑毛，看上去像过去小孩子留的盖头，或者是早年间彝族人留的那种天菩萨；还可以说，他有一撮卓别林式的小胡子，可惜长得不是地方。要是一般人头秃成了这样，肯定要把这撮毛剃光，免得别人看到他时发笑。但我表哥没有这样做，他身上有股狠劲儿，叫别人笑不出。他自己也爱和别人说个笑话，别人听了也只好苦笑一下——住在黑铁公寓里，谁敢不买他的账。只有四〇一的房客敢不买他的账，听了他的笑话，把小嘴一瘪，小声说道：无聊。我表哥听不到，就算听到了也不以为忤。虽然表面上对她严厉，但他喜欢她。这也不是什么难想象的事，假如你是公寓的管理员，又会喜欢谁呢。

晚上我到公寓里，在办公室里看到我表哥，他正在愁眉苦脸，好像刚拔了牙一样。他瞪着死鱼眼睛看了我好半天，忽然解下钥匙串扔给我说：你去告诉四〇一，让她在一号等我。一般来说，一号是指厕所，但黑铁公寓里没有一间房子是专门的厕所。看我表哥的样子，他好像无心给我详细解释。我拿了钥匙到了四〇一室门外，对里面说道：我表哥叫你到一号等他。那女孩对此看来已经有些精神准备，因为她没在终端台前，而是坐在床上等待着。听了这话，又问了一句道：去一号，是吗？我点了点头。她往四下了看，说道：你转过身去。然后，在我身后就响起了窸窸窣窣的衣服声。这时我问道：哪儿是一号？那女孩懒洋洋地答道：你不知道，是吗？——我可不是不知道嘛。

假如你认识我，一定会说我有点呆头呆脑。这也不足为怪，假如你像我这样总在盘算着，一定也会呆头呆脑：我一面在黑铁公寓里出出进进，观察着这种生活，一面又在盘算逃开它的办法。说老实话，要逃还是有办法逃的，天涯海角，地方很大。但我逃到哪里都没有身份，怎么谋生可是个大问题。打个比方说，我可以跑到山西去，找个私人开的小煤窑，下井去背煤——窑主看到我有胳臂有腿有脊梁，肯定会满意，多半不会向我要身份证件，但是干这种事还不如住进公寓。我正在想这些事，忽然听到有人在敲身后的铁门。回头一看，四〇一的女孩站在铁门前：她上身着一个无肩带的黑色胸罩，下身着一条黑色三角裤，脚下穿着一双塑料拖鞋——她的皮肤非常之白。她简单地化了一下妆：涂了嘴唇，还画了眉毛，手里拿了一条浴巾。我把铁门打开，她走了出来，在我肩上拍了一下说：走啊，上一号。这时我以为一号必然是桑拿浴室。此时她脸上红扑扑的，很是兴奋，但假装轻松，吹着口哨——但不大会吹，噗噗的。她带我走到一个小门前面，让我拿钥匙打开门，里面是间灰蒙蒙的房子——从地面到天花板都是裸露的水泥。我不知道还有这间房子。地中间有张木板床，是用很厚实的木板钉成的。但是这间房子不是桑拿浴室——这里面太过凉快了。她走到床前，愣了一会儿，把浴巾铺在床上，然后就趴了上去，把手脚都伸直，对我说道：来，把我的手脚都拴住。这时我发现这床上钉有一些皮带。我把她的手脚都拴住以后，她

49

又说：把背带解开。我把她胸罩的背带解开了，然后就不知做什么好——我发现这女孩的腰很细，身材也很苗条，但这不算什么新发现。忽然之间，这间房子里响起了我表哥的声音，但我表哥又不在房子里。这件事又让我愣了一愣，然后才想到，这间房子里必然有暗藏的对讲设备。

实际上，这间房子里不但有对讲设备，还有暗藏的摄像机：我们的一举一动表哥都能看到。我表哥叫着我的小名：小×，给阿姨用酒精擦擦背。女孩听了咻地笑了一声，说道：原来是小×啊。而我在东张西望地找酒精。女孩说：在床底下。笨蛋，往哪儿找。床底下果然有个广口瓶，盛了半瓶酒精，还有一大包脱脂棉。我拿酒精棉球在她背上涂时，她在看自己的手，先看手心，后看手背。擦着擦着，我表哥就进来了，双手窝着一根黑色的藤条。他的脸涨得通红，不尴不尬地咳嗽着。女孩也抬头看我表哥，急促地说道：别打屁股，打了就不能坐——我还有事没做完呢。与此同时，她羞得满脸通红。看来我表哥要打这个女孩，在这种地方也不是什么不能想象的事情。但他们俩都很不好意思，既然如此，还不如不打呢。表哥走到了床前，说道：这件事不能怪我——是你自己招的祸。女孩打断他说：要打快打吧，别说教了。此时我躲到门外去，用牙咬着指节，开始盘算在这件事里我扮演的是什么角色。

我表哥从那扇门里出来时，已经恢复了正常的样子。他看了我一眼就走开了。我走进那间房子，看到她在板床上，把身体伸直，面侧向门口，脸上红扑扑的，一副若有所思的神情。在她背上有八道血痕，排列整齐，间隔划一，但我没敢仔细看。我走向前去，解开她手脚上的皮带，同时问道：打得厉害吗？她很冷静地答道：一般。但她的牙齿在格格地响着，浑身直打哆嗦。然后她反手扣上了胸罩上的带子，慢慢地坐了起来，双脚在地面上搜索着拖鞋。此时我发现她虽表面上镇定如常，其实疼得很厉害，因为她的脚哆里哆嗦，而且在拌蒜。我建议道：我背你回去，如何？她先是皱了一下眉头，然后说道：也好。就这样我把她背回了四〇一室。她的身体很滑腻，还有很多汗。等到她在自己床上趴好，把枕头拉到颏下时，我还在她床边站着。她说道：你走吧。等会儿我能动了，就去冲个冷水澡。我说：不行吧，会化脓的。她说不会，这里很干净，没有细菌。我还想问问这种事情是不是经常发生，但她说道：你让我安静一会儿，好吗？这件事情的始末就是这样。后来我做了一夜的梦，梦见自己背了很多女人回自己的房间，像一个龟奴。

表哥告诉我说，他有权利责打房客。他给我一本小册子，叫我自己去看。这本书的名字叫做《公寓员管理手册》。书上确实提到了管理员可以用藤条打房客，因为这是为了房客好，但这一点在鞭打之前必须对房客说清楚。他可以把他（或她）打疼，但不能把他打坏。而且假如房客生了病，发烧在三十八度以上，白血球在一万以上，就可以免受鞭责。但在任何情况下都不能给他吃止疼药。我看了这些规定很不满意：其中并无一条规定说到，假如房客是管理员的表弟却当如何。我表哥力气大，打起人来一定很疼，我不想让他来打我。手册上还写着，一定要营造一种平静祥和的气氛，让打的人愉快，挨的人开心——但这是不可能的事情。当然，越是不可能的事情，就越要往纸上写——这件事情我们都是知道的……

我很想知道四〇一女孩的脊梁后来怎么样了，所以常去看她。当天下午她就起了床，坐在终端台前工作。那些鞭痕起初是鲜红的，后来是紫色的，然后颜色越来越淡。再后来她穿起了衬衫，那些鞭痕就看不见了。我到表哥那里要来了钥匙，走进那个房间，走到那女孩身边，拿手遮住屏幕，她看到屏幕上有手，抬起头来看着我。此时我说道：阿姨，我想看看你的背。她说：讨厌。因为头上戴着耳机，说话声音很大，简直就像斥责。但她没有斥责我的意思。她把一只手从键盘上拿了下来，解开腰间的皮带，把衬衫的后摆从裤子里拉了出来，说道：自己看。就去做自己的事了。我撩起她的衣服，看到那些鞭痕已经变成了浅灰色的，用手去触也只能感到很轻微的下凹。看这个趋势，这些鞭痕很快会不留痕迹地消失掉。但不管怎么说吧，挨打总不是个好滋味，而且我也不能相信让我挨揍是为了我好。

四〇一室的女孩说，我表哥打她，完全是公事公办。首先是有关部门给我表哥打了个电话，说道：你还管得住管不住自己的房客？要是管不住就早点关门——然后就把电话挂上了。我表哥没有办法，只好叫小力巴（该力巴就是我）把她带到一号去拴上。然后他到那里去，等小力巴走后，先问明了情况，然后说：没办法，只好打你了。他先用藤条在自己手心上试了一下，确认它既不太锋利，也不太钝，然后开始抽打她的脊梁。他还是不大好意思，关照她说：要是打疼了，你不妨叫唤出来，这样会好一点。女孩说道：谢谢。你也不妨抽一下，问一声"你改不改"，这样也会好一点。对于坐着工作的人来说，打人家的屁股实属缺德。我表哥从来不往屁股上抽。当然，被抽的地方很疼，但不疼又不行。我表哥不肯在责打时逼问"改不改"，他说这不诚实：你就是说改，我也要接着抽。女孩说，我表哥很诚实，所以她爱他。这件事情的起因是这样的：人在黑铁笼子里待久了，难免郁闷，最后就会撒起癔症，到处乱发 E-mail。发到别的公寓里是没有问题的。就怕发到国外和有关部门，内容再带有歪曲性、挑逗性和侮辱性。这类行为必须制止，所以要抽一顿或者打一顿。此后起码有两个月不想再干这种事情——巴甫洛夫学说对此有很好的解释。疼痛和外伤又可以增加机体的免疫力。总而言之，我不该把此事想得太坏。当然，这也不是好事——既不好，也不坏，不过是公事公办罢了。我听了还是不开心，就说：那你们就别撒癔症了。她：胡扯，不撒癔症怎么能成！看我瞪着眼睛，她又进一步解释说：不是我们要撒癔症，而是我们已经有了癔症——但她看样子还是蛮正常的。看到我还是瞪着眼睛，她说：别这么傻帽成不成？我顺嘴说道：不是我要装傻帽,而是我本身就是傻帽——我是真心的,但听起来像一句玩笑。听了这话,她笑起来了。

四〇二的秃头也说,挨两下打没有什么。在他原来的公寓里,绿头发的管理员也打过他。比方说有这么一次,夏天的中午,她走进土库,对他说道:秃头,我不得不打你了。这种事情来得很突然,不由他心里不慌,急急忙忙地把桌上的东西收拾了一下,然后问道:脱裤子吗?女孩说道:脱。他就把裤子脱掉,围上一条浴巾,精赤条条地走到院子里。大槐树下放了一个板凳。秃头趴到板凳上,把胯部横担在凳面上,屁股撅得高高的,把浴巾解开,好像对方是个肛门科大夫。女孩说道:用手把阴囊兜住,别打坏了;就拿起一块木头搓衣板,双手抡动,劈劈啪啪地打了起来。这个秃头身体健壮,也经打;但不是一条好汉:他怕疼。挨了几下就哼哟哼哟的,又挨了几下,就说:差不多了吧。那女孩住了手,看看他的屁股说:不行,还得打几下。过一会儿秃头又说:歇歇吧。女孩说:我不累。但她不问秃头疼不疼。直到把他的屁股完全打肿,红彤彤亮晶晶像熟透的苹果,她才把板子丢下,擦擦脸上的汗说:打完了。唉呀,手上都打了疱了。还把手伸给秃头看。当然说的是她自己的手,秃头手上不会打疱。后者哼哟哼哟地说:可以抹点红花油。她就去抹红花油,当然,是抹在自己的手上,没抹在秃头的屁股上:这个部位面积很大,没有那么多红花油。实际上,这座土库只有一半是公寓,另一半放着苹果。那女孩拿了一个熟透的红苹果作为样板，放在板凳边上，先把秃头的屁股打得像苹果一样，然后就把苹果吃掉了。此时秃头已经不能动弹，只好叫人把他架回去，趴在板床上。假如库里没有苹果，就得拿茄子当样板，工程也因此变得浩大，从早上打起要一直打到天黑，把屁股打得像马路一样平坦。用手指弹弹，丁当有声。四〇一的女孩打断他说：行了行了，你别编了……但秃头说，他一点都没有编，说的完全是真的。他也说，总不挨打就要撒癔症了。我想了一下说：我知道你们撒的是什么癔症了——你们都是受虐狂！四〇一的女孩听了说：胡扯。就转身去工作，不再理我了。四〇二的秃头却说：我们要真是受虐狂倒好了！在这个世界上，羡慕什么人的都有，就是没有羡慕受虐狂的。他的话把我彻底搞糊涂了。

十

四年级的寒假我们不准离校，要受毕业教育。在这项教育里要告诉我们毕业以后会是怎样的前景，口说无凭眼见为实，所以必须请学长出场作报告。第一场报告请了我们学校最有成就的一位校友，她是计算机系毕业的，才三十五岁就得了图林奖——这是信息科学的最高奖项。我在会议室里看到了她，瘦瘦的，穿一件紫缎子的旗袍，脖子上束一条白色纱巾。人长得一般，胳臂也很细;但是手臂上肌肉的线条清晰,简直像个轻量级的拳击手。她把双手放在桌子上,手腕上套着一副铐人猿泰山都不过分、亮晶晶、黄灿灿的大手铐。据介绍,这手铐里还裹了贫化铀的芯子,这可是做穿甲弹的材料。万一钥匙丢了,用电焊气焊都打不开,用等离子束才能割开;或者到医院里去,先截肢,把手铐取下来,然后断手再植。铀的比重很大,所以那副手铐有二十公斤重。难怪她手臂肌肉发达——是练出来的。报告是照稿念的,内容都是套话。最激动人心的内容是大家排着队去看那副手铐。那上面镀的是24K金,上面镌了四个大字:"国之瑰宝"。这评价也不为过分,只是没有说清楚什么是瑰宝:是手铐呢,还是戴手铐的人。我提出这个问题,马上得到了好几个不同的答案。坐在瑰宝旁边的一个男人说:手铐是瑰宝。我身后一位同学说:人是瑰宝。一位在场的领导说:都是瑰宝。而那位手臂强壮的学长本人却说:你是瑰宝——小兔崽子,别在这里装骚鞑子了。她的意思是说:我提这种问题是存心捣蛋。但我不是的。我没有捣蛋的胆量。除此之外她的话还有一重意思:什么都不是瑰宝……

大字底下还有一行小字:三部一局监造。我问她这是什么意思。她说三部是公安部、人事部、劳动部,一局是技术监督局。然后顺嘴嘟囔道:监造归监造,钱可是我自己出。旁边有人把话头接了过去,说不管谁出钱,总是国家监造。这是政治待遇,表明了国家对她的重视——别人想买还不卖给他哪。这位瑰宝把嘴闭了起来,脸上挂上了冷峭的微笑。那副手铐之中,她有一双很美丽的手。

大学四年级时,你还会收到个人用品公司的邮购广告,推销一些稀奇古怪的东西,产品目录上注明了是"外出用具"。从名字来看它该是牙刷、旅行包、男人用的剃须刀、女人用的唇膏。但从图片上看,和这类用品有很大距离。那些东西怎么看怎么像些脚镣、手铐,而且价格不菲。不管卖多少钱,总不是好东西。假如这些东西要给我们戴着,还要我们来出钱,简直是岂有此理。但我表哥的房客每人手里都有一大堆,而且还在不断地买。我问她们为什么要买,回答是:"闲着没事,总要买点东西""出门总要戴,这是个门面"或者"这是首饰"。我表哥从来不买这种东西,他自己用不着,给别人买吗,他说是:这太肉麻了——我看他是舍不得钱。但他说得也有道理。秃头来时戴着一副不锈钢手铐,后来撬坏了,但他还保存着,说是绿头发女孩给他买的,留着作纪念:看上去是有点肉麻。报告会结束时,有人用丝带把那副大手铐拴好,挂在我们那位校友的脖子上,使她看起来像个前线下来的伤兵。这是合乎道理的,这东西太重,会砸坏东西,更会把自己砸坏。两个保镖夹住她,把她架了出去,上了一辆装甲运钞车——她住在香山公寓,那是国家级的公寓,出来一趟要国务院批。

听完了报告,我回到公寓里,替我表哥值班。我不喜欢坐办公室,喜欢搬把椅子坐在走廊里,和房客们聊天。说起我们这位校友，房客们都知道。知道她戴着一副贫化铀手铐，知道她住在香山公寓，还知道她是个傻×。对图林奖她们没有敬意，还说越能得奖越是傻×——要是谁能把诺贝尔奖得来，他才是个大傻×。这些话也有点道理。意外的是，她们被关在笼子里哪儿都不能去，消息反而比我灵通了百倍，连我刚刚在会场上问什么叫三部一局都知道了。我问她们怎么知道的，四〇三室的房客朝前努了努嘴。在她面前的终端台上，放着一台黑色的 Roax 机，和光缆连着，光缆连着网络。我们学校里也有网络的终端，但和这里的大不相同，设备水平差了两代。我们那里要受种种限制，他们这里一点限制都没有。拿电影来打比方，我们的终端是 PC 级，她们是 X 级的。这道理很明白：我们在校园里，怕我们学坏。她们被关在这里，不怕她们学坏。假如她们做了坏事，自会有人用藤条抽她们的脊梁——连我们那位学长兼国之瑰宝也不例外。当然，她有政治待遇，所以用马来西亚的藤条，请新加坡的刽子手。此人乘一架公务机从新加坡飞来，抽完以后吃两个汉堡包，又飞回新加坡去。当她被抽得惨叫时，刽子手还会用鸟语来安慰她说：小姐，你是国宝啦；别这样叫啦。待遇归待遇，所有的费用都是她自己出：请人的钱，飞机钱、藤条钱，还包括刽子手吃的两个汉堡包。

大学四年级时有种感觉，人们好像不再像过去那样怕我们学坏了。所谓学坏，无非就是调皮捣蛋、逃学、得零分、不想进黑铁公寓。我隐隐地感到现在学坏已经晚了。千辛万苦考进了大学，千辛万苦念到毕业,都是为了进黑铁公寓。现在要下个决心不进来,总是心有未甘。我禁不住多想黑铁公寓的好处,尤其是那台 Roax 机。从寄来的广告和说明材料上,我知道那是一种技术奇迹,使我魂梦系之。想买必须先定下自己要住的公寓,这种机器只准安装在公寓里。但定公寓我还有点犹豫:别的尚在其次,挨打这一条,不管打屁股打脊梁,打得像苹果还是打到像茄子,总归是有点吓人。

黑铁时代

一

黑铁时代的象征是那支鹅毛笔。这支笔捏在手里弯弯曲曲像条死蛇，写起来更是弯弯曲曲。因为这支鹅毛笔，那张粗糙的桌子上就免不了要插上一把红锈斑斑的刀——这把刀的用途是把笔端削尖一些。桌上还有一碗氧化铁墨水，表面浮着一层五彩油膜，散发着浓烈的腥气——虽然如此，你还是不得不用这支鹅毛笔，因为用毛笔没法写算式。每个亲手计算的人都会知道，算式有多么重要。薄暮时分，草房顶的破洞有时会在风里呼啸。有些雪花从窗纸的破洞里飞进来，不知不觉在桌面的一角积起了厚厚的一层。屋子里呵气成烟，手指也冻得通红。除此之外，墨水的表面也结了一层细小冰凌。在寒风呼啸之中，那支鹅毛笔越来越短，在指间捏不住了——这是今天最后一支鹅毛。伏案演算的人不得不站起身来，搓搓手指，用搭在肩上的黑斗篷裹住冻麻了的肩膀。他去把门打开，眼前一片茫茫的白色中间，是一条黑色的小路。此时他既不愿出去，在这条泥泞的小路上走，也不愿待在黑暗的家里。但是权衡了以后，他还是出了门，用一把无聊的锁把两扇门锁住——这件事既不是发生在过去，也不是发生在现在。它发生的地点谁也说不清楚。

戴上耳机，独自走进这个白雪皑皑的世界——过去，比尔·盖茨设想过怎样营造一个虚拟的真实：戴上液晶眼镜和立体声耳机，钻进一件厚厚的紧身衣。眼镜里传来图像，耳机里传来声音，紧身衣上数以十万计的触点让你身临其境——当然，控制一切的是计算机。现在用不着这种笨重的东西，只要戴上这副耳机就够了。虽然对电子技术有些知识，我也不知道耳机里面有些什么。我知道它效果很好，还知道这种东西很便宜。在那条黑色的小路两旁，堆着翻卷的积雪。在小路尽头出现了街道，雪地上的一道污渍接上了一条乌黑油亮的石板路……石板就如一张沾了油的饼铛。在漫天的白气中，沿着空无一人的街道，有个女孩朝他迎面走来。她披着一件短短的黑斗篷，斗篷下露出了两条洁白的腿，迈动得飞快。她脚下穿了一双厚厚的紫色木屐，但紫色不是木头的本色——所以她的脚跟也被染得通红。这个女人走过之后，在街面上留下了一股香气，走在路上的男人在这种气味里愣住了。他转过身去，看这女孩的背影，结果看到了她屐底的铁掌留在石板上的一溜火星。那条石板路像融化的柏油一样平静，上面映着雪天翻腾的灰色云朵。这个男人面临两种选择，一是沿着黑暗的小路继续前进，到一间灰暗的铺子里买鹅毛；或者沿着相反的方向，追随那双洁白的腿，还有被染红的脚跟。因为这件事发生在一个虚拟的世界里，所以这两种可能都发生了。

我表哥说：你是懂科技的人，替我看看房客们都在干什么。他们在干些什么，他都看到了，看不到的只是网络上的情形。我当然可以替他去看，但是需要一笔钱来买机器和付上网费。有了这笔钱之后，我到网络上漫游，看到了这些。我当然可以告诉我表哥，他的一个房客（住在四〇二室的秃头）在网络上勾画出这样一个世界——但我又不知道从何说起。如你所见，这既不是一个帮事，也不是一个游戏……

秃头再次进入自己的文件时，他嗅到空气里有一股淡淡的荷花气味，空中除了呼啸的风声，还能听到隐隐的音乐声。他知道有人已经进入了自己制造的这个虚拟世界。他在北风呼啸的街头站了一会儿，努力判断方向，然后尾随荷花的气味而去，很快就追上了走在前面的女孩，和她并肩走着。他探出头去看她的脸，这个女孩的脸很白净，也比较丰满，不像他认识的任何一个人。但他也知道，在虚拟的世界里，每个人都会变形，声音也会变——他也不像他自己。他们走到街道的尽头，前面又是茫茫旷野。在风把雪吹薄的地方，露出了黑色的菜畦，菜畦旁的水沟虽已被滚来的雪堆平,但沟边疏疏落落还立着枯黄的芦苇;路边立着一座孤零零的中式木楼,共计三层,但已显得非常之高。他们在楼前站住,仰头看看此楼黑色的面容——窄小的楼廊,在木柱和窗棂上,漆皮开裂,露出底下的麻絮;还有那些开裂的窗户纸。有一条铁链子穿过门上的窗洞,把两扇门锁在一起。女孩走上石阶,掏出钥匙去开门锁。这把锁是黄铜制成的,古色古香。女孩拿出的钥匙也是古色古香,和挖耳勺很相似。秃头不轻易称赞别人,但他不禁说道:这把钥匙很好。营造虚拟的世界容易,但把一切细节都考虑到就很不容易。他本人也是个中好手,所以很欣赏这种细腻周到的设想。门"呀"的一声打开之后,他们走进了一间空空落落的大厅。除了四根粗大的柱子,就是墁地的方砖。迎面还有一座一人高的镜子,在这个世界里应该说是舶来品。镜面上镀层剥落,形成很多像蕨类植物似的条纹。他走向前去,寻找一块完整的镜面,以便看清自己,最后他找到了。他头发茂密,长了满脸的黑胡子和一张瘦长脸。除此之外,他还发现自己的身材是很高的,整个来说,和铜版画上的堂·吉诃德很相似。秃头准备自己变成各种模样,但现在这个样子还是出乎他的想象。他不禁后退了一步,惊叹了一声。如你所知,虚拟的世界经不起感情的任何波动。于是他又退回了自己起初进入的地方——他重新坐在了终端椅上,面对着屏幕上那个像木门似的图标,图标的下角有行小字标明了"hei"。此时再去浏览这个文件,就会发现其中插有新的段落。现在已经不是一个人的故事，而是一个游戏了。他把手放在自己胸口，感到心跳得很厉害。

　　四〇一室女孩的网址上有一个文件，名字也叫做"hei"，用红黑两色的图标作标志。这是一个黑色的铁栅栏门，门上悬挂着红色的帷幕。想要跨过这个门槛有很多困难，因为这个入口是给自己留着的。当然还有别的入口，但从那些入口进去你就不可能是主人，只能是客人。有一个闯入者越过了这个门槛，对此无须做更多的解释，在网络世界里，没有去不了的地方，只有道行不够高深的人。然后他就坐在黑铁公寓四〇一室的终端椅上，手贴着面颊——手下的感觉异常滑腻。发现四〇一室的女孩把虚拟世界设在真实之中，闯入者会感到诧异。他走向栅栏，看看酣睡中的秃头：这张脸苍白虚胖，脸上爬满了苍蝇，看起来像死尸，但还是活着的——还有呼吸。然后他回过头来，发现这笼子里有了一样现实中没有的东西：一座穿衣镜，边框是黑铁做成的，所以几乎看不见，能够看到的部分很窄，但假如侧点身子来照，也够宽了。她的模样就如平日见到的那样，只是腰更细了一些，腿也更长些，穿着就如现实中所见，泛白的牛仔裤和花格子衬衫，脸也和现实中所见的一样——这故事开始时就是这样。然后她搬来一把椅子坐在镜子前，开始化妆、更衣。一个男人身临其境，就会感到这个过程漫长、令人哭笑不得。等到这些事做完之后，她穿上了紫色的衣衫——麂皮的无袖短衫和短短的褶裙。这种衣料贴在身上的感觉很细腻。她穿牛仔裤和花格衬衫比较性感，穿这样的衣服不性感。当她穿上牛仔裤和衬衫时，就好比一个女人未遭男人的玷污，可以称为处女；而穿着那身紫色的服装则显得淫荡。纯洁的形象比较性感，淫荡的形象不性感，但女孩的感觉却恰恰相反。她按了两下电铃，管理员在走廊尽头出现。当这个穿黑衣服的男人走近时，她感到胸口发闷，呼吸急促，同时还觉得腿有点软。这些感觉并不能使闯入者感到愉快，但不管怎么说吧，他还是很感动：一个男人能使女人对他有这样的感觉，就叫做不虚此生。

二

秃头到商店里去买鹅毛，鹅毛就插在柜台上的一个瓷罐子里。他先朝鹅毛伸出手去，又按捺住冲动，把手按在柜台上，对老板说：买十支鹅毛——扎毽子用的。驼背的老板走过来，低头看他放在柜台上的手——指缝间还有墨水的痕迹。看过以后抬起头来看着秃头说：我问你干什么用的了吗？这位老板有一只眼睛生了白内障，惨白惨白的像一个脓包，他就用这只眼睛盯住了秃头，一直看到他心里去。为了回避这惨白的目光，秃头抬起头来看头顶——头顶上有纵横着的梁和柁，构成一幅复杂的画面。

尽管有这些不便，秃头还是买到了鹅毛。他又可以回去伏案运算：虚拟的世界比现实世界还是多一些自由。他走出这间商店，来到街上——他又回到漫天大雪里了。他正要回到自己的住处，用鹅毛笔在羊皮纸上开始他的工作——说来你也许不信，他在虚拟的十七世纪里，用鹅毛笔和羊皮纸作工具，做着网络工程师的工作。你信也好，不信也罢，事情都没有什么两样。人一定要有他需要的环境才能工作。我现在正在网络上写自己的小说，我可能在黑铁公寓里，对着一台电脑工作着，此时我在真实里。也可能坐在棕榈树下，用芦苇做的笔往纸草卷上写着。所以，你不要问我在什么地方……

秃头离开了那所商店走在路上，忽然又嗅到了一股荷花的气味。他发现那个女孩走在他身旁，样子和上一次稍有不同，但还可以看出是同一个人——或者说是同一个幻象。他说道：Hi，你又来了。她答道：是啊，要不，干什么呢。说话的腔调似乎有点熟悉。他不禁问道：你是谁？对方答道：何必要问我是谁。然后她加快了脚步。他知道是追不上的：在虚拟的世界里，能不能追上一个人，总是取决于对方的意愿。但他还是禁不住去追赶，直到她消失在街道的尽头，才停下来喘粗气。在网络上你会遇到很多人，你可以问她是谁，她会告诉你，会给你名片，甚至把电话号码写在你的手上。没有人会拒绝回答她是谁，告诉了你，你也找不到她，因为这是虚拟的真实。忽然间雪又密了起来。他穿过大雪走回自己的土房，在黑暗中想了好久，得出一个结论是：在实际的世界中，这个人是自由的。既然已经想到了这一点，也就到了重返现实的时节。他把耳机从头上摘了下来。这时周围一片寂静，一片黑暗。天花板上亮着那盏遥远的灯，在隔壁的笼子里，女孩在床上睡着。此时可能是午夜，也可能不是午夜。在黑铁公寓里，分不清白天和黑夜。

后来，那个女孩再来访问自己的文件时，发现一些异样之处。她穿上了紫色的衣衫，按动电钮召唤管理员，管理员就来到了，站在她身后。此时她发现，这位管理员不像平日那样死气沉沉，那样呆板，而是带有一些灵气。他站在她身后沉重地喘息着——过去没有这种喘息。他躬下身子，从镜子里看自己的脸，此时他的鼻息留在她后颈上。然后，他站直了身子，用手指在她脖子上按了一下：这是示意她低下头去，把双手放到背后。此时她感到这只手指的指端十分粗糙。男人的手指应该是这样的，但她以前没有想到。她还嗅到了身后的气味：汗酸味，还有一种海风似的腥味。有关气味，她以前也没有想到。总而言之，这个管理员和她以前想象出的那个不同，他是个陌生人。这种变化使她感到现在不再是一个人的故事，而是两个人的游戏了，故事远非游戏可比，她对此又没有任何思想准备。她发现有人窥视了她的内心世界，这使她蒙羞。从镜子里看到，她的脸已经通红。但她如管理员所示，深深地低下头去，同时在心里想道：蒙羞的感觉其实是非常之好。

67

晚上，我待在宿舍里。我的房间里总是黑着灯，正如它过去总是亮着灯。过去我开了灯就懒得关上，逐渐习惯了在灯光下睡觉。后来灯泡憋掉了，我也懒得换上，逐渐习惯了在黑暗中生活。现在这间房子里笼罩着一层蓝色的光，是从 monitor 上发出来的。等我把机器关掉，眼前还有一个灰色的方块。不知道是阴极射线管还在发光，还是我眼底的幻象。不管怎么说吧，等这层灰色褪尽，整个房间又呈现出黑白两色的轮廓，就如一篇卡夫卡的小说。应该承认，卡夫卡的小说我读不懂，或者读懂了，却不能同意。我在网络上看到的事情，就如卡夫卡的小说。我可能是不懂，也可能是不同意。我觉得他们都太过古怪。

秃头下次进入自己的文件，一切又都发生了变化：他的茅草房里不再像冰窖那么冷了。房子里吹着一种温暖的风，这是从墙缝里吹进来的，脚下依然冒上来森森的寒气，这是因为脚下还是那么冷。房间里的一切变得井然有序：桌子还是那张木板桌子，床还是那张木板床，但已经变了一下位置，屋里就变得宽敞了不少。桌子上乱放的纸张被收拾了起来，地面也扫过了，整个房子里明亮了很多。仔细观察后会发现，窗户纸已经换过了。原来是一张不透明的塑料纸，现在变成了一张透明的塑料薄膜。在中古的场景中出现了现代的东西，虽然不协调，但秃头不想挑剔这种毛病。他只想到了这间房子有人来收拾，就像一个家的样子了。这些都不是他的设计，是别人做的。从别人做的这些事情里，他感到了一丝暖意。

后来,他走出了房子,发现外面的世界也发生了改变。现在正值傍晚时分,天上的云正在懒洋洋地散去。天地之间吹着和煦的暖风,在西下的阳光照耀之下,从地面到天顶,这厚厚的大气里,好像都是暖和的风。地面上的雪已经变成了薄薄的一层,而且变得千疮百孔。远处的小路两旁,立着竹编的篱笆,上面爬满了紫色的牵牛花。除此之外,天上还飞着红蜻蜓。这个世界依然是他的世界,只是添上了几分暖意。虽然这不是他的本意,但他还是觉得很好。他在小路上走着,满身都是暖意。这种温暖来自别人的关心——有人关心和没人关心是很不同的。人人都渴望爱情,但只有有人关心的人才能够体会到什么叫做爱情。如你所知,我的问题就是没人关心。

晚上我躺在宿舍里,想着四〇一女孩的样子,想起了她下巴上有一粒粉刺。因为这个缘故,她不算非常漂亮,只能说长得还行。我说过,我这间房子里没有灯。后来我走到窗前,看看外面的街道。这条街上漆黑一片。原来这条街上不分白天黑夜总是亮着灯,后来灯都坏了,大家只好摸黑。好在住在这里的人都熟悉这条街,所以没有灯也行。现实的世界很少发生变化,晚上你睡着时世界是这样,早上醒来时还是这样。不像在网络上,几个小时之内,一切都会变得面目全非。

晚上,四〇一室的女孩和管理员一起出门,走在黑暗的街道上。

这条街上原来没有灯,现在有了灯——黑漆的铸铁灯柱顶上,亮着仿古的街灯,十九世纪煤气灯的式样。昏黄的灯光下,墙角窄窄的草坪上那些枯萎的月季花又恢复了生气。草坪上不再有垃圾,而且也恢复了整洁。现在这条街变得适合散步了。在她自己设计的世界里也有这条街,但她从来没有想到要让它变得整洁,这是别人的主意。这就使她心存感激——虽然还不知要感激谁。管理员一声不吭地走在前面,他的样子就如在现实中所见,只是走路的姿势更加挺拔。她决定要感激他,就加快了脚步赶上去,和他并肩走着,告诉他说,她很喜欢这条街。她还说,她想起了苏格拉底的话:不加检点的生活是不值得一过的。但是他没有回答。说句实在话,我听说过这句话,但我不知苏格拉底是谁。

夜色中,管理员带四〇一的女孩到离公寓不远的一个酒吧去。这所酒吧安着黑色的铁门,铁门上镶着四片厚厚的玻璃,玻璃背后挂着红天鹅绒的帷幕,门两侧有两根黑铁的灯杆。按动铁门上的门铃,就有带黑色面具的侍者来开门,脱掉她披着的斗篷,用锁链扣住她项圈上的铁环,把她带走——我想她会喜欢的。谁知她并不喜欢,拼命地挣扎了起来。如你所知,虚拟的世界不容许任何情绪激动,每个想摆脱眼前幻象的人只要大哭大闹,马上就可以退出。所以我不能够勉强她。到了外面,她看了我一眼说:我知道你是谁了——你真是讨厌啊。不能强迫她进入我的酒吧。实际上,我不能强迫她做任何事情。我说,陪我走走可以吗?她说:

这可以。于是我们就在这条虚幻的街上走了两趟,她还把头发蓬松的头靠在我的肩上。但是我们没有说什么。她身上带有荷花苦涩的香味,只可惜这种气味不能带回现实中来。

三

　　学校里不是只有我一个人。我发现楼下的水管冻裂了,就到处去找,最后在锅炉房的某个角落里找到了一个管子工。他听说水管冻裂,只是漠然地答道:知道了。看来他是不会去修的。然后他马上就问我会不会打麻将,或者是敲三家。从这句问话来看,学校里除了我和他,还有别的人,甚至有希望能凑起一桌麻将来。除此之外,我在校园偶尔也能碰到一个长头发的家伙,背着手风琴急匆匆地走过。看来他是艺术系的学生,正要赶到什么地方去上课。我想要告诉他,学艺术也不那么保险,我认识一个女音乐家,现在就住在我表哥开的公寓里。但他总是躲着我走,假如我跟着他,他就要紧跑几步。这也不足为怪,我能看出他是艺术系的学生,他也能看出我是数学系的学生,所以他躲我像躲瘟疫一样。而我想要告诉他的正是:不要以为我才是瘟疫,你自己也是瘟疫——这话当然很不中听,所以他躲我是对的。

　　在那些行将住进黑铁公寓的人中,有种隔阂:有些人认为自己过得提心吊胆是受了另一些人的连累。前两年这所学校里学生还多时,别的系的人常往我们系的人身上吐吐沫。除了数学系,物理系和化学系的人也常受到这种对待。而我们这些系里的人则往无线电系和计算机系的人头上吐吐沫。这两年这种事情少了,不是因为隔阂没有了,而是因为学生们都退了学,去另谋出路。但就我所知,退了学进去得更快,住在学校里倒安全些。那些退学的同学现在都在公寓里。你说自己没受什么,管理员是不会放你出去的。他们会说:在公寓里照样可以学习。不但现在退学不管用,你就是十年前就退了学,也免不了住公寓。就拿住在我表哥公寓四〇二室的秃头来说,他是我的一位老校友。十年前他上大学二年级时退了学,现在这股风潮一来,照样被逮进公寓里去。我说的这种隔阂在公寓里照样存在,这位秃头住在四〇二室,总想和邻居打招呼,但别人总是不理他。直到住了一个礼拜情况才好了一些。

在黑铁公寓里,秃头和四〇一女孩的床是并排放着的,中间只隔了一道铁篱笆,和一张双人床并无两样。秃头对这张床的模样感到很不好意思,很想把它挪开。他试了又试,但总是白费力气:床是用地脚螺丝拧在地下的,而螺丝钉一头埋在水泥里,另一头又被焊死了。弄明白了这一点以后,他忽然感到如释重负,可以心安理得地和女孩并排睡下了。应该说,四〇一的女孩表现得相当大度,她除了偶尔说上一声"我觉得你可以多洗几遍澡"之外,没有说过别的。那个秃头就不停地洗着,但身上总有一股铁锈气。最后他说:我身上的味儿是洗不掉的。想要去掉这股味儿,只能把自己阉掉。那女孩听了以后,淡淡地说道:那倒不必了。这种冷淡是不公平的,因为这个秃头不是说说而已,假如他的邻居再嫌他有味儿,他真的准备把自己给阉掉。这种自我牺牲精神不是人人都有的,所以,就是拒绝这种牺牲,起码也该说声谢谢。

住在四〇二室的秃头原来有个绿头发的管理员,我和她很熟。当管理员以前,她在市场街上摆烟摊。再以前,她在我们学校的食堂里卖过卤菜,两只手各套一个塑料袋接我们递过来的钱,等到拿吃的时候再把塑料袋拿下来。她的手长得很漂亮,脸长得也不错,但是最好的还是身材。夏天我在河边散步,遇见她在河岸上晒太阳。她摘掉墨镜,眯起眼睛来看着我,然后说道:我好像见过你。——这说明她的记性也不错。我赶紧掏出学生证来给她看,说明我还没有毕业,以免她把我捉去住公寓。看完了证件以后,她用手拍拍身边的地面说:坐。这女孩是个自来熟。

然后她又指指水里的秃头说:我们的房客。秃头正被一条细长的链子牵着,在水里游着很小的圈子——那条河的水总是不大流动,绿油油的像一塘死水,秃头在水里游动时像一只小狗。后来他爬上岸来,伸手去拿裤子。女孩说道:别穿裤子了,把屁股也晒晒。他答应一声,趴在了地上。此时我注意到,此人从脸相到身材的确极像我表哥,但神情很不像。神情不像,那就什么都不像了。那女孩还告诉我说：这个人很不错。秃头听到这种称赞，满脸涨得通红。下一句话他听了就不那么高兴——"他是我们的摇钱树！"但他还是受到了鼓励，努力去挣钱，最后居然成了个小富翁。像这么胡扯下去就不会有个完，我现在要说的是：这个秃头的为人非常老实。后来他住进我表哥的公寓，说要把自己阉掉，可不是瞎说的。在黑铁公寓里，他把自己洗了又洗，才撩开被子，准备上床了。这时睡在他身边的女孩说道：该去买条新内裤——身上穿的都露毛了。说完她翻了一个身，把脸转到自己那一侧去。秃头又站了一会儿，没有再听到什么。他就钻到自己被子里去。又过了一会儿，听到周围没有别的动静，他从枕头下面摸出一副耳机来，偷偷地戴在头上了。

我在河边碰上那个秃头，除了发现他很像我表哥之外，还发现了些别的。此人的阳具甚为伟岸，而我表哥是什么样子我却没有见过。此人甚至比我表哥还要健壮，胸膛像一个木桶，胸口、手背、脚面上都长着黑毛。我对他的管理员：这人的毛真多。她听了哈哈大笑了一阵说：男子汉大丈夫，哪能没有毛。我又说：他是不是你的面首？那女孩愣了一阵，然后笑得打滚，用脚蹬蹬秃头的头顶说：说，你是不是我的面首？后者闷声答道：不是——是也不能告诉你。管理员听了很高兴，对我说道：听见了吧？我说他不错，他就是不错。后来她把两只脚都放在他的头顶上，而秃头则用秃顶去摩挲她的脚心，这个情景让人看了很不舒服——

虽然那绿头发的女孩说这很舒服。我看着身上直发冷，赶紧走了。在他营造的虚幻世界里，他应该用秃头去亲近那个女孩的脚心，但是他没有，他只是伏在一张桌子上不停地演算，探讨世界的奥秘——这就是秃头的可敬之处。

黑铁公寓

一

我很小时就离开了学校,做过各种各样的事情,现在我在学校里当电工。人家看到我时说:嘿,这小电工。他们说我怎么看都不像十八岁,想当电工就不能低于十八岁——这又有什么呢,岁数的问题我们来想办法。一年前我在开大货车,那时候我二十岁,警察看我不像,就塞点钱好了。两年前我在街上摆烟摊,人家问我多大了,我说二十五岁。今年我十八岁,真是越活越年轻了。你想要我几岁,我就可以几岁,你要什么样的证明文件我都能找来,要不然我还能在外面混吗?总而言之,我现在梳着油亮的分头,穿着贼亮的皮鞋,跷着二郎腿坐在传达室里,很像一位电工大爷,这可比驾车跑长途好多了。甭管驾驶证上几岁,我知道自己很爱打瞌睡,常把车开进沟里,开货车我是太小了点。摆烟摊受人欺负,又挣不来钱。而跟货车到新疆贩哈密瓜呢,我又吃不了这种苦。在机关学校里混事是最舒服的了。

学校的入口立着两根粗大的门柱,门柱之间是紧闭着的黑漆铁栅栏大门。学生从旁门出入。经过传达室窗外时,他们盯着我看。我坐在看门老头的木板床上,看着自己的脚尖,偶尔把脚尖移开,朝痰盂里吐口痰。我知道他们在看什么:这小子年纪轻轻,怎么不去上中学,跑到这里来坐着。这可叫没办法的事——俗话说得好,各人有各人的造化。我的造化还是小的,我有个表哥,比我大不了多少,已经做了多年的生意,挣了不少钱。现在他要百尺竿头更进一步:他要开公寓了。

所有上过小学的人都要上中学,所有上过中学的人都要上大学。所有上过大学的人,都必须住在有营业执照的公寓里。据说公寓里特别好,别人想住都住不进去。假如你生在我们的时代,对这些想必已经耳熟能详,但你也可能生在后世,所以我要说给你知道——假如有样东西人人都说好,那它必定不好,这是一定之理。

所以假如你在上学的年龄,一定要从学校里逃掉,这是当务之急——逃掉以后怎么谋生就成了问题。我一直在给人打工,我表哥在做生意。做别的倒也罢了,他居然做起公寓来了。这行当不但对品行、阅历有种种要求,还要年满三十五周岁。要是我记的不错,我表哥顶多比我大一岁——也就是说,不满十八岁。但你到了他的面前一定会打消这一个想法：我表哥头顶光秃秃，两腮和月球的表面相仿。额头上有三道抬头纹，配上又黑又粗的眉毛和一脸奸笑，就像一根四十五岁的老油条，这都是吃药吃的。在眼前这个社会里，人只有过了求学的年纪才能有前途。在这方面，撒谎只能解决一部分问题。这家伙拿着类固醇、睾丸酮一类的药物当家常便饭来吃，还劝我也吃，但我可不想拿自己的身体来开玩笑。顺便说一句，这家伙不但手背、脚背、胸口、小腹上满是黑毛，连背上都长着。至于他那杆大枪，让人看了都替他害臊——说实话，我今年只有十六出头，我可不想长这种东西。

我表哥先骗下了公寓管理员的证书，又骗下了公寓的营业执照，然后租下了学校对面的旧仓库，在里面装修房子。他说，我还是离你近点好，有事找你商量时近便些。他说自己最近经常一阵一阵地犯糊涂，脑子不管用了，照我看是吃药吃的。最近一段他住在我这里，每天早上，他拿几十片药，放在捣臼里捣碎，加把麦片用牛奶一冲，就那么吃下去，日久天长哪有不犯糊涂的。牛奶和麦片都是我买的，他从来就不买。连方便面他都不买，但却忘不了吃。他抽我的烟，喝我的茶，牙刷用他自己的，但使我的牙膏。唯一肯往我这里拿的就是药，而我又不吃药。我看药他也没花钱买，准是找捡破烂的要的。捡破烂的什么药都能捡到，要知道有公费医疗。我表哥是个铁公鸡——一毛不拔。他还以此为荣，说道：要不然，我就攒出开公寓的钱了？

有关我表哥，还可以说得更多一些：我们经常搭伙干事，他嫌我懒，我嫌他抠，所以总是弄不长。现在我们处于拆伙的状态：我当我的电工，他跑他的买卖。但不管他干什么，我还得去搭把手，理由很简单：总共就这一门亲戚。要是回家亲戚会多些，但我不敢回家——进家门居委会就会找来，抓我去上工读学校，工读学校也是学校噢。

我表哥的房子装修好了，他搬了过来，带着他的家具、杂物，还有六个房客。家具装在大卡车上，由搬家公司的人搬上楼去，房客装在一辆黑玻璃的面包车上，一直没有露面。那辆面包车窗子像黑铁公寓的窗子一样，装着铁栅栏，有个武装警卫坐在车里，还有几个站在了周围。等到一切都安顿好了，才把面包车的门打开，请房客们下车。原来这些房客都是女的。有两位有四十来岁，看上去像学校里的教授。有三位有三十来岁，看上去像学校里的讲师。还有一位只有二十多岁，像一个研究生，或者是高年级同学。大家都拖着沉重的脚镣，手里提着一个黑塑料垃圾袋，里面盛着换洗衣服，只有那个女孩没提塑料袋。她们从车上下来，顺着墙根站成了一排，等着我表哥清点人数。

我表哥搬家那天，北京城里刮着大风，天空被尘暴弄得灰蒙蒙的，照在地面上的阳光也变得惨白。有两位房客戴着花头巾，有三位房客戴着墨镜，其他人没有戴。我表哥说：老师们，搬家是好事情，大家高兴一点——这回的房子真不赖。但她们听了无动于衷，谁也不肯高兴。我想这是很自然的，披枷戴锁站在过往行人面前，谁也高兴不起来。我听说监狱里的犯人犯了错误时，就给他们戴上脚镣作为惩罚——这还是因为他们已经在监狱里，没别的地方可送了。给犯人戴的脚镣是生铁铸的，房客们戴的脚镣是不锈钢做的，样子小巧别致。但它仍然是脚镣，不是别的东西。我表哥干笑着说：脚镣是租来的，这不是搬家嘛，万一跑丢一个就不好了——咱们平时不戴这种东西。我表哥像别的老北京一样，喜欢说"咱们"来套近乎，但我觉得他这个"咱们"十足虚伪，因为他没戴这种东西。这些房客里有五个戴着手铐或者拇指铐——这后一种东西也非常的小巧，像两个连在一起的顶针，把两手的大拇指铐在了一起。不过这也不是什么好东西，因为假如没有钥匙，不把大拇指砍掉是取不下来的，而把拇指砍掉了就会立刻成为残废。她们双手并在前面提着袋子，像动物园里的狗熊在作揖。我表哥又说：手铐出门时才戴，不是总戴着的。那个年轻的女孩倒是没戴手铐，双手被一条皮绳子反绑在了身后。她挺起胸膛，好像就要从容就义的样子。我表哥解释说：咱们讨厌手铐，所以用根绳子。我听说癌病房里的病人总拿死和别人开玩笑，已婚的女人和未婚的女人间总拿性来开玩笑，这些笑话也是"咱们、咱们"地说着吧。但我觉得我表哥的笑话十足虚伪，因为他自己并没有用根绳子嘛。所有要住进公寓的人肘弯都扣着一根铁环，被一根铁链串在一起，只有我表哥例外。

我表哥告诉我说,这六个房客是从劳动局领来的,都还不错,为此没少给主办人好处。他说他一早起来,租车、租铁链子、租脚镣,忙了个要死,刚才还满地爬着往别人脚上拴链子。他还抱怨我没去帮他的忙。这话没道理,我在学校里做事。人家找电工马上就得到,如果不到会炒了我的。虽然腰里挂着BP机,我也不敢走远了。他让我今天下午别走了——他进了六个大活人。他的意思是让我留下给他出出主意。我表哥被药物催得秃头秃脑,别人原看不出他几岁,但一张嘴就露馅儿,别人听到了这些话,要是再猜不出我们是谁就是傻子了。我一直在偷眼看那皮绳反绑的女孩,只见她对身边一个房客说:欧阳,两个小流氓。小流氓想必是指我们了。我听了也不生气:我们俩岁数不大,而且的确不是好人。那位欧阳还不错,答道:小流氓就小流氓吧,总比老流氓强。——也不知强在哪里。我表哥耳朵聋没听见,要是听见了准要动手打人。对他这个人,我还是有一点了解的……

房客们都穿着郑重的秋季服装——呢子的上衣和裙子,这些衣服都是很贵的;脸上涂了很重的粉,嘴唇涂得鲜艳欲滴。只有一个人例外:那个年轻的女孩没有化妆。她穿着花格衬衫,袖子挽到肘上,那个扣住手臂的铁环被掩在袖子里。下襟束在腰带里,那条小牛皮的腰带好像是名牌。腿上穿着褪色的牛仔裤,脚下穿一双雪白的运动鞋。那条不锈钢的脚镣亮晶晶的,镣环扣在套着白袜子的脚腕上。背着手,姿势挺拔,四下张望着——她排在队尾。

我一直盯住了她看,她的领口敞开着,露出了锁骨和一部分胸口,随着呼吸平缓地起伏着。后来她转过身去背对着我——她的小臂修长,手腕被黑色的皮条纠缠着。有时候她握紧拳头,把双手往上举着,这样双臂就构成个愤怒的 W 形;有时又把手放下来,平静地搭在对面的手臂上,这样就构成了一个平静的一字形。与此同时,别的房客低着头,一动都不动。直到一切都安顿好了,我表哥才说:好,进去吧。房客们从黑铁公寓的前门鱼贯而入,像一伙被逮住的女贼。那个女孩走在最后,她在我脚上踩了一脚,说:小坏蛋!看什么你?我翻翻白眼儿说:又看不坏,看看怎么了?

二

黑铁公寓是一座四四方方的混凝土城堡,从外面看起来是浅灰色的,但它名副其实,因为它里面非常黑。在高高的天花板上,亮着一盏遥远的水银灯,照着这间宽大的房子,好像一座篮球馆内部的样子,但是这里没有篮球架子。从底层的中央乘升降机到达四楼,你会发现自己在十字交叉的通道的中心。每条通道通向一个窗子,窗子的大小刚够区别白天和黑夜。在通道两边,雕花的黑漆铁栏杆后面,就是黑铁公寓的房间——房间里的一切都一览无余——你怎么也不肯同意,像这样的小房间可以要那么多的房钱。但是人家也不需要你同意,他们径直把你推进其中的一间,然后你就得为这间房子付钱了。隆冬时节,黑铁公寓里面流动着透明的暖风,从铺在地面上的橡胶地毯上方流过,黑铁公寓里面一尘不染,多亏了有效的中央空调系统。这里有第一流的房间服务——一日三餐都有人从铁门上的送饭口送进来。从这个口子送进来的还有内衣和卫生纸、袋装茶和袋装咖啡——在动物园里,人们也是这样给笼养的猛兽送东西,只是不送袋装咖啡——住在这个笼子里,你大概也用不着别的东西。这个地方过去是座旧仓库,现在是黑铁公寓。打听了这所公寓的房钱之后,你会得出这样一个结论:这黑铁公寓可真是够黑的。

那个穿花格衬衫的女孩住在门口,她说我们是两个小流氓,如果说是指我们不肯上学流窜在外,那就说得完全对。但流氓还有一层意思,指在两性关系上行为不端的人。在这方面她只说对了一半。对了一半——对的那半是我表哥。他和所有搞得到的女孩之间全都不干不净,满脑子都是下流主意,称为小流氓不为过。至于我呢,虽然从初二就离开了学校到社会上混事,但始终洁身自好,和一切女孩之间都是清白的。我喜欢知识,找了一大堆书在看,但我表哥呢,除了药典什么都不看……他身上的味儿也难闻,好像一个马厩。就这么个家伙,在房客面前还有点腼腆,和我小声嘀咕道:怎么办呢,这可都是些有学问的人哪。我说,还有什么怎么办的,先把那根穿羊肉串的签子拔了吧。我表哥看了我一眼,然后才领悟到这是指把房客们连在一起的铁链子。这些房客都站在公寓的走廊里,哪间房都进不去。他从口袋里掏出一大把小钥匙来给我,我就去开那些锁在手臂上的锁——这种小锁是人家锁信箱的,一块五一把。虽然也挣不开,但我表哥也够会省钱的了。每打开一个,那人就径直走开,走进自己房间里:谁住哪间房早就交待过了。开到队尾时,碰上了那个女孩。她瞪我一眼说:你才是羊肉串!我和表哥说话声音很轻,但她还是听见了。后来知道,她是个音乐家。音乐家耳朵不灵怎么成呢。

在公寓装修好之前,表哥住在我宿舍里,睡在我双层床的上铺上。他在那时放响屁,声如裂帛。只要响上几次,屋里的气味就和山羊圈相仿。他还拿我的脸盆洗脸,洗过以后水都不倒——那水就如一锅隔宿的羊肉汤。那所公寓是我设计、我监工,预算也是我造的——平日好学不倦就有这种好处。遗憾的是用的全是他的钱,我表哥付清了给我的劳务费,所以公寓是他的。我表哥满肚子都是糠,但也有两点让人不能不佩服:一是能省钱,二是能吃苦。省钱的情形我说过了一些,但还没说到主要的:我们出去吃饭,他要把盘底的菜汤全舔光。不但舔自己桌上的,还舔邻桌上的。舔盘子不值得佩服,干着这种丑事,面不改色,坦坦荡荡,这就让人佩服了。至于吃苦,那真是没说的。大冬天到新疆去贩瓜,押闷罐车回来,车厢又不能喝酒——瓜见了酒味马上被催熟烂掉——跑上一趟回来,两个耳朵全生了冻疮,像贴了两摊干鸡屎。在澡堂子里泡两个小时，出门买张硬座票，又上路去新疆——这样做事你行么？当然，你要是贩过瓜，就知道主要的难处在于车过河南时，黑更半夜，当地那些苦哈哈撬开车门就抢瓜，此时你要抄起根棍子兜头就打，把头顶着的麻袋片、棉帽打飞，把脑子打出来。干这事我也行，要论心毒手狠，我们表兄弟俩差不太多。我就是吃不了苦，而我表哥就是上不了台面。房客都进了自己的房间，他还拿眼睛瞅我，问我该怎么办。我伸手按动按钮开关，只听轰的一声响，所有的铁门一齐关住，把房客关了起来。表哥从口袋里拿出一块抹布(他管这叫手绢)擦擦脑门说:真该死!还忘了有这么个开关，表弟，你该一样一样再对我说说。我表哥虽乱吃药，但还不至于这么糊涂，早上才讲过他就忘了。我看他是慌的。现在走廊上空空荡荡，每个房客都坐在自己房间里的床上一声不吭。整个公寓在屋顶的水银灯光下鸦雀无声，看起来蛮像样的。表哥很高兴，说道:多么好啊。表弟，咱们拿出来捋一管吧——庆祝庆祝。他就喜欢做这种惊世骇俗的建议，以此显示自己是特立独行之士，倒不一定真要这么做。我说:这是你的公寓，要庆祝你庆祝,要捋你捋。房客在自己的笼子里听到了这样的鬼话，全都无动于衷，只有那个穿花格衬衫的女孩皱了一下眉头。

把房客锁上以后，我们俩到办公室里喝咖啡。这间房子和房客的大屋不同，有一个很大的窗户。满屋黑色的家具，散发着一股醋酸味。假如我记得不错，冰醋酸是种粘合剂。这里的一切都是新的，brandnew——我正在学英文，不知不觉就要来上一句。我舀了一些咖啡豆，放进磨里磨着。表哥躺进了黑皮沙发，马上又跳了起来，看着那些咖啡豆说：小二（这是我的小名），咱们是不是太过牛×了？在我表哥的词典里，"牛×"指奢华，还有很多词义，在此不能一一开列。我告诉他说：不牛×。我们喝掉咖啡，留着发票，就可以上账。这笔钱叫做管理费，按国家的财务制度，最后算在房客头上。他听了满脸通红，说道：财务制度真牛×，我算种上了铁杆庄稼了——当然，此间的"牛×"，又是英文wonderful之意。他还让我帮他算算自己有多牛×——此处之牛×又是每月收入之意。我说你且慢"牛×"，管不住房客有你的好看。上面吊销你的执照，叫你血本无归。他说：能管住的。今天这不是第一次慌了吗？然后他又说起第一次来，刚动手摸摸，自己就先流了——这是个下流比喻。我能听懂，但不接茬。后来我要回学校，表哥送我出来。走在走廊上，看到每个房客还规规矩矩坐在自己的床上，又开双腿，眼睛看着我们——这好有一比，在幼儿园小班里，大家排队去屙屎，屙完不敢站起来，都在看阿姨的眼色。看来大家都懂规矩，这就省我表哥的事了。

我和表哥走过走廊时，迎着每个房客的目光，心里微微有陶醉之意——尤其是当房客比较年轻、比较漂亮时，更是这样。走过四〇三室门口时，迎上了那位欧阳的目光。这位房客肤色黝黑，身材颀长。除了穿花格衬衫的姑娘，这公寓里就属她漂亮。她朝我们一举铐住的双手说：就这么一直铐住我们吗？语调里颇有责怪之意。我们俩确实是忘了房客身上的镣铐应该早点打开，这是我们的不妥之处。照我看来，应该把别人的镣铐都打开，留着欧阳的，因为谁都不开口，显得她太牛×。但我表哥不是这么理解问题，他一拍脑袋道：说得是！脚镣是租的，按小时算钱，得早点还哪。说着他就拿钥匙，打开每间房门，卸掉脚镣，把它们束成了一捆扛在肩上说：我去还脚镣，手铐你开吧。——说完就跑了。此后公寓里就剩了我一个人。在这座公寓里，有八座紧闭的笼门，里面有六个被束缚着的女人。我手上有五把手铐的钥匙。

三

我逐一打开笼门，去给房客开手铐。如你所知，我没上过大学，连初中都没读完，但我绝非浅薄之士。我知道威严来自礼貌。每开一副手铐之前，我都微微躬躬身子说道：对不起了，阿姨。等手铐开了以后，她们都揉揉手说：谢谢。人家住公寓也不是一天两天了，油头粉面的小流氓也见过一些，想必知道嘴越甜心越毒这个道理，所以都是乖乖的。就是四〇三室的欧阳，一开了铐就把我推开，一头闯进了卫生间。过了好半天才随着水箱的轰鸣声回来，嘴和手都是湿的。我瞪着她说：怎么也不说个谢谢？她把双手都伸了过来道：好了，反正尿也撒完了。你不妨再把我铐上。我马上答道：何必这样呢，阿姨？我就住在附近，以后常见面。她愣了一下，假笑着说：是呀，是呀。谢谢你了，小表弟。妈的，谁是你表弟？你是我的表嫂吗？我一点都不喜欢她。

有关我自己，还要作些自我介绍。我脸色惨白，个子倒是蛮高的，但软绵绵的没有劲。穿什么上衣都显大，穿什么裤子都嫌肥。眼睛像患了甲亢一样凸出，脸上有很多鲜红的小斑点。不知什么地方没长到，叫人一眼就能看出小来。但你也不要小看我，知道我的人都说：这孙子手特黑。这当然是个比方，实际上我的手一点都不黑，而是雪白雪白，四季温凉。看相的说，男生女手，大富大贵，但这一点到现在我还没看出来——我走进四〇一室，对坐在床上的女孩说：阿姨，你转过身去，我给你解绳子。她马上站了起来，转过身去。那双交叉在一起的洁白手臂又呈现在我面前了。

有件事你可能早就看出来了：现在你很少能看到青年，也很少看到中年人，能见到的中青年里还有不少像我表哥那样是假的。这是因为你看到的人都没有文化，老年人常常错过了受教育的机会，小孩子还没有受教育。而中青年已经受过了教育，后悔也来不及了。所以当眼前这位女孩说"两个小流氓"时，欧阳答道：总比老流氓好吧。——不是流氓的人一定要落到流氓手里，而流氓非老即小，你别无选择了。我拖过一把椅子来，想要解开捆在手臂上的皮条：这不是一根皮条，是一束细皮条，系了很多扣。

我一个一个解着,但注意力都在手臂上。在屋顶那盏水银灯照耀下,手臂上反射着黯淡的光。我禁不住在上面吻了一下。她冷冷地问道:怎么回事?我答道:阿姨,我喜欢你。她听了一哆嗦,大概是气的。

我表哥在房客面前张皇失措,是因为他没有文化,搞不来太复杂的事,所以发慌。我有一些文化,虽然还不够多,但已能壮我的胆子。我一面给四〇一室的女孩解绳扣,一面把脸贴在她手臂上。她的臀位很高,腿很长。裹在粗布底下的臀部也让我神魂颠倒。我还毅然告诉她说:阿姨,你的腰很细,腿也很直。她听了发抖个不止。等到绳子解开了,她转过身,扬起手来,看样子想要抽我个嘴巴。我坐着不动,决定让她抽一下,但她没有抽下来——大概是想清楚了吧——把手往外一指说:你出去,我要换衣服。我站了起来,把椅子拖开,眼睛直视着她,郑重说道:我爱你,这是真的。然后退出了房间,把门锁上了。

以上的叙述会给你一个印象,好像我表哥脸皮很薄,我脸皮很厚——起码在两性关系上是这样。实际上远不是这样。公寓装修好之前,我回自己宿舍里去,十次里有九次遇上表哥搂着个女孩坐在我铺位上。如前所述,他的铺位是上铺,如果坐上去,也许整个床都要塌掉,所以我也不好抱怨什么。他们经常把我的床搞得很乱,而我是很讲整洁的。次数多了,表哥也觉得不好意思,就对女孩说:既然碰上了,你和我表弟也玩玩——表哥的厚颜无耻就到了如此程度。那女孩不是"鸡"(打鸡我表哥还舍不得钱哩),

把小嘴一噘说：我不。遇上这种场面，我总是不动声色地朝他们走去，说声"对不起"，从床底下掏出几本书来，包在报纸里，拿着走了。出了门还听到女孩说：你表弟怎么这样怪？表哥说：他就这样。看着吧，早晚坏在这上……他说早晚要坏，是指我喜欢读书。在这种情况下，我就拿着书到地下室去读。现在我表哥搬走了，我可以在自己的房间里读书了。

晚上我可以回自己宿舍去读书。现在有各种各样的书，有纸质的书，这种书可以拿在手里读，听见有人敲门就把它塞到床底下；有光盘书，这种书要用有光驱的 PC 机来读。我的抽屉里锁了一台笔记本电脑，可以读光盘书。别人看到了，我就说自己在打游戏。还有网络版的书，看那种书要有 Net PC。我在地下室里装了一台，谁也看不见，但那地方太冷、太潮，待不久。相比之下，我还是爱看纸做的书，尤其是小开本的，这种书藏起来方便。书太多了，读不完，而且我读书是要避人的，因为我住在黑铁公寓之外。相比之下，住在公寓里的人就没有这个问题。

在公寓里，我把大家都放开，退到走廊上。所有的房客都动了起来，收拾自己的东西，把衣物放进床头柜，把几本随身携带的书放在桌面上，打开案头灯调整角度、试试亮度，更有人把桌上的 Net PC 也打开了，阴暗的公寓里又多了一种 monitor 的光亮。我在走廊上慢慢走过时，里面的人都警觉地抬起头来，举着手里的书，或者把屁股从椅子上挪开一半指着眼前的键盘问道：可以吗？起初我想耸耸肩膀说：随你们的便。后来又觉得不妥。这些人在公寓里住久了，听到走廊上有人走过就问可以不可以，所以我说：当然可以。她们也就安心去做事。又过了一会儿，整个公寓又恢复了平静，大家都在看书或者看荧屏。我也常做这些事，但没有人看到。自己在看书时，有人在背后看着，这种感觉我没有体验过。说老实话，我有点羡慕。后来我表哥回来了，悄悄地走了进来，站在我身后——此人走路像只猫，很难听到，我是从他身上带的冷气感觉到的。他站着看了好半天，才开口说道：很牛×，不是吗？这个"牛×"我就不知是什么意思，所以也不接茬。过一会儿他又说：你知道她们干什么呢？我说不知道。他说：她们给我挣钱呢。我表哥就知道钱，但他说得也对。她们在寻求知识，但也在给我表哥挣着钱。这后一点让人想起来不那么太愉快。

现在我在自己屋里看书，既不必闻我表哥的屁味，也不为他翻身的声音所骚扰，但我还是静不下心来。这间房子里空无一人，没有人从我面前走过，我也不必举起这本书来对他请示道：可以吗？因此这里缺少读书的气氛。

四

我住的宿舍离学校的南墙很近，学校的南墙又和我表哥开的公寓很近，有一段南墙是砌锅炉的耐火砖砌的，黄碜碜的，看起来很古怪。墙下有窄窄的一条草坪，出了南墙就能看见，总没人浇水，但草还活着。草坪里种了一丛丛的月季，夏天草坪上满是西瓜皮。草坪前面是马路，过了马路就到了公寓门前。那儿原是个很大的工厂，有很多几层的厂房，有铁道贯穿其中，铁路边上有货栈。总而言之，那地方空房子多得很，以前没发现它有什么用处，现在发现了——我表哥搬来后，又搬来好几家，南墙外面那条马路很快就变成了公寓一条街。这对我有些好处：我是电工，我表哥的房子又是我设计的。有很多人找我做活，下电线、设计房子。这段时间外快挣得很多。

下雪那天下午，黑铁公寓的管理员在办公室里喝茶，看到四○一号的红灯亮了起来。红灯连闪了两下才熄灭了，这表示住户想要出去散步。此时办公室里只有他一个人。他把脚从桌子上拿下来，穿上大头靴子，套上他的黑皮夹克，从办公室里出去，走到四○一门前，看到里面的女孩已经准备停当：她把头发束成了马尾辫，脸上化了淡妆，穿着白色的衬衣，黑色的紧身裤，脚上穿着长筒皮靴——看来她已经知道外面在下雪。她手里拿了一个白信封。这位管理员是个秃顶的彪形大汉，他从皮带上提起钥匙串，把铁门打开。此时那个女孩把信封塞到他上衣口袋里——信封里是小费。管理员说：用不着这样——然后又改口道：用不着现在给。但是钱已经给了。管理员看了一下这间房子：这里的每一样家具都是黑色的，黑色的矮床，床上罩着黑色的床罩，黑色的钢管椅子，黑色的终端台上，放着黑色的PC机——机器是关着的。一切都收拾得井井有条，用不着他尽督促、管理之责。正如他平时常说的，四〇一的房客最让人省心。桌面上还有一个黑色的瓷杯子，里面盛着冒气的热咖啡。管理员建议道：先把咖啡喝了吧。那个女孩没有回答，只是面露不耐烦之色——这位房客虽让人省心，但是很高傲。于是他走向那张几乎看不见的黑皮沙发，又开双腿坐了下来。那个女孩走到他面前，站到他两腿之间，然后转过身去，跪在地板上，把双手背到身后。管理员在牙缝里出了一口气，俯下身去，用手按住她的后脑，让她把头低得更低，直至面颊贴到冷冰冰的地板，然后从袖筒里掏出一根麂皮绳索，很熟练地把她的双手反绑在身后。我说的这件事发生在黑铁时代，黑铁时代的人有很多怪癖。这位管理员像一位熟练的理发师在给女顾客洗头，一面缠绕着绳子，一面说：紧了说话啊。但那个女孩没有说话——看来松紧适中。等到捆绑完毕，他把她扶了起来，转过她的身子，左右端详了一番，看到脸上没有沾到土，头发也没有散乱，就从衣架上拿起黑色的斗篷，给她围在身上，系好了带子。随后他又看到墙上还挂有一顶黑色的女帽，就把它拿到手里，想要戴到她的头上。但那女孩摇了摇头，于是他又把帽子挂在墙上，然后打开了铁门，让她走在前面，两个人一起到漫天的大雪里去散步。

最灿烂的阳光

七十年代之初,也就是北京城里空空荡荡的时节,马小军在乡下。清晨,他被一阵哇哇的有线广播声吵醒,此时窗户纸刚刚发白。在昏暗的光线下可以看到,这间房子用黄泥墁墙,有半间是炕。炕上是一床红布面的被子,因为光线昏暗,所以看不出脏来,其实它是很脏的。在那床被子底下,朝外伸出三颗人头,一个男人、一个女人、一个小孩子;这个男人想必就是马小军了。门框上电线通着一个赤裸裸的舌簧喇叭。所谓舌簧喇叭,就是一种很便宜又很难听的喇叭,从里面传出的声音就像鬼叫一样。那个女人推推马小军说:"孩子她爹,该起了。"

因为这是虚构的故事,马小军怎么从北京城到了这里,又怎么成了人家的爹,就无须解释。他从被子里面钻出来,露出了赤裸的身体。这个身体上有一层黑泥。老乡们说,睡觉光屁股,既暖和又省衣服——他就这样跳下地去穿裤子。穿上了给裆裤,束上宽布带子，穿上没有扣子的黑布小棉袄，他就算装束整齐了。与此同时，喇叭还在哇哇地叫唤，发出各种号召。可以看得出来，马小军根本就没睡够，满脸都是没有消除的疲惫。他走到了门口，对准那个喋喋不休的喇叭，高叫了一声：我操你妈！当然，在电线另一端的人没有听见，如果听见就是一场政治事件。马小军会成为"反对学大寨"的典型，挨一顿批判。他走到院子里。这个小院子有一半是碎石垒成的猪圈，里面有两只惨不忍睹的黑猪，正闹着要吃。我说它们惨不忍睹，是因为它们很瘦——猪也喜欢吃饱啊。但马小军抄起一把铁锹，就揍它们，还骂道：妈的，人都没的吃，你们闹什么！他老婆在屋里叫道：你拿猪出什么气啊！马小军骂回去，骂了一阵，出够了气，他往一辆小车上装粪。装满了车，推出门去，会合了别的老少爷们，这样一个小车队走上了曲折的山道。此时天还没有完全亮透。在这个小山沟里发生的事，在七十年代的北方农村是最平常不过了。

据我所知，在北方的山区，推小车是最要命的活计。一车粪土有四五百斤，在平地上推着已经很吃力，遇上个坎儿就能把眼珠子努出来。倒霉的是，这车粪是要推到山上去的，坡越走越陡，马小军的脸色也越来越红，额头上迸起了青筋。用自己的肌肉搬运很重的东西，这可不是闹着玩的，何况是往山上搬。请注意大家的鞋——没有一个人穿商店里出售的布鞋，这种鞋推一趟粪，后帮就要豁开。很少有人穿胶鞋，这种鞋顶多穿一个礼拜，后跟也会豁开。大家都穿家制的布鞋，这种鞋子的后帮子用线纳过，要是有条件，还要衬上一块皮子。那个年代，假如人还有脑子，全都动在鞋帮子上了；但是解决不了问题，车还是那么重。推着推着，连胆汁带酸水全都泛到马小军的嘴里来。眼前出现了一段最陡的坡道，显然，凭一个人的力气不可能把车推上去。所以，这里有些女劳力（没嫁人的姑娘和没孩子的媳妇）帮着拉车。一个大个子姑娘套住了马小军的车往上拉去。她一点都不惜力，于是，马小军这个坏蛋就偷起懒来——于是那位拉车的姑娘肩头的分量就重起来了。她不禁叫道："马大哥！你怎么软了？使劲顶啊！"不知为什么，他因此来了精神，叫道："我顶，我顶！"一拱一拱地把车推到了地头，问那个女孩说：觉出顶了没有？那女孩红着脸走开。这说明无论在城里还是在乡下，马小军都是个下流坯……

同样是下流坯，乡下的马小军比城里的马小军更值得同情，这是因为更多的重量落在了他的身上。早上推了两趟车子，他浑身上下无处不疼：腰疼腿疼屁股疼，最疼的地方当属脚后跟。连鞋都禁不住的重量落在那个地方，怎么能不疼呢。有人说，经常吃苦的人经过锻炼，就会不怕苦不怕累，这是一种混蛋逻辑。大家都是人，干了牲口干的活，都会觉得吃不消。在这种情况下，假如不讲几句下流话，就不像是人的生活。马小军像死刑犯盼大赦一样，盼着队长吹哨歇晌。但队长却叫道：不歇了，再推一趟就回去吃早饭！等到最后一趟推完，马小军推着空车下山时，他已经不大像个人：两条腿各走各的，腰弓得像个虾米。除了肌肉酸痛，他还觉得饥饿难当……

然后，马小军坐在自己家里的炕上，等着他老婆端上饭来。这铺炕上放着一个小炕桌，他女儿——一个光屁股的小女孩——站在对面。农村孩子在七八岁前都不穿衣服，这大概是为了省钱。这个孩子脸色青里透黄，细胳臂细腿，样子不怎么健康。但她长了一个大肚子，不知里面盛了些什么。似乎是为了回答这个疑问，只听"扑通"，一堆灰白色的残渣从那孩子的身下喷涌而出，落在了炕席上，堆在那里。假如在现场，你还会闻到一股馊臭的气味，犹如坏了的白薯；而那堆东西的形状也很像豆腐渣。但事实是，那孩子是拉了一泡屎在炕上。这时候，马小军的老婆端了饭进来，把它放在炕桌上，然后用一块硬纸壳来收拾那泡屎。这顿饭是放在粗瓷盆里的蒸熟的白薯干，必须说明的是，这种东西的颜色、质地和孩子排出的粪便极为类似。那孩子嗅到了白薯干的气味就哭起来了。马小军的老婆把屎撮到了猪圈里，把那片炕席草草擦了一下，就坐在了上面，开始喂孩子饭——因为那孩子不想吃白薯干，这件事和填鸭子的过程很相似。据我所知，白薯干噎人，吃起来就像吃锉刀。面对着此情此景，马小军虽然很饿，但也觉得胃口全无。人长着眼睛，真不该用来看这种景象；长着鼻子，

97

真不该用来闻这种气味;长着嘴,真不该吃这种食物。最重要的是,人长着脑子,就不该在这种情景下思想。但是人脑不是机器,想关也关不上。

有些背景必须在此说明一下,在整个七十年代,中国的农民在一年中总有半年是靠吃些品质低劣的东西来充饥,这些东西中包括:白薯干、杂交高粱、粉渣,杂之以野菜、南瓜之类,用农民的话来说,就是骗骗肚子。笔者有幸吃过这些代用食品中的一两种,其他的名目是知青弟兄们告诉我的。我还没听说哪里可以放开肚子吃上等的粮食。插队的苦处不在活累,而在于吃不饱,这是放之四海皆准的真理。吃不饱就没力气,但还要干最重的活,这就是农民的生活。最后,马小军吃完了早饭:虽然白薯干难吃,也必须吃下去,否则就无法活着;他又走到了屋外。此时太阳才真正升起来。猪在圈里吃那泡屎,麻雀在院里树枝头吵闹着,小孩子在家里哇哇地哭,队长在街上吹哨子,喊着:下地了!下地了!在此之前发生的一切不过是序幕,新的一天到此才刚刚开始……

在自己家里,在碎石垒成的猪圈墙旁,马小军迎来了灿烂的阳光。这种阳光普照城乡,还普照了整个七十年代。《阳光灿烂的日子》歌颂了它的灿烂,但是不全面。我还想谈谈这片阳光的最灿烂之处。因此必须有两个马小军,前一个在阳光下浑浑噩噩,过得很幸福;后一个在阳光下头脑清楚地承受着痛苦。浑浑噩噩的人因此有福，头脑清楚的人因此而倒霉。每个人都觉得自己长脑子是多余的。灿烂的含义就在于此。

＊本篇作于九十年代，未完成。

王仙客寻无双记

一

贞元年间，王仙客到长安城去找无双，去过很多次。据他说无双是他的未婚妻。但是宣阳坊里的人说，从来没见过这个人。王仙客说，三年前他和她分手时，无双是个漂亮的小姑娘，圆圆的娃娃脸。但是人们说像这样的女人多得很，却没有一个是叫无双的。王仙客又说无双的父亲是刘天德，刘天德是吏部尚书，还是他的舅舅。但是人们说，吏部尚书从来就没叫过刘天德。王仙客又说，无双过去住在坊北的大宅子里，五年前他来长安城考明经，就住在她家。但是人们说，那间房子一直是户部郑主事所居。王仙客还说，他在这里住过两年多，认识坊里很多人。但是他认识人家，人家不认识他。

王仙客初到宣阳坊，就能叫出很多人名。他说他认识开绒线店的罗老板、开脂粉店的程老板、开成药店的孙老板，还有一只眼的坊吏王安。上述君子觉得他古怪得很：从来没见过这个人，他怎么能知道我的事情。王仙客知道罗老板家的使女实际上是他的外甥女；知道王安当过公差；知道程老板年轻时考科举，屡试不第；知道孙老板店里什么都卖。像这样的人实在讨厌，大家都不想看见他。

王仙客在宣阳坊里啰嗦了很长时间，终于还是滚蛋了。宣阳坊里的人终于松了一口气。但是两年后他又跑回来。这回和两年前不大一样。骑着骏马，穿着锦衣，见人就说无双找到了。而两年以前他来时，身上穿的破衣烂衫，迈着腿走进坊来，纯粹是个穷光蛋。他说他找到无双，得到了很大一笔财产。

王仙客一到宣阳坊，就去找郑主事把他的宅子买下来，然后就来找王安上户籍。据他说，他的确有个表妹叫无双，住在长安城里，但是不住宣阳坊；该无双的确是他的未婚妻，但是她不是吏部尚书的女儿；无双家很有钱，几年前他在无双家做客，正碰上兵乱，岳丈叫他押着细软出城，自己和全家老小走在后面。一出城就碰上了乱兵，就此与无双失散。岳丈一家的财产都在他手里，只不过找不到无双就不能用这笔钱。王仙客现在找到了无双，就很有钱啦。至于他找不到无双时神经错乱，误以为无双过去住在宣阳坊，以至骚扰了街坊，他现在也觉得很惭愧。好在本坊人厚道，不会计较这些小事。他就是看中了这一点才来此定居云云。

王安老爹说，多承尊客夸奖。咱们坊的人就讲实话，别的一概不会。于是他给王仙客上了户籍，祝贺了他的乔迁之喜，新婚大喜。还说希望他早点搬进坊来。

王仙客没解释为什么他能知道宣阳坊里那么多事情，王安也没有问。他知道像这样的问题人家根本没法回答，只能自己去猜。老爹猜了半天没猜出来，就去问孙老板。孙老板说，这王仙客过去多半得了妄想症，他不知在哪儿认识了一个坊里的人，知道了一些坊里的事，找不到无双时一着急，就不知自己是谁，以为他也是宣阳坊的人啦。现在他找到了无双，毛病也就好了。

这宣阳坊里就数孙老板足智多谋，他的解释合情合理，叫人没法不相信。但是他自己却不相信自己的话。以前王仙客到坊里来，孙老板说不认识他，那时心里就有点沉甸甸；现在王仙客找到了无双，他又有点怏怏的不乐意，这是什么原因，他自己也说不清。

二

说完了这些背景情况，我们就要说到贞元某年某月某日，王仙客正式搬进宣阳坊时时值严冬，天上飘着鹅毛大雪，王仙客骑一匹白马，引一队车辆，走过十字街口。王仙客经过孙老板的门前时，孙老板禁不住往外看，他看见王仙客骑的马高有一丈，毛片如银，这匹马名贵无比。他的车上驾的都是口外的良马，持鞭的都是面目姣好的儿童，车上挂着丝绒的帏幄，车过后留下龙脑香气。孙老板不知不觉地跟出来，走在车队后面，一直跟到王仙客新宅所在的巷口才停下来。他看见王仙客下了马，从车里搀出一个女人来。孙老板想这大概就是无双了。雪下得很大，无双又裹在一件斗篷里，看不大清，但是孙老板已经觉得很不对。他也说不出哪里不对，反正他觉得这不是无双。王仙客和那女人进门去，剩下的仆人动手卸箱笼。这些箱子沉得很，里面放的大概都是金银。有一个壮仆朝巷口走来，孙老板也知道再看下去不好，就走开了。

孙老板回到店里，连打了三个大喷嚏。他出去时没打伞也没穿斗篷，已经着了凉。外面的雪还在下，已经积了三寸光景。

时近黄昏，程老板正要关门。这位老板是个儒商，做生意只为糊口，不为赚钱。忽然店里来了客人，这客人是女的，身高八尺，绿发披肩，明艳绝伦，老板一看就把眼睛瞪起来。他说：这位小娘子一向少会，您要点什么呀？

绿发女郎说，奴是王仙客的妻子，初到贵坊，还请多多关照。程老板听了吃一惊，心说，怎么，她就是无双吗？我看着不像。当然，他也不认识无双，但是他以为无双起码应该是黑头发，也不能这么高。尽管如此，他也不能慢待了客人。无双说要胭脂，他就拿胭脂。那无双说，这是给老妈子用的。然后她又要眉笔，看了以后大惊小怪地说：怎么，全是黑的？就没有绿的吗？程老板卖了

103

一辈子眉笔,就没听说过眉笔还有绿的。他虽然觉得这个女人的嘴太损,但是也没和她理论——程老板对漂亮的女人总是这么乖。

无双在程老板这里买了一大堆眉笔,据说是要赏老妈子。这话说得很放肆,程老板也不生气。他喜欢漂亮的女人,哪怕她有一身毛病。无双从他店里出来,到隔壁罗老板店里去,罗老板就没这么好的脾气。他们俩吵架在这边都能听见。那女人吼道:你这叫什么绒线店,要金线没金线,要银线没银线,要丝绒没丝绒,你卖什么的?卖麻袋吗?原来你开的是山货店!吼完之后她扬长而去。气得罗老板走过来唠叨:程兄,你可见过这样的女人?说她是官宦人家小姐,你信吗?

绿发女无双从罗家出来,走得很急,几乎撞到路过的王安身上。她开口就来:老梆子,你眼瞎了!看清了是王安后又说,呀!原来是老爹!不知者不为罪,我给你老人家道个对不起。王安瞪起眼来,他从来没见过这么混的女人。那女人又说,老爹,我刚到坊里来,就得罪了老爹,这可怎么好。老爹只好强笑着说,以后可不能这么说话——你是谁家的?女郎说,我是无双,王仙客的老婆。王安觉得很不对,王仙客的老婆怎么是这样?他越想越觉得她不是无双,但是他也说不出无双是什么样,或者这女人是谁。

王安在那里愣了很久,那女人都走得没影了,他才想该找孙老板问问这是怎么一回事情。孙老板没有见过那自称无双的女人,他也不知哪儿不对。但是当老爹说到那女人身高八尺绿发碧眼时,他也觉得奇怪。无双不该是这样,孙老板完全同意。但是应该是怎样的,谁也说不清。

三

我们说过,孙老板是个精明人,非其他老板可比,也非王安老爹可比。王安走了以后,他整整琢磨了一夜,也没想出无双应该是什么样。他倒想起来,当年王仙客来宣阳坊找的黑头发小姑娘却是确有其人。她五尺左右的身材,走起路来一跳一蹦,是官宦人家的小姐。这才是王仙客的未婚妻。而那个绿头发的一定是冒牌货。换言之,王仙客的未婚妻是确有其人,只不过不叫无双,而是另有其名,具体叫什么,他也不知道,现在在哪里他也想不起——反正不是个绿头发女人。

孙老板想明了这一点,并不想告诉别人。因为还有一些事没想明白。照这么说,他岂不是认识王仙客?知道王仙客来宣阳坊找谁,不告诉人家是个什么道理。孙老板虽然什么药都卖,可他觉得自己是个好人,干不出这种缺德的事情。

孙老板想:这件事里一定还有些古怪,所以我想不明白。他是个三十来岁的长安人,唐朝人称京油子的那一种。久惯在京师为民,他有好多事弄不明白。孙老板有很强的求知欲,整天琢磨一些事情——比方说皇帝是不是人。如果说他是人，那不对，应该把皇帝与大家区分开来。如果说皇帝不是人，那更不对，而且应该立刻处以极刑。因为这种品质，应该说孙老板是个思想家。思想家都想不明白，别人就更没门。

第二天早晨，罗老板醒来以后也在想无双的事情。首先，他想明白了无双不存在，然后也想起宣阳坊里是有一个女人，就如王仙客以前讲过的一样，是个矮个儿小姑娘。有关这个女人，罗老板还记得这样的事情：这女孩小时候砸过他家的窗户。那时候她还是个十一二岁的女孩子，身上穿粉缎子小褂，脸上画了一副大胡子。打破了窗子她不跑，站在那里等罗老板出来。那女孩对罗老板说：老梆子，不要急，砸了你窗子，上我家管事那儿拿钱。罗老板去拿，拿到这么句话：小姐砸了你的窗？绝不会！我们家小姐最乖，从来不砸人家窗户！

事隔七八年，罗老板还记得清清楚楚，修那个窗花了十文钱。要罗老板忘了这笔账绝不可能，因为他是山西人。谁欠了山西人的钱不用想赖，活着讨不回来，死了到阎王面前也要讨回来。他想起这件事就恨王仙客，好像王仙客也该为破窗户负责。

罗老板当时有四十多岁，紫糖面皮，脾气坏得很。在家里他是一个暴君，在外面他也凶得很，谁都怕和他打交道。当然，他也是个很厚道的人，从来也没想占谁的便宜。他吃了绿发无双一个瘪，才想起来，王仙客的未婚妻原来是另有其人。那个小姑娘才叫无双，绿头发的显然是冒充。这个问题很严重。

想想看吧，王仙客是个有毛病的人，他找无双找得昏了头，你说什么他信什么，假如有个坏女人对他说，我就是无双，他准信。罗老板想到此，心里就痒起来，这种事真该讲给王仙客听听。

罗老板心里一痒，就来找程老板。他们是邻居。罗老板自己不知道，他是多么招人讨厌。程老板一看见他，心里就暗叫一声：苦也！这个市侩又来了。罗老板不光是俗不可耐，而且长得无比地难看，两颗獠牙从嘴里撅了出来；前鸡胸后驼背，前后有三尺没法站人。而程老板自己长得体面：白白净净的面皮，七尺上下的身材，虽然已经四十多岁脸上还没有皱纹。他还是个有学问的人，怎么也不该和罗老板这样的人搞到一起。这都怪他年轻时不努力考科举，老了落一个与市侩为伍。他听罗老板说那无双是假的，心里不高兴。好吧，你认识无双，上次人家来问你怎么不告诉他？

这一句话就把罗老板噎了回去。他也不明白为什么以前不告诉王仙客这坊里有个无双。想必这无双不是好人。不是好人也不要紧，你说说看，她到底是谁？她父母是何许人也？她住在什么地方，现在到哪儿去了？这些问题他一个也答不上来，只好说我也不知道，只影影绰绰记得有这么个人。

程老板把罗老板轰走以后，开始想这无双的事。他早就想起来，宣阳坊里是有过这么个女人，黑头发黑眼睛，小巧玲珑的身材，她应该是王仙客的未婚妻。当然，他也面临这样的问题，你既然认识她，为什么不告诉王仙客这回事？程老板怎么想也不明白自己为什么要干这样的事情。

程老板不但记起了这个无双，还想起了王仙客以前在坊里和她怎么调情。五年前的清明节，程老板从后窗里看见王仙客和那无双接吻。王仙客极高而无双极矮，所以那无双爬到他身上去。从这件事可以看出来，无双不是这绿发女。如果是她，那一嘴准会亲到王仙客头上的墙皮。

要程老板忘记这件事也不可能。这个景象勾起他的邪念来，晚上与老婆行房时就用这个姿势。他不是山东汉子王仙客，他老婆也不是小巧玲珑的无双，结果是闪了腰，天阴时就麻痒。尤其是现在天下雪，正麻得厉害，这件事说起来有点荤，不过程老板是个雅人。雅人干这样的事叫香艳，不能说是下流的事情。

王安老爹不是雅人，他老人家只有一只眼，那里面容不下沙子。老爹虽然已经七十多，精气神却旺得很。他也想起来，这坊里是有个无双，于是就去找孙老板商议。孙老板听了大吃一惊：怎么，无双是存在的吗？我怎么没想起来？

后来孙老板也想起有这么个女人，叫不叫无双还不一定，她确实是王仙客的未婚妻。憨直如王安之辈明白了这个就够了，他们马上就要去揭穿假无双的把戏，但是程老板、孙老板却不答应。这时在场的有孙罗程三位老板加上王安，他们在旗亭上商议要不要揭发假无双的事。孙老板不同意。是怕上次不告诉人家无双下落的事不好解释，罗老板同意是因为他恨绿发女，程老板不同意是因为他对假无双起了怜香惜玉之心，王安同意什么也不为。四个人议了半天，没有取得一致，又有人惦记着店里的生意，所以就散了。

四

故事讲到这里，有必要记一个大事记。王仙客刚住进宣阳坊时，坊中的君子有人想告诉他绿发女不是无双，还有人不想告诉他这件事。因为没有一致意见，所以没有采取行动。然后继续我的故事。下午绿发女又到坊里来买东西，打扮得奇形怪状。披散着头发，上身穿金片拼成的衬衣，下着黑皮短裙，光着腿，她倒不嫌冷。她到孙老板店里来买药，好像要显她有钱，一开口就要鹿胎若干、鹿茸若干，好像孙老板家后面开有鹿苑。孙老板开一家小小成药店，拿不出这些货，只好让她去找高丽人开的参茸店。她走了之后孙老板想，这女人一点都不爱国。假如你要点寻常的东西，也能做成我一点生意。可你非要去找高丽棒子！他觉得这个无双坏得很。

孙老板还是想不明白为什么那个无双不见了。他记得五年前黑发的无双在坊里，照顾了他不少生意。那姑娘到店里来，总要买最贵重的鹿胎膏，大概她有月经不调的毛病。自从她不见了，孙老板再也不订这样贵重的药，恐怕订来卖不出去。如此说来，黑头发的无双家里是个大官，甚至是吏部尚书也有可能。

孙老板还不明白为什么他不能承认有这么个人。莫非她做了什么不妥当的事情？孙老板想，十五六岁的小姑娘，她能做什么不妥当的事情？不管怎么想，他都想不起来，这件事真古怪。

还有一件事也同样古怪。昨天他还不认识王仙客，今天他就认识了。他想起王仙客七年前确实到坊里来过，他那时是要考进士。因为和无双谈恋爱误了功课，他只好去考了个明经。王仙客人不坏，没有架子，上到官老爷，下到乞丐，都和他谈得来。

孙老板忽然想，我应该去告诉他这个无双是假的，因为他人不坏。他的钱是真无双的财产，不能让假无双拿了胡花。这不是给人家使坏，而是一件冠冕堂皇的事情。但是真无双是谁、她去了哪儿等等，他还是想不起来。

孙老板想明白该揭发假无双，是中午的事。下午又出了另一件事，更坚定了他揭发假无双的决心。三点多钟，有一辆马车开到门前来。这辆车可贵得很，铁力木为辕，黄杨木为轮，驾车的是一匹大宛良马，方头阔胸，长高都有丈把，睾丸有海碗大，这套车豪华得抵上了今天的沃尔沃轿车。王仙客立在车上，问孙老板家几口人。问明是三口人，就扔进三个金钱来。

这金钱每个都有一两重，上面铸着王仙客无双结婚纪念的字样。人家来送钱本是个高兴事，但是孙老板并不高兴。因为这钱人人有份。无双还说了些很难听的话。她说孙老板可要乐坏啦，他那个小破店里一没有鹿茸，二没有鹿胎，眼看要关门。她躲在车厢里，连面都没露出来，但孙老板清清楚楚听见她放了这样的臭屁。他真想把这几个臭钱扔出去，但是他不能。三两金子他扔不起。

宣阳坊里没有太有钱的人。除了六品以下的官员就是中等的商户，简言之，是一群中产阶级。在这里摆阔最招人恨。孙老板想，我这么精明，这么肯干，苦了一辈子，也没发财，你这绿发婊子到底凭了什么，我倒想问问。

孙老板做梦都想发财，就是发不起来。罗老板也如是，但是没他想得厉害。罗老板喜欢生点闲气，还有特强的自尊心。所以他一听说王仙客要送全坊每人一个金钱，就起了激烈的思想斗争。第一他恨假无双，不想要她的钱；第二，他家里有七口人，这笔钱可不少。他还没想明白，就听见王仙客的车隆隆地驶过来，还听见邻居家的人哇哇地喊。喊什么的都有，有人喊王老爷、王太太百年好合，有人喊多谢王老爷厚赐，有人喊不忘王老爷大恩，等等，简直叫人恶心。罗老板气得把牙都龇出来，心里骂这些人不是东西。但是王仙客的车到了他的门前，他也不禁迎了出来。

王仙客在辕上站着，老远就看见了罗老板。他说：罗老板家七口人。然后就到口袋里去取钱。可是那天杀的无双说：不给这老梆子！他昨天和我吵架。说着，王仙客背后的黑绒帘里伸出一条雪白的膀子来，劈手抢过鞭子来，在马背上加了一鞭。那马车轰隆隆驶过，溅起的泥巴涂了罗老板一身。

罗老板这个人脾气太大，到头来自己也不占便宜。别人都在门前垫土，他就是不垫。结果门前出了一个大坑，天阴下雨车一过水就溅到屋里来。他说已经纳过道路捐，门前的坑应该有人来垫。这道理不能说不对，但是王安老爹也需要酒钱。他老人家当坊吏总得有点油水才对。罗老板不垫门前，溅一身泥自己倒霉，王仙客的车开过去后，他在屋里气得要发疯：混蛋！谁要你的臭钱！但是他也不想想，不要钱你到门前来干什么？

程老板按说不该恨无双，但是他也变了主意，决定去揭发假无双。王仙客的车走到他门前时，程老板迎了出来，王仙客给了程老板三个金钱，无双又从窗里探出身来，扔了一大把到程老板衣襟里，说：多给他老人家一点，程老板和我好着呢。这件事成了程老板揭发无双的契机。也许你要说，无双给了程老板这么多钱，程老板还要揭发她，这个人心真坏。这说明你对程老板不了解。程老板是读书人做生意，他不怎么在乎钱。

绿无双从窗里探出身来时，她身上什么都没穿。程老板看了有点晕眩，禁不住胡思乱想起来。这女孩真是非凡的漂亮：身上肌肤如雪，肩宽腰细，乳房小巧而端正。程老板想：人生一世得此一佳人足矣。他还以为无双对他有意思。他还以为这女孩很放荡。他一辈子没干过偷情的事情，这回还是不敢干，于是就起了惩尤物正朝纲之心。从表面上看,这像是虐待狂的心理,其实是要捣蛋。这女孩我搞不到,叫你王仙客也搞不成。

程老板这样想时,满面的阴沉。他现在不是一个笑脸常开的老板,而是一个知书明理的君子人,这种人心狠得很。明明是他心里有坏主意,他非说是你勾出来的,大家见了他们都小心点吧。他想:这个女人可不得了,光着身子上大街!不给她点颜色看看还成吗?

老爹一贯主张揭发绿发女,因为他是公门中人。照他看像绿发女这样轻佻的女子欠得很。要问她欠什么?她欠一场官刑!上了公堂,打她二十下手板,直打得像猫一样喵喵叫,看她还敢不敢上街骂人!大家统一了思想,选定了日子一起上王仙客府上去,告诉他这个无双是假的。

五

故事讲到这里,有必要继续大事记。王仙客送了宣阳坊中每人一个金钱,然后坊里的君子就决定揭发绿发女。我想这绿发女从来就不是无双,并非送金钱以后才不是无双的,因此这事情干得不大有逻辑。君子们各有各的想法,我都讲过啦。不过我还要说,他们还有另外几种嫌疑。王仙客太有钱了,会不会有人想捞点油水？绿发女太漂亮了，她又不肯陪每个人睡，会不会因此就招人恨？当然像我这样把人往坏里想也是很不对的。现在继续我们的故事——四位君子来揭发绿发女。他们到王仙客家是早上九点多钟，正是访客的好时机，可王仙客还没起。又过了半个小时他才出来，还是哈欠连天。到客厅不等别人开口，他先说起话来：些许微物，不成敬意，各位何必上门来谢。他妈的，他还以为大家来谢他昨天的金钱啦！一张纸画个鼻子，你好大的脸！

王安老爹想告诉王仙客，他老婆并不是无双，但是这话很难讲。他怕王仙客问一句：你不是说无双不存在吗？那时难免要闹个大红脸。三位老板也是这么想，于是就没人讲话。王仙客说，要是四位没什么要紧的事，就请明天再来。这话说得再明白不过，他要回去陪无双。于是老爹频频地拿眼睛瞅孙老板，瞅得孙老板把头低下去。他再看程老板，发现程老板也在看他，看来他不开口就没人开。王安老爹只好说：王老爷，不是我多嘴，尊夫人并不是无双。

可想而知，这话王仙客不明白。他说：我老婆不是无双又是谁？你们认识她吗？不认识怎知她不是无双？这问题真叫人难以回答。孙老板见老爹拿眼瞪他只好站出来说话，他说尊夫人叫什么都可以，就是不能叫无双，因为无双我们认识。

王仙客听了直瞪眼，好像听见了爪哇文。他说这个事可开不得玩笑，当年我来找无双，你们说她不存在，不住在宣阳坊，起码是你们都不认识他。现在怎么都认识了？我看你们诸位大爷的话不可信！说完他就到后面去，再也不出来。

王安等人没办法，只好回家。路上说起这王仙客，大家都说他没出息。自己的未婚妻自己不认识，跑来问别人，人家告诉他，他又不相信。他一定是被绿发女的美色所迷。那女子浑身妖气，肯定不是好人，王仙客恋上她没什么好结果，早晚被害了性命。像这样的人大家不要答理他，让他倒霉去吧。

六

孙老板不愧是宣阳坊第一个聪明人，他料定了王仙客会来找大家再问：到底谁是无双？她现在在哪里？这些问题不好回答。孙老板只想起有这个无双，其他的一概想不起来，难怪王仙客不肯相信。当天下午王仙客到他家里来问无双的事，就发生了这样的事情。为了证明有这个无双，孙老板把五年前的事也举出来做证据，那年清明节早上，王仙客骑一匹乌孙汗血马，带无双出城去踏青。那匹马神骏无比，王仙客身长九尺，飘飘然有神仙之姿。无双坐马前的侧鞍上，小姑娘又那么漂亮，全市惊为天人。这是王仙客自己的事，他想必记得更清楚。

王仙客说，他影影绰绰记得有这样的事，但是这个记忆是错误的。宣阳坊里并没有无双，无双也不是五短身材的小姑娘，这是他两年来好不容易找到的新记忆。想当年他也相信无双是在宣阳坊里，但是在这里找不到她。那两年他不停地思辨这个问题，无双是不是存在。如果她存在，那么她上哪儿去了？为什么宣阳坊里的人都说不认识她？如果说她不存在，那么早两年我到哪里去了？或者说，两年前我是什么人？或者说，两年前我是否存在？或者说，两年前我是什么东西？

王仙客甚至怀疑过，他是不是做梦到现在都没有醒。因此他需要有个无双，不管她是不是真的。绿发女说她是无双，他始终将信将疑。她美则美矣，要说是无双就叫人难以信服。如果孙老板能帮忙把黑头发的无双找回来，王仙客不在乎拿一半财产来酬谢，因为这原本就是无双的钱，花在找她身上合情合理。

孙老板知道，这是很大的一笔钱。但是他还是想不起无双上哪儿去了。他所能想起来的只是那一年清明后，关内起了兵乱，那时王仙客作为无双家的女婿押运她家的财产出城，无双一家跟在后面，出了坊就不见回来，想必是遇上了强盗或是叛军。王仙客也记得有这样的事情，不过想起这事并不能帮助想起无双在哪里。

王仙客说，现在急需想起无双的父亲。他不是吏部尚书刘天德，因为世界上没有这个人。但是，他是谁？他在哪里，无双也必在哪里，此理甚明。孙老板佩服王仙客的高见，但是这位老太爷的名字他实在是想不起来。

王仙客摇摇头，看样子很伤心。孙老板建议他去问问别人，因为孙老板想不起，不见得别人也想不起。王仙客叹气道：好吧，我就去问问。不过我也不敢抱太大的希望，因为我知道，你们坊里的人全是一模一样的记性。

王仙客一走，绿发女就来啦。这娘们堵着门破口大骂，说从来没见过宣阳坊里这样的混蛋人。王仙客有神经病你们又不是不知道，还来挑拨离间，我看你们就巴不得他犯起病来吃屎喝尿。不过你们也别美，他犯了毛病还有我，老娘不把你们的肠子掏出来，就算他妈后娘养的！

孙老板是个君子人，颇有点唾面自干的本领。他面带笑容对绿发女说：小娘子说得对，王大官人的贵体要紧。孙某不合听了朋友的教唆，去府上下了几句蛆，小娘子来吩咐啦，今后再也不敢去。下次我再多嘴，您呐尽管来砸我的门面！

绿发女听了说：好罢，我记住你的话，你也别忘了。别以为我是女的就砸不了你的店，就我一个，不要人相帮，也能把你这鸡窝拆成平地！说完了这些狠话，她就扬长而去。孙老板看着她的背影直摇头，他这辈子就没见过这样不讲理的女人！

我说孙老板是君子人，是指君子报仇十年不晚这一点。孙老板想还要不了十年，就叫你这婊子知道厉害！他又尽力去想那无双的事情，想起了更多的细节，可就是想不起那无双到了哪儿。

孙老板想起那一年清明以后，叛军逼城，皇上点起京城里的禁军，御林军，还有一切守城兵马，御驾亲征。也不知向导是怎么回事，迷失了方向，叛军从东边来，他们走到西边去，而且一天强行军三百里，终于错到山东去。就在这个时候，王仙客做了无双家的女婿。这件事真有趣得很。

原来王仙客到京城，是要考进士的，他和无双打得火热，耽误了功课，所以他就没去考进士，而是考了一个好考的明经。因此他和无双的婚事就论不成。无双的爹是朝廷的一品官，不乐意女儿嫁给个明经。忽然间事情起了变化，老头子赶紧把女儿嫁给他，还是因为叛军逼城。

那一天孙老板在门前看见，王仙客骑一匹高头大马，手里拿一张大弓，雄赳赳气昂昂押一队车马出坊去。无双一家在后面老远处跟随。看这个架势，如果王仙客遭了劫，不用指望后队来增援。换言之，这未婚女婿是一个送死的职位。

王仙客实在缺心眼，他明知道坊外面乱得很，流氓无赖都上了街，还敢押着财产走在前面，真是不怕死。当然也要承认，无双家使得好美人计。看来流氓也怕王仙客的大弓长，没敢抢他。他们出了城，没碰上强盗却碰上了兵。王仙客跑了，无双一家叫人家逮住，不用说，都当了刀下鬼。

孙老板这样想，自己都觉得不对。他影影绰绰记得，后来无双回到宣阳坊里来，在原来的宅子里又住了很长时间。但是他实在不记得她上哪儿去了。程老板也如是,他只记得王仙客和无双在他后巷里接吻,这证明无双是存在的,却不能告诉王仙客她到哪儿去了。

王仙客一走,绿发女就来,像在孙老板家一样地撒泼打赖。先是破口大骂,然后就哭起来。她说:程先生,你也跟那些坏蛋来害我!我还以为你爱我呢,原来一点都不爱!

程老板听她这么说,半个身子都麻起来。他说他以后再也不,他再不会,结结巴巴语无伦次。无双给他一个甜蜜的吻,然后出门去,但是程老板只发了一会儿呆,就决定要继续和她作对。

程老板受不了绿发女是良家妇女。她分明是个婊子,不知怎么把王仙客勾上啦,居然当起无双来。这件事非常地不对头。盖良家妇女者,人人须敬而远之者也;婊子者,人得嫖之者也。绿发女还是当婊子比较好,否则叫人怎么活呀?

程老板是个风流人,但是他喜欢光明正大地、安全地满足性欲。他也出得起钱。从这个观念出发,他希望一切妖娆的女人都去当婊子。当然,也许她们不乐意当,那么就该躲在家里别勾得大爷心动。你别看他在无双面前那么乖,其实狠着哪!要不能叫正人君子吗?

那一天王仙客又去了罗老板家和王安老爹家,他向他们打听无双的下落,他们也说不上来。王仙客前脚走了,无双后脚就去骂街,骂得无比难听。她管罗老板叫龇牙鬼,还说从来没见过比你更难看的人。而且她还威胁老爹说，老梆子，下回再捣我的鬼，小心我把你那只好眼也挖出来！这两位听了只是冷笑——这里是天子脚下，清平世界荡荡乾坤，岂容你在此行骗！你不来闹事倒好些，现在我更放不过你！

无双从老爹家出来，走在小巷里看见王仙客在等她。两人并肩回家去。王仙客问怎么样有门吗？绿发女无双说，没问题。不出十天就能找到你旧情人的下落。不过有一点要和你讲明白，找到以后，不准你和她藕断丝连。我心软还没软到这个地步！

果不出宣阳坊各位君子所料，这绿发女不是无双。她到宣阳坊，就是帮王仙客找无双。这种事不是每个女人都肯干的，绿发女也不乐意。无奈王仙客找不到无双就是一个失魂落魄的样子，谁都不乐意见，所以她只得陪他来，自叹倒了八辈子血霉。我们先把倒霉不倒霉的事放下慢讲，单说王仙客找无双的计划。这不是什么新鲜东西，在三十六计里，这叫抛砖引玉之计。

七

王仙客找不到无双时，也没了盘缠。他可以回家乡去，但是他也不敢回。照宣阳坊里各位君子的意见，他的记性很有问题，所以很可能把爹娘也记错。走进一个陌生的地方，把别人认错，这还算不上冒犯，走进生人家里，把别人误认成爹娘，这就不得了，兴许得个冒名诈财的罪名。王仙客无处可去，只好到长安城外灞桥当了一个馆吏。

馆吏的活计很轻松，王仙客有很多时间想无双的事。他几乎成了思辨学者。他像侦探一样想，无双在哪里，然后又像哲学家那样想，无双是不是存在，最后他像心理学家一样想我现在是不是做梦。第一，不能想象全宣阳坊的人都有那么浅薄的幽默感，硬说一个存在的女人不存在；因此就有第二：无双不是人，是一个鬼。刘天德也不存在，刘天德一家也不存在，他们全是鬼，但是假如一个和他相处了两年又订了婚的人都是鬼，那么所有的人都可能是鬼，他自己也不能说是人，大家都是鬼那就和不是鬼没什么两样；所以又有第三：他一直在梦里。王仙客想来想去，终于想出一个希腊大贤苏格拉底式的结论：我只知道自己一无所知。

想明白了这一点，王仙客就满身哲学家的气质。但是人生在世一无所知毕竟还是不行。连苏格拉底都给自己惹出杀身之祸，何况王仙客是中国人。有一天，王仙客在正堂上看着一只猫发呆。那个猫在一个瓷瓶上擦痒。他想，也不知猫能不能把瓶子蹭下地来，瓶子下地也不知会不会碎，碎了以后也不知能不能修理。他只顾想这些深奥的问题，就忘了管管这只猫，结果瓶子掉下地来打得粉碎，这瓶子是皇帝路过时赏下来的，任何人不得打破。因此他犯了大不敬罪，合当斩首。从这个故事我们可以看出苏格拉底当不得。

王仙客的运气好,犯了这样的大罪也没丢命。有人教他来投奔这绿发女,不但保住了命还得一美妻。这是另一个故事,在此不便细讲,反正王仙客没有死,而且娶了绿发女。结婚以后他还是不清不楚,生怕自己又做梦。绿发女知道他这个病非找到无双不能好,就陪他再上长安来。

俗话说,旁观者清。绿发女一听王仙客说他的疑惑就肯定有无双其人。她说:要是没她,你也不会这么失魂落魄。要找无双可以,有一个条件。找着了给她一笔钱就叫她滚蛋,我可不乐意在家里养一个闲人找气生。谈好了这些,绿发女就和王仙客到长安来找无双,根据王仙客说的情况,绿发女定下了抛砖引玉之计。她说用这计要是找不到无双,算我十九年白活。

八

现在又有必要继续我们的大事记。王仙客到宣阳坊,不是来定居,而是专程来找无双。假如大家知道他来干这个名堂,一定会说:无双不存在!从来没听说有人叫无双!但是大家不知他要搞这种名堂,再加上绿发女又不讨人喜欢,所以都在努力想无双的事情。

孙老板想，我要是想不出这无双到哪里去，枉自叫了宣阳坊里第一个聪明人！他也很想得王仙客许下的那一大笔赏钱。孙老板精通算术，知道这笔钱够他挣几辈子的。他想来想去，没想出无双去了哪里，倒想到她小时的事情。无双十一二岁时到街上来买东西，总是骑在一个胡子肩上，那胡子是她的家奴。

孙老板还记得那胡子的模样，他身高八尺，膀阔三停，肌肉坚如钢铁。宣阳坊里住的都是中产阶级，谁也有不起家奴，这无双真是阔得很。

无双到市场上去，买东西从来不问价钱。她挑好了货物就拍拍手，叫道：胡子，拿钱来！胡子身上也总有那么多钱。偶尔没钱了也不要紧，把胡子押在那里。家生的孩儿，天生的奴隶，忠心耿耿，又有力气，到哪儿都值很多钱。

孙老板还记得无双夏天总穿短衣衫，上衣遮不住肚脐，裤子露出膝盖。这不是因为家里没钱做新衣，而是一种时髦——土耳其式的装束。她用金链子拴一个坠子遮住肚脐，那坠子是祖母绿的。祖母绿真是名副其实，就像祖母死了埋在地里半个月，再挖出来那么绿。

在孙老板心里，无双就是这么熟悉又陌生。他记得她穿过什么衣服，戴过什么首饰，可是他记不起她姓什么，父母是谁。孙老板想，大概就是这么回事。她是一个阔小姐，我是一个本分生意人。我记她家里的事干吗？难道要拍她的马屁？

孙老板想这些事时，正是掌灯时节。程老板也在想无双，想到了那一年清明，他看见王仙客骑马带无双出城踏青。那无双尚未及笄，可也老大不小啦。她披着头发，穿一件西洋式的短裙。那裙子是白毛线织成，一侧开岔，无双侧坐在马上，一条玉腿整个出笼。姑娘大了，实在不该这样，程老板看了，好似当心挨了一拳。

想到了这一点，程老板的想象就丰富多彩起来。他想起无双的腿洁白如玉，形状完美无匹。她的乳房也长起来，小而且圆，程老板想起来就觉得老婆难看得很。当然他没打过什么坏主意，但是光这一点已经叫他很伤心。想他程老板本是个端正的人，怎么见了个小姑娘就拢不住心了，真是愧对神明。

程老板又想起来，好像有一回，无双穿着罪人的黑衣服，脖子上拴着铁链，在坊心的广场上坐着，她身边站着公差。她家里好像遭了灭门之祸，无双在这里被官卖为奴。那是冬天的事情，程老板记得广场上有很多人。地上结满了冰花，人们哈气成烟。程老板挤进人群里去，只见无双坐在木桩子上，眼睛哭得通红。她还是那么漂亮，程老板见了不禁动了凡心。他听见公差在喊：便宜啊，真便宜！官宦人家小姐，刚十六岁，长得这么漂亮，保证是黄花一朵！只要十贯钱，还不值一个驴！

无双听见这样的吆喝，又哭起来。程老板的心里禁不住蠢蠢欲动。他想把无双拖回家去，发泄他郁积多年的淫欲，他也出得起十贯铜钱。但是他刚朝前走了一步，无双就抬起头来。小姐毕竟是小姐，落难时还有一种威严。无双瞪起眼大喝一声，姓程的，你这色鬼！你敢！王仙客早晚会回来，我叫他剥了你的皮！

无双马上被官媒打了一顿。那个老婆子一边打无双的嘴巴一边说，客人你怕啥！她家再不是一品官，凭什么来剥你的皮，买了吧！官宦人家小姐，细皮嫩肉，味道好得很咧！

程老板没把无双买回家去，这不是因为怕了无双的威胁，也不是因为出不起十贯钱，而是因为坊里的人围上来。他脸色通红，支支吾吾地说，这不对，这孩子是咱们坊里的人——谁忍心——还是外坊的爷们买吧，等等。他回到家里还在后悔：当了那么多人，被无双一顿抢白，全坊的人都知道我对无双没安好心。

程老板知道，自己像一切人一样，干了露脸的事就记得住，干了没脸的事就记不住。也许这就是他忘了无双的原因。其实这不要紧，他并没有把她买回家，也没有破坏她的贞节，虽然这两件事他都想干但是并没有干出来。想起这件事对找到无双必有极大帮助，谅那王仙客也不好意思不拿出钱来相谢。

王安老爷也想起这件事来，他记得那个冬日，天极蓝而且极冷，风里夹着锋利的砂粒。老爹黄昏时经过广场，看见无双在那里被发卖。

当时周围已经没有看热闹的人，只剩下无双和几个衙门里的人。那个官媒正在打她，一边打一边骂：小婊子，就是你嘴硬！

明天还要我陪你挨一天冻吗?

王安和衙门里的人都熟,走过去一问,原来那无双被卖时还是那么霸道,见了有那等有钱的大爷过来就威胁道:我家是一品大官,吃了冤枉官司,早晚有昭雪的一天;我夫君王仙客一时走散,早晚回来找我;谁敢买我,我就死在他家里,叫他倒大霉;云云。坊间的良民百姓都胆小怕事,听见如此说,谁也不敢买。官媒太太挨了好几天冻,十分气愤。她拧着无双的脸说,小婊子,你叫人没法疼你。明天只好卖你去当窑姐,窑子里没人怕你那些吓人的语言!

无双一听,十分害怕,她对王安说:老爹,我一辈子不求人,今天没了奈何求求你。你老人家做件好事,把我买了去,我一定好好服侍你。将来王仙客回来,叫他拿金帛重重相谢。

剩下的事想起来就不好意思啦。老爹记得他当时狞笑了一声说:服侍?你还会服侍人吗?王仙客?王仙客还会回来吗?金帛?你还会有金帛吗?你爸爸大逆不道,做下这等罪孽,你还这么张狂,活该到窑子里去叫千人压万人骑!

王安老爹又想:这无双的爸爸是谁,做下了什么罪孽,想破了脑袋也想不起来。想必他是户部的官员,贪污了公款;是礼部的官员,弄错了礼仪;是兵部的官员,贻误了军机。这样自由联想了半天也没想起来,可见弗洛伊德的法术也治不了这种毛病。

九

现在又有必要继续大事记。宣阳坊里诸君子在同一个时间想起无双的事来，这事不能不说是很奇怪。按教科书上的记载，所谓因果关系是说一件先发生的事决定了后发生的事，这就是说，假如世界上有过无双，以后人家就会想起她来。但是在我这故事里恰恰相反，你必须遇到某件事，才能想起从前的事——时间就是如此逆行，无怪有人说相对论是中国人发明的。然后继续故事：

此时王仙客在家里，和绿发女谈起无双来。这个样子真该叫宣阳坊里各位君子看看——他们怀疑绿发女不是好人，真个疑得不虚。十冬腊月，这娘们躺在一盆冰水里，不是妖孽必是匪类。王仙客问她可有把握找到无双，她说没有问题。宣阳坊里这些人都有想起来的样子，至迟后天，就要真相大白。

绿发女说，人人都有想不起的事情，只不过正人君子想不起的事特别多，而且让他们长记性也特别难。说到这里，绿发女打个哈欠，换了话题。她说这几天我明白了一件事，你小子一点都不爱我！

王仙客赶紧赌咒发誓说，他爱，爱得要了命。绿发女说，这话鬼都不信。假如我不见了，你一定不会这样地去找。王仙客倒也同意这话。不过他说，绿发女不见了，慢说是他，神仙也找不到。绿发女叹口气说，你说的倒也是实话。这就是说我这辈子没指望得到太多的爱。女人弱了遭人欺，就如那无双一样，强了呢，又不讨人喜欢，这真是两难命题！

绿发女从澡盆里站起来，接过王仙客递来的毛巾，揾去身上的水。她是绝美的女人，但是身体长得有点男性。胸肌发达，以至乳房都像是方的，浑身上下就像那种没太多肉但是很有劲的人。王仙客没见过无双的裸体，但是他想：无双没有这么美，但是一定要可爱得多。

王仙客又想，凭良心说，我不是不爱绿发女，但是我更爱无双。他这么一想绿发女就明白，她一把揪住王仙客的脖子叫起来：小子，你又出神！想的什么，从实招来！

王仙客说在想无双，说完了又后悔。绿发女也说，你应该撒句谎才对，像你这样，我早晚会杀掉你。

王仙客不是不想撒谎，怎奈他不会说假话，要不然他早就找到无双了。他也禁不住要和绿发女谈无双的事，也不顾这话题是多么招人讨厌。他说无双对他说过，她最讨厌嫁人，不过她又说，嫁给表哥另当别论。那小姑娘天真得很，现在也不知在哪里受罪。绿发女听了大怒道：混蛋！成天无双无双，烦不烦？我这不是帮你找她嘛！

绿发女的脾气一天比一天坏。她虽然答应帮着找无双，心里并不乐意。这也是人之常情，没有人乐意做这样的事；但是这绿发女与众不同，她是以杀人为职业的人。谁也不知道她能干出什么事来。王仙客做梦，常梦见她捅他一个透心凉——这种事她干出来也不算稀罕。

王仙客虽然知道他现在是踩着钢丝找无双，随时都会有危险，但是他还是禁不住要对绿发女谈无双，因为无双还没找到，而眼前又没别的人肯听他讲。不管怎么说，无双是他的未婚妻，她不见了总要去找回来，这不是为了哗众取宠。绿发女听了连脸皮都变了绿，她说：时至今日你还敢说她是你的未婚妻！王仙客又说，就算她不是我的未婚妻，我们俩之间还是有过婚约。无双说过，她一定要嫁我，嫁不到就和我私奔。她确实说过这样的话，我要说谎不得好死！

绿发女听了这样的话，气得笑起来。她问：你和我说这个干什么？难道你活到不耐烦，想自杀又没有勇气？王仙客说，不是这样的，我是说，有这样一个无双，身材很矮；我和她在大槐树下初吻，几乎够不到她的嘴唇；因此她叫我靠树站下，她把我当棵树来爬。无双从小像男孩子一样的淘气，所以很容易就爬上来。她用两腿夹住我的腰，我用双手托住她的臀，我们俩就这样接吻。

绿发女说，这故事听到这儿才听出一点意思。接着讲，后来怎样。后来吗？后来我们走出小巷，无双给我一方手绢说：表哥，擦擦嘴，别叫别人看见。我一直保存着那方手绢，直到你把它烧了。

你想想看，这些事像不像是我编出来的？

绿发女说，我从来就没怀疑无双存在。现在不但我，宣阳坊里每一个人都相信她存在，只要找到她就能得一大笔赏，谁会说她不存在。王仙客说：他们还是不能想到无双的下落，因为他们找无双只是为了钱。所以他要对绿发女讲这些话：是这样一个无双不见了，他要把她找回来。拜托拜托！

十

第二天，宣阳坊的四位君子到王仙客家里来，告诉他说，想起了无双的若干事情。他们在厅上说话，绿发女就在屏后偷听。这些事绿发女都知道，她对无双的事了如指掌。王仙客给她讲过不知多少遍，以至她一听就烦。当年无双一家逃难时叫王仙客走在前面，一出了长安就遇叛军的骑兵遮天盖地而来，把城外的难民杀得人头滚滚。王仙客急忙回头，身后又闭了城门。他只好落荒而逃。仗着马快骑术精逃了一条命。从这种情况来看，那无双一家困在长安城里没有出来。他们一家有各种机会倒霉，因为不几天之后叛军就攻下了长安城。

老爹王安也提到这种可能性。当然是杂在各种可能性中提出来，说的时候也含糊其辞，但是他毕竟还是说了出来，所以这老梆子虽然瞎了一只眼，也比别人可爱得多。乱党占城之日，威逼在京的官员出来做伪官，假如不做，一家大小都有危险。那么还是做了的好——王仙客这么说。从这话里就可以看出王仙客对老丈人的死活不大关心，难怪人家不乐意把女儿嫁给他。假如朝廷永远不回来了倒也好办，可惜他们还要打回来，做了伪官的就很难保住脑袋。

王仙客也不笨，马上就听出这很像一句实话。他说：老爹说的很重要。无双的父亲刘天德兵乱时陷在城里没逃出来，受乱党胁迫当了伪官。光复以后朝廷一追究，办了他一个附逆之罪。本人杀头，家属官卖为奴。我现在什么都明白了，只求各位告诉我，那无双是谁买了去？

但是事情还没这么简单。王仙客这么一说，大家都说不是这样的。无双的爸爸也不叫刘天德，他也没附逆做伪官。无双被官卖的原因不明，也许她根本就没被官卖过。王仙客急得叫起来：你们怕什么呢？我又不会去杀人放火！我表妹被人买了去，我再把她买回来就是啦。

这么说还是不对。各位君子说，不但无双被官卖的事不一定有，也许她根本就不存在。他们嗫溜嗫溜地往后退。一会儿就退回到几年前的记忆状态，几乎就要说我根本就不认识你王仙客。王仙客大怒，几乎和他们打起来。

打架不能解决问题。王仙客把几位君子送走，回来又找绿发女问计。他说道,贤妻,你都听见啦,这几位还能叫人吗?要他说句实话,好像我要扒他的祖坟!你看咱们是不是动点硬的,不劳你老人家芳驾,我去雇几个流氓来,把他们的铺子砸一砸。

王仙客是一个知书明理的君子人,从来没干过这种事,这一回实在是气坏了。绿发女沉吟了好一阵才说:动粗的怕也不管用,这几个家伙恐怕是真记不起来了。不瞒你说,我也猜不出这几位的心机。

照王仙客的想法,他舅舅可能是犯了大罪,被皇上办了灭族之罪。所谓灭族,不是把全家都杀光,而是杀了男的卖了女的。宣阳坊里各位君子不敢告诉他无双在哪里,是怕对叛逆的家属露出了同情之心,显得自己不像好人。但是绿发女认为这想法不对。如今朝廷光复长安已经六七年,皇上又得了皇子,大赦天下好几回,当年的罪过早就没什么要紧了。到底是为什么。她也不知道,不过她还是说,不劳你操心,明天晚上之前我一定给你问出来。

十一

现在又有必要继续大事记。宣阳坊里诸君子忽然又说没有无双了,这说明的确有逆行的因果关系。无双存在不存在,都决定于各位君子的心情。这件事实在恐怖得很。几十年后,人家也不知会怎么说我。他们一高兴，说王二是好人，我就可以继续写下去。他们不高兴，说我不存在，我就没啦，连我老婆都不知上哪儿找我，你看吓人不吓人？闲话少说，我们再继续故事：

孙老板回了家，还觉得背上有冷汗未干。他一听见王仙客说无双的爹叫刘天德，他犯了附逆之罪等等，心里就咚咚乱跳起来，好像要发心肌梗塞。也来不及想一想是不是有这么回事，赶紧矢口否认。这都是因为当场有五个人——要是两个就好得多。这就好比听见人说皇上有梅毒，两个人在家里说是一种劲头，五个人在饭店里说又是另一种劲头。在后一种情况下，你不光要马上说皇上没有梅毒，而且要说世界上根本就没有梅毒这种病，皇上根本不会得任何一种病，等等。实际上你说什么可能都晚啦，不几天之后你就得一个罪名去碎叶充军。那地方没有水，想喝口马尿，马都撒不出来。至于你的罪名，可能是在外国人面前放了响屁，有辱国体。

孙老板想到这些时是在家里，他再不用马上矢口否认任何事情。这时他慢慢地想起来，无双的父亲好像是犯了附逆的罪——但是他还是不叫刘天德。不单他不叫刘天德，世界上任何人都不能叫刘天德。否认了这一点，什么都可以想起来。此人是个黑胖子，上朝的日子穿红缎子的袍子，好像一床新媳妇当陪嫁的被子，不上朝的日子青衣小帽在坊里遛弯。那家伙很会节省，叫全家上下都不准乱花钱，只有无双一人例外。

不单孙老板想起来，别的老板也想起来。罗老板想起这老家伙用了一个刻薄管家，专门会耍无赖。明明是无双砸了人家的窗，那管家就是不赔。有什么样的东家就有什么样的管事，罗老板到今天还恨得牙根痒痒。

无双砸了窗，不过是十文钱的损失，不够记恨一辈子，于是罗老板又想起这么一回事来。这事情想起来多少有点不好意思啦，那是乱党占城时的事。无双的爹黑更半夜的跑到罗家来，说是逆党逼在京的官员出来做事，如果不去，对全家都不客气。那家伙说，我食君之禄，忠君之事，决不从贼，大不了一死以全臣节。但是我那爱女无双才十六岁，吃也没吃过，穿也没穿过，怎忍心叫她随我一死。这孩子就在坊里长大，求罗老板看在平日她叫大叔的份上，叫她在府上躲些时日。日后王仙客回来，就求罗老板为他们完婚。我要他们把您当亲爹看待。

无双和她爹一块来的，她爸爸说完就叫她跪下给罗老爹磕头。但是罗老板叫道，慢着！他心里很气愤——他妈的，全坊那么多人，你怎么就逮住我好欺负？

罗老板很不好意思地想到，当时他很怕受连累。后来他又想到，自己一大家子人，总不能为你一个无双担风险。心下也就坦然——这是个好理由，是不是？他叫这父女俩去找王安老爹——第一，老爹没有家小，不怕连累；第二，老爹是坊吏，他老人家也是大唐朝的一级地方组织。还有第三第四，今天记不清楚，反正罗老板是不答应。

无双的爸爸还要继续磨下去,那无双早就不耐烦了。她说:爹,你和这老梆子费那么多话干吗!咱去找王安,他再不要我,那就待在家里哪儿也不去。要不是为了等表哥,我一点都不怕死!

王安老爹也不肯收留无双,他说他是个单身男人,要避这份嫌疑。无双的爹死缠活缠,逼得他连不要脸的话都说出来——你别看我老,我还有性欲,经常手淫。无双在一边听了,翻肠倒胃呕吐起来。她说:爹,你也不必为我费心,我干脆上吊得啦。

想起这件事,王安老爹起初也觉得惭愧。后来一想,这事办得并不坏。像无双那么美的姑娘送上门来不要,可谓道德高尚。古往今来只有一个柳下惠坐怀不乱,连鲁男子对美妇人也只能闭门不纳。老爹想,我虽比不上柳下惠,起码也是个鲁男子,犯不上为这事就想不起无双的爹来。王仙客说的都对,是有这个人,因附逆得戮——只是有一点,他不叫刘天德。

程老板也想起类似的事来,不过更不光彩。无双的父亲确实来过,求他收留无双,程老板也答应了。当时是半夜三更,程老板激动得心里扑扑乱跳,等无双进来。但是无双不肯进来,站在外面朝她爹喊叫:爹,我死也不去这老色鬼家躲难!你不知道,他平时看我是什么眼色!夜里静悄悄,无双的嗓门儿又大,吼得全坊都听见。要是别人还好,偏偏是程老板。他又好色又道学,气得几乎上吊。

135

程老板想：这事也没什么，好歹我比孙老板还强一些。当时无双在他门前吼过以后，她爸爸又要带她去求孙老板。无双说：孙老板是什么人你知道吗？不用说无双的爹，连孙老板自己都不知道他是什么人。

十二

无双父女没有去找孙老板，他也不知道这件事，落了个心里平安。但是他不知人家对他评价如此之低。不但无双不肯上他家躲难，而且绿发女对他还有一个评价——她说他是她平生所见的第一个不尴不尬之人。什么都不知道什么都想不起，还觉得自己聪明得不得了。第二天他和各位君子上王仙客家来，别人都觉得自己说话支吾其辞，不大好意思，偏他说得出口——诸位，让我们定出两大原则：第一，无双的爸爸不叫刘天德；第二，他不是吏部尚书。除了这两点，其余的都可以讨论。

孙老板一点无双的消息也不能提供，觉得不大愉快。他提出这样的原则，是要显示他有很强的组织能力和综合能力。可是王仙客听了几乎要吐，他心里想，我操你的娘！天底下怎么还有这样的人！

在这样的原则下，程老板想起来无双要到他家躲难的事。他说自己家里太破，无双不肯来。王仙客明白她是觉得程老板靠不住。她做得对。假如到了程老板家，现在也不知孩子都养了几个啦。王安还有些补充，王仙客觉得没必要听。他还是那个老问题：诸位，你们谁知道我表妹去了哪里，请快说出来。找到了她，我一定重重相谢。

就是这件事没人想得起。王安老爹情急之下，说起哑谜来。他说无双官卖了七天没卖出去，后来去了一个地方，那地方不想则已，想起来叫人六神无主，又是大恐怖又是大欢喜。临去之前放了一天假，她回坊里来，见了人两眼发直，说不出话来。

说到这儿，罗老板倒想起来。无双回坊，原来是找人带话给王仙客。她找了半天找不到人，只好上罗老板店里来，说的那些话叫人不好意思提起。大家叫他不要有顾虑，不管什么话只管说出来。原来无双说，这一坊人都是混蛋王八蛋，罗老板也是个王八蛋，不过还像是个好一点的王八蛋。所以她求罗老板带一句话给王仙客。王仙客听到这儿，把耳朵竖起来使劲听，结果听见一句：这句话我忘了。

不用我说你也想象得到，王仙客站起来对罗老板连连作揖，泪流满面地说：罗老爹，您千万别介。我就是你儿子，你就是我亲爹。哪有亲爹把儿子的事忘了的道理？

王仙客这种说法，除了哀求，还带点情急要耍无赖的意思。孙老板、程老板和王安都使劲帮他想，想来想去就是想不起。直绷了一顿饭的时间，罗老板终于想起一点什么来。他说，无双叫王仙客到……去找她，可……是什么地方，他拼了老命也想不起。王仙客急得要命，几乎给罗老板跪下来。忽然间孙老板跳起来，朝大家施了一礼道：小子店里还有点俗事未了，我去忙过了就来。说完这话他也不管别人会对他有什么看法，撒腿就跑掉啦。

十三

孙老板这一跑，引得别人起了疑心。第一个起疑的就是在屏后偷听的绿发女。她想，这小子走得不尴不尬，别是想起什么来了吧？她立刻尾追而去。然后程老板、罗老板、老爹也都动了疑心，陆续尾追而去。这种情形也只能陆续讲来。

首先我们要讲到孙老板跑回家来，他打发学徒回家去，把门上了板，坐在后厅里喘气。无双的事他也可以说想起一点来，也可以说还什么都没想起。原来他在厅里骤然感到讨论无双犯了大忌讳。不但刘天德说不得，无双也说不得，谁说这个就不是好人。

孙老板又想，我说无双已经说了三天啦，难道我已经不是好人？但是他马上又认定自己还是好人。这首先是因为无论如何他都是好人，这一点不容怀疑，其次才是他为什么犯这个错误。

要解释好人为什么也犯错误，首先要解释什么是好人。好人和坏人的区别就在于好人有很多不知道的东西，因此他才能如孔夫子所说的那样思无邪。因此好人的记忆里有很多空缺。其实不是空缺，是一些禁止的符号，封死了记忆。正如记忆会淡忘，禁止的符号也随着时间的流逝变得模糊不清。因此好人也会想起不该想的事，直到遇上更强的休止符。很显然，刘天德和无双去了哪里最想不得，无双的其他事情想不得。罗老板想……是哪里，已经堕入魔道而不自知，必然给自己招来杀身之祸。

孙老板想起这些很是得意，他想我可以写一本好人的心理学，济世救人。假如他写了出来，必然可以丰富中华民族的文化遗产，今天的人写青年修养之类的书时也可以用作参考，可惜他没写。孙老板还来不及把提纲想好，绿发女就闯进来。她说：好一个孙老板，躲在家里享清福！你忘了昨天对我说了些什么"再去你家里下蛆，就砸我的门面！"你还用我动手吗？自己把铺子拆了吧！

孙老板只好给绿发女说好话，心里着实的不痛快——眼前这个人分明是个女骗子，他却动她不得，还得朝她低三下四，真是没天理！

程老板在王仙客家想那无双去了哪儿，忽然发现孙老板不见了，他就觉得很不对。由这个很不对他又想起来，原来无双不见了的事不能想。于是程老板恍然大悟，冷汗发出——我的妈，原来是这么回事！他连忙告辞出来去找孙老板，要把他好好埋怨一番——咱们是街坊，平时又没红过脸，这种事你也不提个醒是何道理。孙老板对此早有防备，他的门上了板。不过这防备屁用不顶。程老板径直到后面去，还没进门就听见孙老板在朝绿发女讨情。

孙老板说，小娘子，我没说你什么坏话呀！你想想看，我在宣阳坊为民，怎敢得罪坊吏老爹！他老人家说去，我怎敢不去。我知道您老人家就是无双，所以一句出格的话也没说。绿发女说，别这么肉麻，我不老！不过你这梆子说得也对，你是没说我什么坏话。外边那个程梆子，你给我滚进来！

程老板走进去，心里有两大疑惑：第一，我怎么成了梆子了？第二，我在门外她怎么能看见，难道她的眼睛是 X 光机？但是他已经没时间研究这些啦。绿发女指着他好一顿大骂，要是别人早被骂急了。可是程老板这么想，想这么一个大美人被她骂骂也是有福——他有点受虐狂倾向。

绿发女骂到嗓子几乎冒出烟来，程老板还是一句嘴也不回。她想，骂人不是我的目的，最要紧的是逼出话来。所以她问程老板，你为什么说我不是无双，别嬉皮笑脸，回答我的话！

程老板说，我说了你不是无双了吗？哎呀！这可很不对。你当然是无双，你一直是无双。绿发女想，这个人怎么不要脸皮呀。她又问：为什么我是无双？程老板说，因为你是无双，所以你是无双。这句话险些把绿发女气死。她想，再和这家伙胡扯下去，连我都不知道我自己是谁啦。幸亏这时罗老板进来，绿发女又有了说话的人，否则她只好铩羽而去。

在王仙客家里罗老板发现同来的三个人走了两个,他觉得这种情形不对。于是他也离开了王家这个是非之地,到孙老板家来,结果正赶上绿发女撒泼。罗老板是直性子人,不肯说昧良心的话,就和绿发女大吵起来。他老说一句话,这是怎么一回事,大家心里都有数。绿发女说:有什么数哇,你说出来!别打哑谜!罗老板又不肯说。他叫孙程二位也说两句,那两位做出大智若愚的样子,只是微笑,什么也不说。

故事讲到这里,又有必要继续大事记——绿发女又成了无双啦,连她自己都没想到。孙老板心里有数:她非是无双不可,不是无双不成,黑头发矮个子的无双根本不存在。只是罗老板死心眼不肯接受。死心眼的人要多吃苦头,这是他活该。好像还嫌这场面不够乱,老爹和王仙客也走进来。老板们不禁心里一震——今天的事真不知怎么了结。

大家都不明白老爹是不是真这么笨,他到现在还说绿发女冒名诈财。其实他老人家不是笨,而是过于自信啦。王安已经活了七十岁。孔夫子说过,七十从心所欲不逾矩。这话是春秋时说的,到了唐代就该是九十不逾矩。宋明以后,人非到二百以后不能从心所欲不逾矩——假如他老而不死的话。王安以为,他什么都知道,不会犯错误,这不是说他真有那么高明,而是动脉硬化了有点糊涂。他进来就大吼大叫地说:你们都怎么啦?这女子不是女骗子吗?

绿发女说:老头,你很坏,骗子就骗子罢,还要强调是女的,

141

好像要罪加一等。好罢，你说说，我骗了谁！老爹就说，大家来说说罢。无奈大家都不说话，冷起场来，老爹也觉得有点不对啦。

孙老板家里有一种沉重气氛好像死了人在默哀。老爹觉得背上的冷汗在往下流，他又想发脾气又想往后退。后来孙老板说，老爹，您老人家弄错啦，她就是无双呀！程老板也说，千真万确，她不是无双又能是谁？王安听了大怒说，你们一定得了她的贿赂！让罗老板说说，罗老板不是这样的人！罗老板噘着嘴愣了半天说，既然大家都说她是无双，那她就是无双，我没有意见。老爹到底不是个笨蛋，他见这局面不对，也动起了脑筋——是这样的吗？好罢，你们都说她是无双，那就算她是无双好啦。小娘子，我们闹了误会，你休要记怀。

绿发女听了狂笑起来，说道：好说好说，好说得很啦！以后还要在一个坊里住，计较这个好意思吗？王安和老板们都想，这女人是个好角色，我以后要好好巴结她，连罗老板都不想记仇啦。只有王仙客还不肯算完，他大叫一声：你们搞得什么名堂！当着我的面，好意思吗？

现在王仙客最叫人头痛。大家都觉得他委实可恨。第一，他不该来找无双。第二，他不该到宣阳坊里来住。第三，他不该指着大家的鼻子逼问说，我真不知你们是怎么了，一会儿说，无双在……；一会儿说，无双就是她；一会儿说，无双是黑头发，你们看她头发是黑的吗？一会儿说，无双已经被卖掉啦，被卖掉她怎么还在这儿？我觉得大家都该注意一点，别胡说乱道，或者胡说之前声明一句："我要胡说啦，你爱听不听！"像这样有一搭没一搭地乱来，叫别人还有法活吗？

宣阳坊里诸君吃了这样的抢白，不由得一齐大怒。孙老板说，王大官人，不是我们说你，你这人好没道理！自己的未婚妻自己记不住，跑出来问人，把我们都搅得糊里糊涂！程老板也说，你放着如花似玉一个美人不爱，却跑出来找无双，真叫有福不会享！罗老板说，被你的烂事搅得我好几天不在店里，不知误了多少生意，要扯淡你们扯吧，我不陪着。王安说，对了，大家都很忙，既然她就是无双，还是去各忙各的。众人正要走散，绿发女忽然把后门堵住啦。只听她大喝一声，仙客，堵住前面，一个也别放走了！正要问你们话呢，走了怎么成？

十四

绿发女变了脸，把各位君子圈在房里。她说她不是无双，叫做聂隐娘。看丈夫想无双想得可怜，特地陪他来找。这话听了叫人出冷汗，原来她是天下有名的大恶人，杀人如麻，官司都不敢管。也不知王仙客是怎么和她搞到一起的，这种事叫人没法防备。

故事讲到这里，又有必要继续大事记。绿发女又不是无双了，你看稀奇不稀奇。但绿发女说她是聂隐娘，这话毋庸置疑。聂隐娘长一头绿发，普天下再没有第二个这样的人。照说大家一看见她就该想起她是谁，但是谁也没想起。这里的道理一说你就明白——大家都是正人君子，谁肯想这儿有一个人，杀人如麻而且逍遥法外？这样的事不该有，不该有的事就想不起来。

聂隐娘说，王安老梆子，你先说罢，无双到哪儿去了？我是强盗你是公差，咱们俩是对头。我们道上的规矩，见了公差不杀是造孽。不过你只要说了我一定不杀你。怎么？你不知道？我看你是活腻啦！

绿发女说王安不可能不知道无双去的地方是基于以下原理——你说我是无双，而我不是无双，因此你在撒谎。你撒谎的目的是要大家忘了无双到了哪儿去，那么你一定知道她到哪儿去啦。可是老爹说，这真是活天的大冤枉。我说你是无双，是因为大家都说你是无双。小娘子您是一位绿林的豪杰，对这样的事没有体会。假如大家都说煤是白的，那就是说，以为煤是黑的会有危险。所以那无双去了什么地方，其实我并没有想起来。当然这话您不相信，所以我要讲讲我想起来了什么。

老爹想起来的事大家都没想起来，足见他并没有老糊涂。他说那无双的爹虽然以附逆的罪名被杀掉了，但是他并没有附逆。说这种话本是不应该的——这等于说大唐朝的刑名办得不好，给大好形势抹黑，不过在家里说说没关系，大家都不是外人，说点犯忌讳的话还显得亲近。事情是这样的,那无双的爹不但不肯附逆,还几番挺身骂贼,表现出士大夫的崇高气节。但是那刑部的官员不知是怎么搞的,愣把老大人定了个杀头,真是冤得很。这位大人真是死得冤啦,可惜到今天我还想不起他叫什么来。

绿发女说,这叫什么了不起的情况,值得藏藏躲躲地想不起来,而且我也不信这话,觉得好像是编出来拍王仙客马屁的。还有一件事我要和你们说明白,王仙客虽然是我丈夫,可他管不了我。今天的事不是把他马屁拍好了就能完的——他妈的我一定要弄明白你们几个搞什么鬼!

老爹说,小娘子,你误会了。我不是要拍谁的马屁,而是千真万确有这事。无双的爹临刑时大呼冤枉不止,监斩官见犯人喊冤,按律条不能执行。他又是三品以上的犯官,照规矩要请圣旨。皇上传出上谕来——君叫臣死臣不敢不死,怎么这家伙这么麻烦?想必他觉得杀头对他太轻。着把该狗官的杀头改为车裂,妻子入教坊为妓,儿女官卖为奴,看今后还有没有人喊冤。钦此!

老爹说,这可不是我编出来拍谁的马屁——老大人领了皇上的恩典,在市场上被拉成两半时我们都看见的。他老人家的血溅了一世界,肠子都被揪出来,从东到西拖了半里地长。人的肠子不可能有这么长,不过他的肠子已经被揪得非常之细,几乎可以缝衣服啦。至于这位老大人的夫人,也就是无双的娘,被送进教坊司当歌妓。那老太太六十多啦，牙掉了不关风，唱起歌来闻者无不惊倒。

老爹又说，这可不是我编出来拍谁的马屁，那位太太进了教坊司，唱歌不成，人家叫她去学跳舞。出这个主意的人必有了不得的幽默感。十冬腊月的天气，她穿着跳霓裳羽衣之舞的服装在教坊司门前的空场上独舞，那景象实在是好看。透过透明的衣服可以看见她胸前那对奶，又黑又粗又耷拉，好像一对牛舌头一样摆来摆去。大家从九城之外赶去看热闹，可惜没热闹多久。原来跳不好舞人家不给她饭吃，再加上挨打，过了没多久她就死得直翘翘啦。

王仙客听了这样的事当然很伤心，不过他到此是来找无双，不是找这位"过去未来的丈母娘"。他发急道：无双呢？无双到哪里去了？这个事老爹还是想不起来。绿发女就问孙老板：你第一个跑出来，想必也是你第一个想起什么来。

孙老板说，他其实什么都没想起来，只是想起讨论这个事有危险，就急急忙忙跑掉啦。现在听老爹这么说，他也想起是有这回事，而且还有一点补充。无双的爹是这么被宰掉的——礼部的官员调查了他在贼中的表现，认为应当升他的官，就写一本奏上去。谁知那天的奏章几乎全是关于那些从贼附逆的家伙的事，皇上看了大怒，提笔就判杀。结果他也被判了个杀，这只能怪他命不好，不能说皇上失德。除了这些，他再想不起别的了。

绿发女说，你再想想罢。你们都这么没记性，我实在很不开心。但愿程老板不叫我失望，否则我发了脾气要杀人。程老板一听很害怕，就说大家都记不起来，怎么非该我记起来？好罢我说，你们都记着现在情况——王大官人逼得这么紧，小娘子又这么凶，所以我想起这件事情，不是存心犯忌讳——那无双的爹确实叫刘天德。

王仙客忽然大笑起来，他说：娘子，你老说我呆，你想想看，我怎能不呆？我表妹无双一会儿存在一会儿不存在，我舅舅一会儿无论如何不叫刘天德一会儿确实叫刘天德。你也一会儿是无双一会儿不是无双，所以我也快不知道自己是谁啦。我觉得大伙都有毛病，最好你给我们一人一闷棍。听了王仙客的话，老爹和各位老板都觉得有一点羞，但又不知羞从何来。程老板说，你不要打岔，你舅舅叫刘天德这一点无比重要。知道了这个，你什么都能想起来，不知道这个永世想不起。

原来错杀了刘天德，吏部官员马上就发现啦。有人上了一本说，那刘天德乃先皇驾前的老臣，在贼中又没有失节的事，怎么能用八匹马拉成两截？礼部、刑部都有问题，应当叫他们给刘天德偿命。写本的不知是皇上出了错，要不他也不敢这么写。皇上一看，据说发出一股无明火来，又砸东西又骂人。好在天恩浩荡，他没跟写本官为难，不过圣心难测，过了没多久，那位老爷就得了个古怪罪名去充军。好像是说他穿内裤违制什么的。你想想看，内裤这种东西，除了老婆谁也看不见，违制不违制谁知道哇？这种罪定出来就是要吓唬人的。

然后的事就更有趣啦。皇上上了一股邪门火，再不肯听一切有关刘天德的事情。不但不能谈刘天德，朝中有个叫刘天地的官儿也得了古怪罪名去充军。从此到长安做官的人都不敢姓刘，姓刘的全改了姓张。

皇上既然动了这种无明火，它就一级一级往下传染。首先是当官的听不得"刘天德"，听见了就怒火中烧，不容分说先把你拖倒了打上三十大板。然后就是官差听不得"刘天德"，你把这三个字一块说，他就要和你找麻烦。最后平民百姓也听不得"刘天德"，听了就要撒癔症。其实没几个人知道刘天德是什么东西，知道的也赶紧忘啦。王仙客初到宣阳坊时，普天下没有一个人——包括皇上本人——能想起刘天德是谁来，所以你打听不出来。

王仙客对刘天德并没有兴趣，他只是想通过他找到无双，可是绿发女对此极有兴趣，她听得心花怒放，几乎要跳起舞来——真的吗，你们真把刘天德忘了吗？这很了不起呀！

王仙客说，娘子，你别打岔！程老板，你快告诉我无双上哪儿去了。程老板说，我要回小娘子的话，你让罗老板告诉你。其实他也不知道无双去了哪儿，只是虚晃一枪。而罗老板是知道的。他在王家想起了……是哪儿，就忙不迭地跑出来。现在似乎已经没有隐瞒的必要，罗老板说，无双托他带的那句话原来是：告诉我表哥，到掖庭宫找我。

十五

这件事的始末是这样，无双被官卖为奴，谁也不敢买。黄花一朵的大姑娘，最后降到不要钱，还是没人买（除了程老板这老色鬼，别人连起买她的心都不敢）。谁不怕她说起她爸爸是谁来？后来衙门里也不知拿她怎么办。幸亏京兆尹是个能员，写了一本奏上去——现有犯官"张地道"之女无双一名，奉旨拍卖。臣等见此女美丽绝伦，端庄贤淑，合入宫供奉。未敢专擅，特请旨云云。皇上看了，龙心大喜，立即下旨照准。

无双和罗老板说的并不止这些话，其余的打死了罗老板他也不肯想起来。无双说的是：活着没意思，要不是等表哥，我早就吊死了。也不知为什么，到处都是王八蛋，不见人。皇上是个老王八蛋，当官的是小王八蛋，宣阳坊全是王八蛋，也就是你这王八蛋好一点。所以我请你带句话给我表哥，让他上掖庭宫找我。

这掖庭宫是新宫女习礼的地方。据说地狱的入口处写着一句话：进来的人，把希望留在外边。掖庭宫门上写了一句话，和这一句意思差不多，叫做思无邪！到了这种地方，她还敢指望王仙客救她出来，刘无双的确有点不寻常。王仙客居然真去找她，这小子也有点不寻常。不过这是另一个故事啦,在这里不能讲。

王仙客和罗老板谈无双时,程老板、孙老板正和绿发女辩论,直到王仙客要走时他们还舍不得分手。原来程孙二位讲的是思无邪的伟大道理,都是绿发女闻所未闻的。最后是王仙客把她拖走啦。聂隐娘评价那些道理说,怎么听怎么像装傻。当然,装傻也有装傻的道理,但是装傻无论怎么说都不对。而且装傻太容易了,如果像他们说的,装傻就能得些便宜,总有一天全中国都是些傻瓜。其实全中国都是傻瓜不干绿发女的事,她真是乱操心。第二天他们就离开了宣阳坊,欠了一屁股账没还。

王仙客说过,谁告诉他无双的消息,就把一半财产相赠。但是他忘了,他自己没有一文钱。刘天德那份财产,早在长安城外叫叛军抢了个精光。他现在的钱都是绿发女玩命挣来的,拿来送人,不用问人家就不乐意。也许就是为了躲账,王仙客一辈子再没进过宣阳坊。现在到了结束大事记和这个故事的时候:王仙客夫妇走了以后,宣阳坊里的君子们立刻把他俩和无双一家忘了个精光,永世也想不起来了。

白银时代

一、白银时代

大学二年级时有一节热力学课,老师在台上说道:"将来的世界是银子的。"我坐在第一排,左手支在桌面上托着下巴,眼睛看着窗外。那一天天色灰暗,空气里布满了水汽。窗外的山坡上,有一棵很粗的白皮松,树下铺满了枯黄的松针,在干裂的松塔之间,有两只松鼠在嬉戏、做爱。松鼠背上有金色的条纹。教室里很黑,山坡则笼罩在青白色的光里。松鼠跳跳蹦蹦,忽然又凝神不动。天好像是要下雨,但始终没有下来。教室里点着几支荧光灯,其中有一支总是一明一灭……

老师说,世界是银子的。然后是一片意味深长的沉默。这句话没头没尾,所以是一个谜。我把右手从腮下拿下来,平摊在桌子上。这只手非常大,有人叫它厄瓜多尔香蕉——当然,它不是一根厄瓜多尔香蕉,是一排。这个谜好像是为我出的,但我很不想进入这个谜底。在我身后,黑板像被水洗过,一片漆黑地印在墙上。老师从讲台上走下来,这位老师皮肤白皙,个子不高,留了一个娃娃头,穿着一件墨绿色的绸衫。那一天不热,但异常的闷,这间教室因此像一间地下室。老师向我走来时,我的脸上也感到一阵逐渐逼近的热力。据说,沙漠上的响尾蛇夜里用脸来看东西——这种爬虫天黑以后什么都看不见,但它的脸却可以感到红外线,假如有只耗子在冰冷的沙地上出现,它马上就能发现。我把头从窗口转回来,面对着走近来的老师。她身上墨绿的绸衫印着众多的热带水果,就如钞票上的水印隐约可见。据她说,这件衣服看上去感觉很凉快,我的感觉却是相反。

老师的脸非常白,眉毛却又宽又黑。她把问题又说了一遍,世界是银子的,我很不情愿地应声答道:你说的是热寂之后。这根本不是热力学问题,而是一道谜语:在热寂之后整个宇宙会同此凉热,就如一个银元宝。众所周知,银子是热导最好的物质,在一块银子上,绝不会有一块地方比另一块更热。至于会不会有人因为这么多银子发财,我并不确切知道。我又把头转向窗口,那里拦了一道铁栅栏,栅栏上爬了一些常春藤,但有人把藤子截断了,所以常春藤正在枯萎下去。那一对松鼠已经不在了。只剩了这面窗子,和上面枯萎的常春藤,这些藤子使我想到了一个暗房,这里横空搭着一些绳子,有些竹夹夹住的胶卷正在上面晾干。

教室里光线暗淡，空气潮湿，与一座暗房相仿。

……天气冷时，这位老师穿一件黑色的皮衣，在校园里走来走去，在黑衣下面露出洁白的腿——这双腿特别吸引别人的注意。有人说，在皮衣下面她什么都没有穿，这是个下流的猜想。据我后来所知，不是这样：虽然没穿别的东西，但内裤是穿了的。老师说，她喜欢用光腿去蹚冰冷的皮衣。一年四季她都穿皮凉鞋，只是在最冷那几天才穿一双短短的皮靴，但从来就不穿袜子。这样她就既省衣服又省鞋，还省了袜子。我就完全不是这样：我是个骇人听闻的庞然大物，既费衣服又费鞋。学校里功课很多，都没什么意思。热力学也没有意思。但我没有缺过课。

如今是太平盛世，我在写作公司上班，二十年如一日，写一本叫做《师生恋》的小说。这本小说有八万多字，我已经写了二十遍，每年一遍。所以这部小说有二十个版本，每版的开始都是这样的。现在我又在写第二十一次，开始也是这样。这部小说已有六次被搬上了银幕，每次的开始都是这样。现在又要第七次上银幕，开始也是这样——在热力学的教室里。据说，假如有个女人在一间屋子里上吊，她的吊死鬼就要在那间屋子里作祟——在找到替身之前，每晚都要把自己吊死一回。现在我就是这个吊死鬼，再一次出现在那间教室里……

早上，我驾车驶入公司的停车场时，雾气正浓。清晨雾气稀薄，随着上午的临近，逐渐达到对面不见人的程度——现在正是对面不见人的时刻。停车场上的柏油地湿得好像刚被水洗过，又黑又亮。停车场上到处是参天巨树，叶子黑得像深秋的腐叶，树皮往下淌着水。在浓雾之中，树好像患了病。我把车停在自己的车位上，把手搭在腮下，就这样不动了。从大学时代开始，我就经常这个模样，有人叫我扬子鳄，有人叫我守宫——总之都是些爬虫。我自己还要补充一句，我像冬天的爬虫，不像夏天的爬虫。大夫说我有抑郁症。他还说，假如我的病治不好，就活不到毕业。他动员我住院，以便用电打我的脑袋，但我坚决不答应。他给我开了不少药，我拿回去喂我养的那只绿毛乌龟。乌龟吃了那些药，变得焦躁起来，在鱼缸里焦急地爬来爬去，听到音乐就如人一样立起来跳迪斯科，一夜之间毛就变了色，变成了一只红毛乌龟——这些药真是厉害。我没吃那些药也活到了毕业。但这个诊断是正确的：我是有抑郁症。抑郁症不会让我死去，它使我招人讨厌，在停车场上也是这样。

现在没有下雨，但停车场上却是一片雨景。车窗外面站了一个人，穿着橡胶雨衣，雨衣又黑又亮，像鲸鱼的皮——这是保安人员。我把车窗摇了下来，问道：你有什么问题？他愣了一下，脸上泛起了笑容，说道：这话应该是我问你才对。这话的意思是说，停车场不是发愣的地方。我无可奈何地耸耸肩，从车上下来，到办公室里去——假如我不走的话，他就会在我面前站下去，站下去的意思也是说：停车场不是发愣的地方。保安人员像英国绅士一样体面，脸上挂着意味深长的微笑。相比之下，我们倒像些土匪。我狠狠地把车门摔上，背对着他时，偷偷放了个恶毒的臭屁——我猜他是闻到味儿了，然后他会在例行报告里说，我在停车场上的行为不端正——随他去好了。走进办公室，我在桌后坐下，坐了没一会儿，对面又站了一个人，这个人还是我的顶头上司。她站在这里的意思是说：办公室也不是发愣的地方。到处都不是发愣的地方。我把手从腮下拿出来，放在桌子上，伸直了脖子，正视着我的头头——早上我来上班的情形就是这样。

现在我对面放了一台电脑——单色的老古董。只能用来写文章，不能用来玩游戏，这东西是我的灾星。我继续冥思苦想着，只是把手放在了桌面上，不把它托在腮下，这样一来，就没人能找我的麻烦——虽然我什么都没有写——但我手下的职员还要来找麻烦。他们把稿件送到我办公桌上，然后离去。过上半小时，或者一个小时，我把那篇稿子拿起来，把第一页的第一行看上一遍，再把最后一页最后一行看上一遍，就在发稿签上签上我的名字。有些人在送稿来时，会带着一定程度的激动，让我特别注意某一页的某一段，这件事我会记住的，虽然他（或者她）说话时，我像一个死人，神情呆滞目光涣散，但我还是在听着。过半小时或一小时之后，我除了看第一行和最后的一行，还会翻到那一页，仔细地看看那一段。看完了以后，有时我把稿子放在桌面上，伸手抓起一支红铅笔，把那一段圈起来，再打上一个大大的红叉——如你所知，我把这段稿子枪毙了。在枪毙稿子时，我看的并不是稿纸，而是盯住了写稿人目不转睛地看着，这个被枪毙的人脸色涨红，眼睛变得水汪汪的，按捺着心中的激动低下头去。假如此人是女的，并且梳着辫子，顺着发缝可以看见头皮上也是通红的——这是枪毙的情形。被毙掉以后，说话的腔调都会改变，还会不停地拉着抽屉。很显然，每个人都渴望被枪毙，但我也不能谁都毙。不枪毙时，我默默地把稿件收拢，用皮筋扎起来，取过发稿签来签字，从始至终头都不抬。而那个写稿人却恶狠狠地站了起来，把桌椅碰得丁当响，从我身边走过时，假装无心地用高跟鞋的后跟在我脚上狠命地一踩。不管怎么狠命，结果都是一样。我不会叫疼的，哪怕整个脚趾甲都被踩掉——有抑郁症的人总是这样的。

二、性的符号

在公司里，除了看别人的稿子，我还要写小说。想要混到只看不写的地位还遥遥无期。我在电脑上写道："在教室里，我答出了那个谜，那节课就结束了。同学们从教室里走了出去，这间教室静了下来，但老师没有走，继续站在我身后，时间就这样定住了。假如是我独自一人，此时应该懒洋洋地离开这间房子。但老师既在，一切都不同了。我等着她的主意。忽然间，她小声说道：到我宿舍里来一下，就转身走开了。我从课桌上爬起来，就如一只卧地的骆驼爬了起来，摇摇晃晃地跟她走了。就这样走过了整个校园，走进老师的宿舍。在此之前先走过了一段狭长黑暗的楼道，我不断地撞在两边的东西上。这里放满了橱柜、灶具、大大小小的破烂东西，在这些东西里，隐藏着不计其数的蟑螂。我身材高大，身材过于高大的人往往软弱无力——请不要从字面上理解，我并不缺少撞倒柜子的力气。我只是克服不了身体的惯性，所以总要撞在柜子上；因此我就惊动了不少蟑螂和耗子，对此我感到十分惭愧。"

"现在可以说说在我老师卧室里发生的事情了：走进那房间的大门，迎着门放了一张软塌塌的床，它把整个房子都占满了，把几个小书架挤到了墙边上。进了门之后，床边紧紧挤着膝盖。到了这里，除了转身坐下之外，仿佛也没什么可做的事情，而且如果我们不转身坐下，就关不上门。等把门关上，我们面对一堵有门的墙，墙皮上有细小的裂纹，凸起的地方积有细小的灰尘，我们待在这面高墙的下面。我发现自己在老师沉甸甸手臂的拥抱之中。她抓住我的T恤衫，想把它从我头上拽下来。这件事颇不容易，你可以想象一个小个子女士在角落里搬动电冰箱的样子，这就是当时的情形。后来她说：他妈的！你把皮带解开了呀。皮带束住了短裤，短裤又束住了 T 恤衫，无怪她拽不掉这件衣服，只能把我拽离地面。此时我像个待绞的死刑犯，那件衣服像个罩子蒙在我头上，胡乱摸索着解开皮带。老师拽掉了衣服，对我说道：我可得好好看看你——你有点怪。这时我正高举着双手，一副缴枪投降的模样。这世界上有不少人曾经缴枪投降，但很少会有我这么壮观的投降模样。我的手臂很长，坐在床上还能摸到门框……"对此未必需要补充些什么。你肯定在银幕上看到过了。

假如你在街上看到我，准会以为我是个打篮球的，绝不会想到我在写作公司的小说室里工作。我身高两米一十多。但我从来就没上过球场，连想都没敢想过——我太笨了，又容易受伤——这样就白花了很多买衣服和买鞋的钱。我穿的衣服和鞋都是很贵的。每次我上公共厕所，都会有个无聊的小男孩站到我身边，拉开拉锁假装撒尿，其实是想看看我长了一条怎样的货色。我很谦虚地让他先尿，结果他尿不出来。于是，我就抓住他的脖子，把他从厕所里扔出去。我的这个东西很少有人看到，和身坯相比，货色很一般。在成熟甚至是狰狞的外貌之下，我长了一个儿童的身体：很少有体毛，身体的隐秘部位也没有色素沉积，像这样一个身体正逐步地暴露在老师面前，使我羞愧无地——每天早上我上班以后，坐在办公室里写小说，写的就是这些。上大学时我和老师恋爱，这是一个故事。这个故事正逐步暴露在读者面前，使我羞愧无地。

我的故事另有一种开始，是这样的：热力学课上，老师说，未来世界是银子的。这位老师的头发编成了高高的发髻，穿着白色的长袍。在她身后没有黑板，是一片粉红色的天幕。虽然时间尚早，但从石柱间吹来的风已经带有干燥的热意。我盘膝坐在大理石地板上，开始打瞌睡，涂蜡的木板和铁笔从膝上跌落……转瞬之间我又清醒过来，把木板和铁笔抓在手里——但是已经晚了，错过了偷偷打瞌睡又不引起注意的时机。在黑色的眼晕下，老师的眼睛睁大了，雪白的鼻梁周围出现了冷酷的傲慢之色。她打了个榧子，两个高大的黑奴就朝我扑来，把我从教室里拖了出去。如你所知，拖我这么个大个子并不容易，他们尽量把我举高，还是不能使我的肚子离开地面——实际上，我自己缩成了一团，吊在他们的手臂上，像小孩子坐滑梯那样，把腿水平地向前伸去。就是这样，脚还是会落在地下。这时我就缩着腿向前跑动，就如京剧的小丑在表演武大郎——这很有几分滑稽。别的学生看了就笑起来。这些学生像我一样，头顶剃得秃光光，只在后脑上有撮头发和一条小辫子，只有一块遮羞布绕在腰上——他们把我拖到高墙背后，四肢摊开，绑在四个铁环上。此后我就呈 X 形站着，面对着一片沙漠和几只骆驼。现在有一片阴影遮着我，随着上午的临近，这块阴影会越来越小，直至不存在，滚烫的阳光会照在我身上。

沙漠里的风会把沙粒灌进我的口鼻。我的老师会从这里经过，也许她会带来一瓢水给我解渴，但她多半不会这么仁慈。她会带来一罐蜜糖，刷在我身上。此后蚂蚁会从墙缝里爬出来，云集在我身上——但这都是以后的事了。现在有只骆驼向我走来，把它的嘴伸向我的遮羞布。我想骆驼也缺盐分，它对这条满是汗渍的遮羞布会有兴趣——还有一种可能，就是它是只母骆驼……它把遮羞布吃掉了，继续饶有兴致地盯着我，于是我赤身裸体地面对着一只母骆驼。字典上说，骆驼是论峰的。所以该写"我赤身裸体地面对着一峰母骆驼"，我压低了嗓子对它说：去，去！找公骆驼玩去……这个故事发生在埃及托勒密王朝时期。我的老师是个希腊裔的贵人——她甚至可以是克利奥佩屈拉本人。每天早上我都要挖空心思，给自己的故事一个全新的开始，但总是通不过。我的上司会把这个开始毙掉，正如我会毙掉下属作品中的新东西。

最近我回学校去过，老师当年住的宿舍楼还在，孤零零地立在一片黄土地上。这片地上满是碎砖乱瓦，还有数不尽的碎玻璃片在闪光。原来这里还有好几座筒子楼，现在都拆了——如果不拆，那些楼就会自己倒掉，因为它们已经太老了。那座楼也变成了一个绿色的立方体：人家把它架在脚手架里，用塑料编织物把它罩住，这样它就变得没门没窗，全无面目，只剩下正面一个小口子，这个口子被木栅栏封住，上面挂了个牌子，上书：电影外景地。人家说里面的一切都保留着原状，连走廊里的破柜子都放在原地。什么时候要拍电影，揭开编织袋就能拍，只是原来住在楼里的耗子和蟑螂都没有了，要用人工饲养的来充数——电影制片厂有个部门，既养耗子又养蟑螂。假如现在到那里去，电工在铺电线，周围的黄土地上停着发电车、吊车；小工正七手八脚地拆卸脚手架——这说明新版本的《师生恋》就要开拍了。这座楼的样子就是这样。我有十几年没见过老师，又没勇气找她。老师现在是什么样子，我不知道。

我在公司的办公室里，对面的墙是一面窗子，这扇窗通向天顶，把对面的高楼装了进来，还装进来蒙蒙的雾气。天光从对面楼顶上透了下来，透过楼中间的狭缝，照在雾气上。有这样的房子：它的房顶分作两半，一半比另一半高，在正中留下了一道天窗。天光从这里透入，照着蒙蒙的雾气——这是一间浴室。老师没把我拴在外面，而是拴在了浴室里光滑的大理石墙上。我叉开双腿站着——这样站着是很累的。站久了大腿又酸又疼。所以，我时常向前倒去，挂在拴住的双臂上，整个身体像鼓足的风帆，肩头像要脱臼一样疼痛。等到疼得受不了，我再站起来。不管怎么说罢，这总是种变化。老师坐在对面墙下的浴池里，坐在变幻不定的光线中。她时常从水里伸出脚来，踢从墙上兽头嘴里注入池中的温水。每当她朝我看来时，我就站直了，把身体紧贴着墙壁。在她看来，我永远是写在墙上的一个符号"X"。如你所知，X 是性的符号。但我是个符号而已。

三、银色的混沌

在办公室里,我看完了大半稿子,挨完了大半的踩,该写自己的小说了。但我对这一切烦得要命,所以我宁愿口干舌燥、满嘴沙粒,从石头墙上被放下来,被人扔到木头水槽里。这可不是个好的洗澡盆:在水槽周围,好多骆驼正要喝水。我落到了它们中间,水花四溅,这使它们暂时后退,然后又拥上来,把头从我头侧、胯下伸下去,为了喝点水。那些在四堵方木垒成的墙中间,积满了混浊、发烫的水。但我别无选择,只能把这种带着羊尿气味的水喝下去——这水池的里侧涂着柏油,这使水的味道更臭。在远处的石阶上,老师扬着脸,雪白的下巴尖削,不动声色地看着我——她的眼睛是紫色的。她把手从袍袖里伸了出来,做了一个坚决的手势,黑奴们又把我拖了出来,带回教室,按在蒲团上,继续那节被瞌睡打断了的热力学课——虽然这样的故事已经被枪毙,但我坚信,克利奥佩屈拉曾给一个东方人讲过热力学,并且一定要他相信,未来的世界是银子做的。

后来,我就到了这个银子的世界里。晚上,停车场上满是夜雾,伸出手去,好像可以把雾拿到手里——那种黏稠的冷冰冰的雾。这种雾叫人怀念酷热的埃及沙漠……昨天下班以后,我和女同事

F2走在停车场上，拣有路灯的地方走着，但还是遇上了一大伙强盗。他们都穿着黑皮衣服，手里拿着锋利的刀子，一下子把我围住。停车场上常有人劫道，但很少见他们成群结队地来。这种劫道的方式颇有古风，但没有经济效益——劫我们用不着这么多人。我被劫过多少次，这次最热闹，这使我很兴奋，想凑凑热闹。不等他们开口说话，我就把双手高高举了起来，用雷鸣般的低音说道：请不要伤害我，我投降！脱了衣服才能看见，我的胸部像个木桶，里面盛了强有力的肺。那些小个子劫匪都禁不住要捂耳朵；然后就七嘴八舌地说：吵死了——耳朵里嗡嗡的——大叔，你是唱男低音的吧。原来这是一帮女孩，不知为什么不肯学好，学起打劫来了。其中有个用刀尖指住我的小命根，厉声说道：大叔，脱裤子！我们要你的内裤。周围的香水味呛得我连气都透不过来。真新鲜，还有劫这东西的……

我苦笑着环顾四周，说道：小姐们，你们搞错了，我的内裤对你们毫无用处——你们谁也穿不上的。除非两个人穿一条内裤——我看你们也没穷到这个份上。你们应该去劫那位大婶的内裤。结果是刀尖扎了我一下，戳我的女孩说道：少废话，快点脱；迟了让你断子绝孙——好像我很怕断子绝孙似的。别的女孩则七嘴八舌地劝我：我们和别人打了赌，要劫一条男人内裤。劫了小号的裤衩，别人会赖的，你的内裤别人没得说——快脱罢，我们不会伤害你的。这个说法使我很感动：我的内裤别人没得说——我居然还有这种用处。我环顾四周,看到闪亮的皮衣上那些尖尖的小脸,还有细粒的粉刺疙瘩。她们都很激动,我也很激动,马上就要说出:姑娘们,转过身去,我马上就脱给你们……我还想知道她们赌了什么。但就在此时,她们认出了我,说道:你就是写《师生恋》那个家伙——你的故事老是不变,真是臭死了。我用隆隆的声调答道:你们说得对——真是臭死了。但我很是愤怒,脑子里面也有点疼;想想看,连劫裤衩的小丫头也看不起我了……

公司的停车场上,所有的路灯从树叶的后面透射出来,混在浓雾里,夜色温柔。不管是在停车场上,还是在沙漠里,都是一天最美好的时光。在停车场上,我被一群坏女孩围住,在沙漠里,我被绑在十字架上,面对着一小撮飘忽不定的篝火。在半干的畜粪堆上,火焰闪动了一阵就熄灭了,剩下一股白烟,还有闪烁不定的炭火。天上看不到一颗星,沙漠里的风变得凛冽起来。那股烟常常飘到我的脸上来,像一把盐一样,让我直流眼泪。因为没有办法把眼泪擦干,就像是在哭。其实我没有哭。

此时我扭过头去,看着老师——她就站在我身边,是茫茫黑夜里的一个灰色影子。她把手放在我赤裸的腿上,用尖尖的手指掐我的皮肤,说道:你一定要记住,将来的世界是银子的……这是沙漠里的事。在停车场上,我大腿里侧刺痛难当,刀尖已经深深扎进了肉里——与此同时,我头里有个地方刺疼了起来。这个拿刀子的小丫头真是坏死了。另有一个小丫头比较好,她拿了一支笔塞到我手里，说：等会儿在裤衩上签个字吧。我常给一些笨蛋签字，但都是签在扉页上，在裤衩上签字还是头一回。我叹了口气说：好吧，这可是你们让我脱的；就把裤子脱了下来。那些女孩低头一看，吓得尖叫一声，掩面返走；原因是我的性器官因为受到惊吓，已经勃起了，样子十分吓人。出了这种事，我禁不住哈哈大笑：在停车场的路灯下，提着裤子，挺着个大鸡巴，四周是正在逃散的小姐们，是有点不像样子。但非我之罪，谁让她们来劫我呢。

小姐们逃散之后，一把塑料壳的壁纸刀落在了地上，刀尖朝下，在地下轻轻地弹跳着。我俯身把它捡了起来，摸它的刀片——这东西快得要死，足以使我断子绝孙。我把它收到口袋里，回头去看F2。这女人站在远处，眯着眼睛朝我这边看着。她像蝙蝠一样瞎，每次下班晚了，都得有人领她走过停车场，否则她就要磕磕碰碰，把脸摔破。上班时别人在她耳畔说笑话，她总是毫无反应。所以她又是个聋子，最起码在办公室里是这样。她大概什么都没看到、没听到。这样最好。我收敛起顽劣的心情，束好裤子，带她走出停车场——一路上什么都没有说。但我注意到，停车场上夜色温柔。

整整一夜，我被吊在十字架上，面对着燃着的骆驼粪。整个沙漠像一个隐藏在黑夜里的独眼鬼怪。老师在我耳畔低语着，说了些什么我却一句也没记住。她把手伸进我胯下的遮羞布里，那只手就如刀锋，带来了残酷的刺激。F2则在我对面站着，眯着眼睛，始终无动于衷。在睡梦中，我终夜兴奋不已，这是很少有的事。今天早上来上班，我觉得老故事很难持续下去了。

四、我的老师

"在老师的卧室里，我想解开她胸前的扣子，但没有成功。失败的原因是我手指太粗，拿不住细小的东西；还有一个原因是空气太潮，衣料的摩擦系数因此大增。她自己解决了这个问题，从绸衫下面钻了出来，然后把它挂在门背后。门背后有个轻木料做成的架子，是个可以活动的平行四边形，上面有凸起的木钉，她把它作挂衣钩来用，但我认为这东西是一种绘图的仪器。老师留了个娃娃头，她的身材并不像我想象的那么纤细，而是小巧而又结实……"

这故事我写过二十遍了，每次都是这个样子。第二十一遍还要这样写，除此之外毫无出路。今天早上一到班上，我就对上司说，要把这个故事彻底翻新，让它变成克利奥佩屈拉和一个东方男人的故事。上司当然会说：不能这样写——读者和观众习惯了老故事。老故事已经成为生活的一部分，看起来比较真实。我个人已是成名作家了，再写什么新花样没有必要。这些都是道理，叫人心服口服。我起身回去工作时，笨手笨脚地撞了他的办公桌——那桌子翻倒在他怀里,差点散了架。谈完以后回到办公室,我把别人老套里一切创新的成分通通毙掉,然后他们就来踩我。挨过这几脚后,我继续写道:

"然后她从书架上拿了一盒烟和一个烟灰缸回来。这个烟灰缸上立了一只可以活动的金属仙鹤。等到她取出一支烟时,我就把那只仙鹤扳倒,那下面果然是一只打火机。为老师点烟可以满足我的恋母情结。后来,她把那支烟倒转过来,放到我嘴里。当时我不会吸烟,也吸了起来,很快就把过滤嘴咬了下来,然后那支烟的后半部就在我嘴里解体了,烟丝和烟纸满嘴都是;它的前半截,连同燃烧着的烟头,摊到了我赤裸的胸口上。老师把烟的残骸收拾到烟灰缸里,哈哈地笑起来了,然后她和我并肩躺下。她躺在床上,显得这张床很大;我躺在床上,显得这张床很小;这张床大又不大,小又不小,变成了一样古怪的东西。她钻到我的腋下,拍拍我的胸口说:来,抱一抱。我侧过身来抱住老师——这是此生第一次。在此之前,我谁都没抱过。自己不喜欢,别人也不让我抱。就是不会说话的孩子,见我伸出桅杆似的胳臂去抱他,也会受到惊吓,嚎啕痛哭……后来,我问老师,被我抱住时害不害怕。她看看垂在肩上的胳臂——这样东西像大象的鼻子——摇摇头上的短发,说道:不。我不怕你。我怕你干什么?"二十年如一日,总在说着这点事。不用那些坏女孩说,我也觉得自己真是贫死了。

我的同事F2不分季节,总穿棕色的长袖套装。她肤色较深,头上梳着一条大辫子,长着有雀斑的圆鼻子和一双大眼睛,像一个卡通里的啮齿动物。现在她朝我走来了。一般来说,她长得相当好看,但这不是我注意的事。我总是注意到她长得人高马大,体重比一般人为重,又穿着高跟鞋。所以每次她要踩我时,我总有一种冲动,想把脚藏起来,不让她踩到——但我也知道,作为老大哥,最重要的是公平,这双脚别人可以踩,不让她踩,就不是公平。怀着这样的心情,我把脚放在可以踩到的地方,但心里忐忑不安。假设有一只猪,出于某种古怪的动机蹲在公路边上,把尾巴伸在路面上让过往的汽车去轧,那么听到汽车响时,必然要怀着同样忐忑不安的心情想到自己的尾巴。怀着这样的心情,我被她踩了一脚,疼痛直接印到了脑子里,所以,我禁不住哼了一声。因为这声呻吟,F2停了下来,先问踩疼了没有,然后就说:晚上她要和我谈一件事。虽然要到晚上谈,但我现在已经开始头疼了。

"后来,老师躺在我怀里,把丝一样的短发对着我。这些头发里带着香波的气味。有一段时间,她一声都不吭,我以为她已经睡着了。我探出头去,从背后打量她的身体,从脑后到脚跟一片洁白,腿伸得笔直。她穿着一条浅绿色的棉织内裤。后来,我缩回头来,把鼻子埋在她的头发里。又过了一会儿,她对我说(轻轻地,但用下命令的口吻):晚上陪我吃饭。我在鼻子里哼了一声来答应,她就爬起身来,从上到下地端详我,然后抓住我内裤的两边，把它一把扯了下来，暴露出那个家伙。见了它的模样，老师不胜诧异地说道：怎么会是这样！这是我第二次提到此事，我感到羞愧无地，但也满足了我的恋母情结。其实，她比我大不了几岁，但老师这个称呼就有这样的魔力。"

在我自己的故事里也有这样一幕：在沙漠里，老师把我的缠腰布解开，里面包裹的东西挺立起来，就如沙漠里怒放的仙人掌花。呼啸的风搅动沙粒——在锐利的沙粒中间，它显得十分浑圆，带有模糊不清的光泽。老师带着笑意对我说：怎么会是这样的？我低下头去，看到脚下的麻袋片里包裹的东西：一个铜锤和若干扁头钉子。老师拾起一根钉子，拿到我的面前：钉头像屎壳郎一样大，四棱钉体上还带有锻打的痕迹。这就是公元前的工艺水平，比现代的洋钉粗笨，但也有钉得结实的好处。老师就要把我钉死在十字架上，在此之前，她先要亲吻我，左手举着那根钉子，右手把那根直撅撅的东西拨开，踮起脚尖来……我抬起头来，环视四周——灰蒙蒙的沙漠里，立着不少十字架。昨天的同学都被钉在上面。人在十字架上会从白变棕、从棕变黑，最后干缩成一团，变得像一只风干的青蛙、一片烧过的纸片——变成一种熔化后又凝固的坚硬胶状物，再然后在风沙中解体。然后我又去看老师，她已经拿起了铜锤，准备把钉子敲进我的掌心。这是变成风干青蛙的必要步骤。老师安慰我说：并不很疼。我很有幽默感地说道：那你怎么不来试试？她大笑了起来，此时我才发现，老师的声音十分浑厚。顺便说一句，我仔细考虑过怎样处死我自己：等到钉穿了双手和双足之后，让老师用一根锋利的木桩洞穿我的心脏。这样她显得比较仁慈——虽然这样的仁慈显得很古怪。最后，她又一次说道：记住，将来的世界是银子的……假如这个故事有寓意的话，它应该是：在剧痛之中死在沙漠里，也比迷失在白银世界里好得多。这个寓意很是恶毒，把它毙掉是对的。

"在老师的卧室里，我抱着她，感到一阵冲动，就把她紧紧地搂住，想要侵犯她的身体；这个身体像一片白色的朦胧，朦胧中生机勃发……她狠狠地推了我一把，说道：讨厌！你起开！我放开了她，仰面朝天躺着，把手朝上伸着——一伸就伸到了窗台下的暖气片上。这个暖气片冬天时冷时热，冷的时候温度宜人，热的时候能把馒头烤焦，冬天老师就在上面烤馒头；中午放上，晚上回来时，顶上烤得焦黄，与同合居的烤馒头很相像——同合居是家饭馆，冬天生了一些煤球炉子，上面放着铜制的水壶，还有用筷子穿成串的白面馒头。有一回我的手腕被它烤出了一串大泡，老师给我涂了些绿药膏，还说了我一顿，但这是冬天的事。夏天发生的事是，我这样躺着，沉入了静默，想着自己很讨厌；而老师爬到我身上来，和我做爱。我伸直了身体，把它伸向老师。但在内心深处还有一点不快——老师说了我。我的记恨心很重。

"她拍拍我的脸说：怎么，生气了？我慢慢地答道：生气干什么？我是太重了，一百一十五公斤。她说：和你太重没有关系——一会和你说。但是一会儿以后，她也没和我说什么。后来发现，不管做不做爱，她都喜欢跨在我身上，还喜欢拿支圆珠笔在我胸口乱写：写的是繁体字，而且是竖着写，经常把我胸前写得像北京公共汽车的站牌。她还说，我的身体是个躺着很舒服的地方，当然，这是指我的肚子。肚子里盛着些柔软的脏器：大肠、小肠，所以就很柔软，而且冬暖夏凉，像个水床。胸部则不同，它有很多坚硬的肋骨，硌人。里面盛着两片很大的肺，一吸一呼发出噪声。我的胸腔里还有颗很大的心，咚咚地跳着，很吵人。这地方爱出汗，也不冬暖夏凉——说实在的，我也不希望老师睡在这个地方。胸口趴上个人，一会儿还不要紧，久了会就透不过气来。如你所知，从小到大，我是公认的天才人物。躺在老师身下时，我觉得自己总能想出办法，让老师不要把我当成一枚鸡蛋来孵着。但我什么办法都没想出来。不但如此，我连动都不能动。只要我稍动一下，她就说：别动……别动。舒服。"我和老师的故事发生了一遍又一遍，每回都是这样的。我只好在她的重压之下睡着了。

五、F2

晚上，办公室里一片棕色。F2穿着棕色的套装。头顶米黄色的玻璃灯罩发出暗淡的灯光,溶在潮湿的空气里,周围是黑色的办公家具。墙上是木制的护墙板。我伸手到抽屉里取出一盒烟来——我有很多年不抽烟了,这盒烟在抽屉里放了很多年,所以它就发了霉,抽起来又苦又涩,但这正是我需要的。办公室里灯光昏暗,像一座热带的水塘——水生植物的茎叶在水里腐烂、融化,水也因此变得昏暗——化学上把这种水叫做胶体溶液——我现在正泡在胶体溶液里。F2首先提出要看看我的脚丫子,看看它被踩得怎样了。这是从未有过的事:以前他们都是只管踩,不管它怎样的。先是解开重重鞋带,然后这只脚就裸露出来:上面筋络纵横,大脚趾有大号香皂那么大。它穿五十八号鞋,这种鞋必须到鞋厂去定做,每回至少要买两打,否则鞋厂不肯做。总而言之,这只脚还是值得一看的。但是F2无心细看,也无心听我解说。她哭起来了。这就提出了一个问题:她为什么要哭?我觉得自己穿上了一件新衬衣,浆硬的领子磨着脖子,又穿上了挤脚的皮鞋。不要觉得我什么谜都猜得出来。有些谜我猜不出来,还有些谜我根本不想猜。

  昨天晚上遇劫后,我在家里洗澡时看到腰间那个壁纸刀扎的伤口。它已经结了痂,就像个黑色的线头,对我这样的巨人来说,这样的伤口可以说是微不足道,我还在上面贴了创可贴。但它刺疼不已,好像里面有一根针。我把那把刀找了出来,仔细地看了半天,刀片完好无损,没有理由认为伤口里有什么东西。现在没什么可做的,只好让它疼下去了。也许因为疼痛的刺激,那东西就从头到脚直撅撅的,和在停车场上遇劫时一样。细说起来它还不只是直,从前往后算,大约在三分之一的长度上有点弯曲——往上翘着,像把尼泊尔人用的匕首。用这种刀子捅人,应该往肚子上捅,刀尖自然会往上挑,给人以重伤。总而言之,这种向上弯的样子实在恶毒。假如昨天夜里F2看见了它,我就会有点麻烦。我老师在校园里走夜路,遇上过露阴癖,我准备用她的话来安慰F2:"他直他的,我走我的路。"当然,这话要改成"我直我的,你走你的路"。除此之外,我不是露阴癖。人家用刀子对着我,我才脱裤子的。这一点一定要说清楚。也许我该为那三分之一处弯曲向她道歉,但也要说清楚:人家拿刀子对着它,它才往上弯的。谁知F2没有提起此事。她哽咽着说道:老大哥,我要写小说啊,然后就嚎啕大哭起来了。我们在写作公司的小说室里工作,每人每星期要写一篇短篇小说,一个月要写一部中篇小说,一年要写一部长篇小说——这是一般的定额,我负责审稿,可以少写一些。每个人都对写小说烦得要命,现在有个人在我面前痛哭流涕,要写小说,实属古怪,但罪不在我。我试着说:我们不是在写着吗?她哭得更厉害了,说道:不,不写这样的。我要写真正的小说。我耸了一下肩膀,不说话了。

我们的办公室在一楼,有人说,一楼的房子接地气,接地气的意思是说,这间房子格外潮湿,晚上尤甚。潮气渗透了我的衣服,腐蚀着我的筋骨。潮湿的颜色是棕色的。我的老师也是棕色的,她紧挨着我坐着,把棕色的头发盖在我肩上,告诉我说,未来的世界是银子的。这就是说,这世界早晚要沦为一片冷冰冰的、稀薄的银色混沌,你把一片黄铜含在嘴里,或者把一片锡放在嘴里反复咀嚼,会尝到金属辛辣的味道——这就是混沌的味道。这个前景可不美妙。但是老师的声音毫无悲怆之意——她声调温柔,甚至带有诱惑之意。她把一片棕色的温暖揉进了我的怀里。在这个故事里,老师的身体颀长,嘴唇和乳头都呈紫色。在一阵妙不可言的亢进之中,我插入了一片温暖的潮湿。在这个故事里,我和老师坐在一棵大树的树根上,脚下是热带雨林里四通八达的棕色水系。只有潜入水中,才发现这种棕色透明的水是一片朦胧。有些黄里透绿的大青蛙伸直了腿,一动不动地漂在水里。你怎么也分不清它是死了,还是活着的。这就是这种动物的谋生之道……世界上各种各样的人,他们的生活中都会有一些乐趣,否则就难以生存。但像我们这种人就没有什么乐趣,起码在办公室里时是一点都没有的。我在这间办公室里坐了二十年了,我的生活就是一遍又一遍地写着我和老师的恋情,这恋情的片段就是短篇小说,它的部分是中篇小说,它的全体则是长篇小说。我被这故事魔住——我的生活整个被它给毁了。F2比我还不如。她是儿童文学作者,她的生活整个就是一只刺猬。刺猬这种东西看上去很善良,所以就成了儿童文学的主角。有一次,有人提出，刺猬是种果园里的害兽，不宜成为儿童文学的主角，险些把刺猬给枪毙掉。那时候F2刚进公司，听说人家要枪毙她的故事，如丧考妣。要是现在还巴不得哩。当然，经过讨论，刺猬还是留下来了。在我们这里，一个东西要么初次出现就被枪毙，要么就永远不被枪毙，长命百岁。我小时候玩过不少刺猬，这种动物小的时候，身上的刺锋利无比，像钢针一样；随着年龄的增长，刺也钝下去。老刺猬根本就没刺，只是长了一身坚硬圆疙瘩。刺猬的天敌是黄鼠狼。后者是懂得这些的。见到了老刺猬就想：这家伙皮糙肉厚，肯定不好吃；何况还长了一身老疙瘩——就把它放过去，不吃它了。有一回我对F2说起刺猬，她听得两眼发直。原来她从来就没见过刺猬。至于这世界上还有黄鼠狼，她根本就没听说过。

坐在F2面前，我的心情（假如我有心情的话）很坏，就和这支烟一样。有个小子每礼拜三都要在停车场上劫我。我有责任马上出去被他打劫——他等得不耐烦，会拿垒球棒砸我的吉普车。我怀着忐忑的心情等着，电话铃响了。不等拿起耳机，我就知道这个电话肯定是场灾祸。我的吉普完蛋了。吉普的零件很难找，因为车子早就停产了。要是去买辆轿车，我又坐不进去。谁让我长这么大个子——我天生是个倒霉蛋……

公司的保安员用内线电话通知我说：该下班了。他是知道有人在等着劫我。所以他是在通知我,赶紧出去给劫匪送钱;不然劫匪会砸我的车了。车在公司的停车场上被砸,他有责任,要扣工资。我不怕劫匪砸我的车,因为保险公司会赔我。但我怕保安被扣工资——他会记恨我,以后给我离楼最远的车位。车场大得很,从最远的地方走到楼门口有五里路。盛夏时节,走完这段路就快要中暑了。这一系列的事告诉我们的是:文明社会一环扣一环和谐地运转着,错一环则动全身。现在有一环出了毛病——出在了F2身上。她告诉我说,她要写真正的小说。

F2对我说,她要写真正的小说,这就是说,没有人要她写,是她自己要写的——正如亚里士多德说过的,假话有上千种理由,真话则无缘无故——还扯上了亚里士多德,好像我听不懂似的——实际上我也是不懂,但这种说话的方式使我感到不舒服,脑袋里面有点疼,但我没有恼怒。我想要劝她别写,但想不出话来。把烟抽完之后,我就开始撕纸。先把一本公用信纸撕碎,又把一扎活页纸毁掉了:一部分变成了雪花状,另一部分做成了纸飞机,飞得办公室里到处都是。顺便说一句,做纸飞机的诀窍在于掌握重心:重心靠前,飞不了多远就会一头扎下来;重心靠后则会朝上仰头,然后屁股朝下地往下掉——用航模的术语来说,它会失速,然后进入螺旋。最后,我终于叠出了最好的纸飞机,重心既不靠前,也不靠后,不差毫厘地就在中央,掷在空中慢慢地滑翔着,一如悬在天上一样,半个钟头都不落地。看到这种绝技，不容F2不佩服。她擦干了泪水，也要纸来叠飞机。这样我们把办公桌上的全部纸张都变成了这种东西——很不幸的是，这些纸里有一部小说稿子，所以第二天又要满地捡纸飞机，拆开后往一块对，贴贴补补送上去。但这已经是第二天的事了。

不知不觉地到了午夜，此时我想起了自己是老大哥，站起身来，说道：走吧，我送你回家。这是必需的：F2乘地铁上下班，现在末班车早就开过了。奇怪的是：我的吉普车没被砸坏。门房里的人朝我伸出两个指头，这就是说，他替我垫了二十块钱，送给那个劫道的小玩闹。我朝他点了点头，意思是说，这笔钱我会还他的。保安可不是傻瓜蛋，他不会去逮停车场上的小玩闹——逮倒是能逮到个把，但他们又会抽冷子把车场的车通通砸掉，到那时就不好了。以前发生过这种事：几十辆车的窗玻璃都被砸掉。这就是因为保安打了一个劫匪，这个保安被炒了鱿鱼。那几辆车的碎玻璃散在地下，叫我想起了小时的事：那时候人们用暖水瓶打开水。暖水瓶胆用镀银的玻璃制成，碎在地下银光闪闪。来往的人怕玻璃扎脚，用鞋底把它们踩碎。结果是更加银光闪闪。最后有人想把碎玻璃扫掉时，已经扫不掉了——银光渗进了地里……在车上F2又一次开始哭哭啼啼，说她还是想写小说。我感到有点烦躁，想要吼她几句。但又想到我是老大哥，要对她负责任。所以，我叹了一口气，尽量温存地说道：如果能不写，还是别写罢。听到我这样说，她收了泪，点点头。这就使我存有一丝侥幸之心：也许，

177

F2 不是真想写小说——她只是想要哭一阵，寻求点安慰。如果是这样，那就太好了。

送过了 F2 我回家。天上下着雨，雨点落在地下，冒着蓝色的火花。有人说，这也是污染所致；上面对此则另有说法。我虽不是化学家，却有鼻子，可以从雨里嗅出一股臭鸡蛋味。但不管怎么说罢，这种雨确实美丽，落在路面上，就如一塘风信子花。我闭灯行驶——开了灯就会糟蹋这种好景致。偶尔有人从我身边超过，就打开车窗探出头来，对我大吼大叫，可想而知，是在问我是不是活腻了，想早点死。天上在打闪，闪电是紫色的，但听不到雷声。也许我该再编一个老师的故事来解闷，但又编不出来：我脑袋里面有个地方一直在隐隐作痛。

六、老大哥

"我在老师的床上醒来时，房间里只剩了窗口还是灰白色。那窗子上挂了一面竹帘子。我身上盖了一条被单，但这块布遮不住我的脚，它伸到床外，在窗口的光线下陈列着。这间房子里满是女性的气味，和夹竹桃的气味相似。老师躺在我身后，用柔软的身体摩挲着我。"——以前这个情景经常在我梦里出现。它使我感到亲切、安静，但感觉不到性。因为我未曾长大成人。我今年四十三岁，刚开始长粉刺疙瘩。最近刚长出了腋毛和阴毛，喉结也刚开始长大。我的声音变得很浑厚。上班时，我喜欢在办公室里卖弄一下，窗玻璃随之嗡嗡地共振。同事们听了就捂耳朵，高叫道：省点气罢，头儿！知道你变嗓子……书上说，这种情况叫青春期。我有点怀疑：四十三岁开始青春期，是不是太晚了？

年复一年，我醒来时的情形总是这样。我渴望有新的醒来的方法，比方说，四肢摊开，醒在一个随波逐流的小小竹排上。不知不觉，它已经漂进了一条伟大的河，极目远望，到处都是棕色的水，只有极远处有渺小的岸，就像两条黑线。这里还属于陆地，是因为水里带着泥土的腥味，天空是灰白色的。等到见到蓝色的天空，驶入蓝色的水域，我们就到了海里。像我这样的陆地生物，到了海里可怎么生活呢？此时老师在我身后说道：能不能生活，又有什么关系呢？这故事继续发展下去，我们就要在汪洋大海里渴死。这正是我的本意。我很想在极度的孤寂之中，在炎炎的烈日下和老师一起死掉。死掉还要拉老师做伴，这说明我是越来越坏了。

早上，我懒洋洋地起身，出门，又懒洋洋地驶入停车场。公司的停车场是我的伤心之地。起初，这里非常辽阔，上面能停上千辆汽车。走在中央时，感觉天苍苍，野茫茫……盛夏时节，这里是一片黑色的热浪。中午吃完饭回来，在停车场上走上几步，就觉得鞋不跟脚;然后鞋底就被牢牢粘在了地面上,此时你就如粘蝇纸上的苍蝇一样。好在被粘住的人预先有准备,撑起了阳伞,戴上了随身听,虽然脚不能动,但可以随着音乐扭动身体,小姐们还可以拿出粉盒和小镜子化妆——总而言之,被粘在停车场上,这也是种过得去的生活,只是必须有水喝。自己带水是不行的,它会变得温吞吞的让人恶心。身上必须有大哥大,以便叫门卫室的人来送水。要是把大哥大落在了车里,就只好碰运气了——只好等门卫开着车来卖水。有一年八月,全公司五千多人,有四千多被粘在了停车场上,与此同时,开着冷气的办公室里却空空荡荡。这使领导上下了决心,花大价钱改造停车场,移来了很多大树,把这里变成了一条弯弯曲曲的林荫道。还把地面用柏树和冬青的矮墙分割开,使它变成一片迷宫。白天还看不出什么特色,天黑以后,它就成了一片劫匪出没之地。众所周知,假如一个地方有很多黑暗的角落,它就一定会成为盗匪出没之地。停车场上灯杆林立,但很快就有一半灯不亮了。白天换好灯泡,晚上马上被打碎。白天停车场上保安员很多,但天黑以后一个都看不见。有人说,这些劫匪里有一半是保安公司的保安员,但写作公司禁止自己的职员这样说,因为这是破坏安定团结——从此之后,中午我们再不能借口被沥青粘住不进办公室,但晚上却经常遭遇到劫匪,给生活增加了很多乐趣。

每天晚上,王二下班走到车位前,小树丛里都会跳出一个蒙面的小个子,穿着一件黑皮夹克,手里拿着一把小手枪,大喝一声:大叔,打劫!给我钱包!有件事不妨事先说到:王二长得像个狗熊,横着裁、竖着裁,都能裁出盗匪两个。相信你已算出,他能切成四个劫匪,因为二二得四。但他乖乖地举起手来说:不要开枪,钱包在上衣口袋里。那个盗匪招招手,示意他把钱包递过来。王二放下右手,到胸口掏出钱包,交给那个强盗。他把钱取走,把钱包递回,王二又用右手接过来,在此期间,王二的左手一直是高高地举着,像一个交通警察在指挥交通。把自己的钱包放回口袋以后,他又高高举起了双手,身上穿的夹克衫下襟扬起,露出了半截肚皮。然后,劫匪说道,谢谢了大叔,就消失在小树林里。王二又站了一会儿,才放下手臂,去开自己的车,一路上摇头晃脑地说:小兔崽子,还知道说谢谢——不错。

后来,那个劫匪说话更为简约,变成了:大叔,钱包!连"打劫"二字都省掉了。王二连手都顾不上举,马上把钱包给他。钱包里有证件、信用卡等等,还有钱。劫匪只要钱。把钱拿走后,把钱包扔了回来,王二笨手笨脚地接住:他这个人手脚都笨。那个劫匪说:大叔,你该锻炼一下身体。王二听从了他的建议,每周都去健身房两次,还抽时间去打网球。此后他的身手敏捷了一些,接钱包不再有问题。

再后来劫匪说话更简约:大叔,钱!把个"包"字也省掉了。王二把钱包里的钱都掏出来给他,就像在农贸市场买东西时付钱那样。把钱拿走后,他也顾不上说谢,因为还要赶去劫别人。在停车场上劫人毫无风险,但被劫者身上也没有多少钱。为了弥补单个被劫者的不足,就得多劫一些人。所谓萝卜快了不洗泥,一切客套话全免。这使王二感到失落,他以为一回生,二回熟,和劫匪熟络了,还能聊聊天;谁知熟络以后劫匪却轻贱起他来,这使他的脑袋里面又麻又痒,服用大量的阿斯匹林也不见好转……

再后来劫匪还嫌话多,就只说一个字:钱!同时做个手势。终于使王二勃然大怒,喝道:怎么?连个称呼都没有?劫匪感到内疚,说道:对不起,大叔!掏钱吧。王二把钱掏出来给他——但王二已经狂怒了。大个子的人不容易发火,一旦火了起来则不容易平息,王二气得手指在发抖,但天太黑,劫匪看不见——趁劫匪接钱时不备,一把扭住他脖子,把他放倒在膝盖上,打了他一顿屁股,还教育他说:劫道也要像个样子,不要只认得钱!劫匪哭哭啼啼地说:记住了,大叔。你手真狠(顺便说一句,王二的手肿了半个月,还得了肩周炎、腱鞘炎,还有一种肘部疾病)。你不会把今天的事告诉别人吧?王二说:放心罢,我谁也不告诉。小个子劫匪从地下拾起了手枪,变得胆壮了一些,擦擦眼泪说:我怎么能相信你呢?王二就说:我用人格保证,绝不告诉别人今晚的事。但事实证明,王二的人格一文不值。第二天他就把这件事当笑话讲了出去,搞得人人都知那个小个子劫匪被他打了一顿。今后,这个劫匪不管再劫谁,那个被劫者都会说:我知道你,你被王二打过一顿……认识你很荣幸。大家想方设法要抓住他，打他一顿屁股。搞得他很难堪，只好单劫王二。收入大为减少，所以他总抱怨说王二带的现钱太少了，还要押着他拿信用卡去取钱。这时王二就说：太过分了吧？你的手枪是假的——声音极为难听。说着就把高举的双手放了下来，摆出一个要打人的模样。此后劫匪只好讪讪地说道：谁说是假的？是真的，别逼我开枪打你啊……一步步退到小树丛里去。以后他就从停车场上消失了，估计是到别的地方去打劫了。王二和一个小个子劫匪的故事就是这样的。但这件事的结局却是他始料不及的。公司有严格的规定，要求见到劫匪要猛扑上去和他们英勇搏斗，搏斗者有奖励，不搏斗者要扣工资——这规定对大家有什么激励作用，谁也不知道。人们知道的只是：英勇搏斗之后，人家就不来劫我们了，这样太寂寞。还有，被劫了以后不要去报案，免得被扣工资……现在总算有人和盗匪搏斗过，还把他赶出了停车场。这个人（即王二）当然会受到表彰，还被提升了一级，做了小说室的负责人——也就是俗称老大哥的角色。这个人就是我。我和大家一样，是本分人，从不想惹是生非。只可惜有点脾气，落到了这个地步。我可不想做老大哥。既然已经做了，也就无法可想。我只能以身作则，坐在自己座位上，循规蹈矩地写自己的小说。

七、我自己

"晚上,老师叫我陪她去吃饭,坐在空无一人的餐馆里,我又开始心不在焉。记得有那么一秒钟,我对面前的胡桃木餐桌感兴趣,掂了它一把,发现它太重,是种合成材料,所以不是真胡桃木的。还记得在饭快吃完时,我把服务员叫来,让她到隔壁快餐店去买一打汉堡包,我在五分钟内把它们都吃了下去。这没什么稀罕的,像我这样冥思苦想,需要大量的能量。最后付账时,老师发现没带钱包。我付了账,第二天她把钱还我,我就收下了。当时觉得很自然,现在觉得有些不妥之处。

"我和老师吃完了晚饭,回到学校里去。像往常一样,我跟在她的身后。假如灯光从身后射来,就在地上留下一幅马戏团的剪影:驯兽女郎和她的大狗熊。马路这边的行人抬起头来看我一眼,急匆匆地走过;在马路对面却常有人站下来,死盯盯地看着我——在中国,身高两米一十的人不是经常能见到的。路上老师站住了几次,她一站住,我也就站住。后来我猛然领悟到,她希望我过去和她并肩走,我就走了过去——人情世故可不是我的长项。当时已近午夜,我和老师走在校园里。她一把抓住我肋下的肉,使劲捻着。我继续一声不吭地走着——既然老师要掐我,那就让她掐罢。后来她放开我,哈哈地笑起来了。我问她为什么要笑,她说:

手抽筋了。我问她要紧不要紧,她笑得更加厉害,弯下腰去……忽然,她直起身来,朝我大喝一声:你搂着我呀!后来,我就抱着她的肩头,让她抱住我的腰际。感觉还算可以——但未必可以叫做我搂她,就这样走到校园深处,坐在一条长椅上。我把她抱了起来,让她搂着我的脖子。常能看到一些男人在长椅上抱起女伴,但抱着的未必都是他的老师。后来,她叹了一口气,说道:你放手吧。我早就想这样做,因为我感到两臂酸痛。此后,老师就落在了我的腿上。在此之前,我是把她平端着的。"写完了这一段之后,我把手从键盘上抬了起来,给了自己一个双峰贯耳,险些打聋了——我就这么写着,从来不看过去的旧稿,但新稿和旧稿顶多差个把标点符号。像这么写作真该打两个耳刮子——但我打这一下还不是为了自己因循守旧。我的头疼病犯了,打一下里面疼得轻一点……

"那天晚上,我一直抱着老师,直到天明,嗅着她身上的女性气味——我觉得她是一种成熟的力量。至于我,我觉得自己是个小孩子。这种想法不能说没有道理,如你所知,现在我刚刚开始青春期,嘴角上正长粉刺疙瘩,当时就是更小的孩子。晚上校园里起了雾,这种白雾带有辛辣的气息。我们这样拥抱着,不知所措……忽然间,老师对我说道:干脆,你娶了我吧。——我听了害起怕来。结婚,这意味着两股成年的力量之间经常举行的交媾,远非我力所能及;但老师让我娶她,我还能不娶吗……但我没法干脆。好在她马上说道：别怕，我吓你呢。既然是吓我，我就不害怕了。

"我对老师百依百顺，因为她总能让我称心如意。当然，有时她也要吓吓我。我在长椅上冥思苦想时，她对我耳朵喊道：会想死的，你！我抬头看看她的脸，小声说道：我不会。她说：为什么你不会？我说：因为你不会让我死。她愣了一下，在我腿上直起身来说：臭小子，你说得对。然后，她把绸衫后的乳房放在我脸上，我用鼻子在上面蹭起来。校园里的水银灯颜色惨白，使路上偶尔走过的人看起来像些孤魂野鬼，但在绸衫后面，老师的乳房异常温柔——你要知道，在学校里我被视作尼斯湖怪兽，非常孤立。假如没有她肯让我亲近，我可真要死掉了。"写完了这一段，我毅然站了起来，到医务室去看病。结果是拿到了阿斯匹林，却没拿到去疼片。大夫说，我看你病得没那么厉害。她还给我做了检查，宣布说，她行医多年，从没见过这么健康的屁眼。这位笑容可掬的老太太是肛门科大夫，除非得了痔疮，谁也休想从她那里开到病假。医务室是间背阴的房子，窗上贴了蓝色的膜，向着停车场。这里总是静悄悄的。偶尔有个男人感到极端无聊，就到这里来，让老太太看看他的屁股；或者有个女人感到极为无聊，就到这里来坐一下，就毛衣的花样等问题和老太太交换看法。老太太见到的人都极为无聊，她也感到极为无聊，就写几首歪诗，在公司的刊物上发表。

得痔疮的人让人羡慕，这种病是作家的职业病，不但可以歇病假，还可以享受全工资，这是工伤待遇。我觉得自己早该得痔疮。书上说，人在坐着时，肚子里的内脏往下坠，全部重量压在底部；肛门部位的静脉难以承受，就会弯曲、肿胀，人也就得了痔疮。我坐的时间不比别人少，肚子里的内脏又比别人多（起码有普通人的两份），不得痔疮是不公平的。但我从未得过。厕所隔间的板壁上有一则偏方（那地方写满了文字，信息丰富，还不只是有偏方，我们叫它写作公司里的信息高速路），说在适当的部位拔火罐，可以导致痔疮。其机理是：假如来自腹部的正压力不足以使该部位产生痔疮，来自外部的负压总可以帮些忙。这方子有家有口的人用起来比较方便——好歹有人能帮把手，像我这样的光棍汉用起来有相当困难。我试了一次，结果是疼痛难当。不但没有开出病假，还沦为全公司的笑柄：因为造成的病变不是痔疮，而是局部二度烫伤。医务室的老太太说：你倒来解释一下，怎么能烫到那里呢？我的回答是：我也不知道，反正是烫到了。

从医务室回来以后，我在自己位子上坐下，两眼发直。有个同事问我说：情况怎么样？我该答道：还好。然后他再问：没烫着吗？我就说：没烫着。这样同事们就会交换一下会心的微笑——这是个不登大雅之堂的小玩笑。但我无心凑趣，就恶声恶气地答道：你说怎么样呢？同时把拿来的阿斯匹林全部丢到嘴里，吞了下去。

其实，我就该这样服药：因为个子大，我的剂量是常人的三倍。问题在于我极少当着外人吃东西。我吃得太多，那样子不雅观。而且我吼声如雷，有一百二十分贝。说话人见我这个模样，耸耸肩膀，把头缩了回去。然后听见他们窃窃私语："头儿今天怎么了？"平日我对这种议论很在意，但今天我不在意。我还放了个响屁，好像吹小号一样响——要是你不介意，我要说，它延续了整整一分钟，曲调像军队里的熄灯号，屋里的人都禁不住笑。有人大声说道：头儿，我出去一下，你不介意吧？屋里空气不好。我用一百三十分贝的声音答道：我不介意。于是稀里哗啦一阵桌椅响，他们全都跑掉了，估计是上楼顶花园去了，不到下班时绝不会回来。但我真的不介意。我伸长了脖子盯着屏幕，手放在键盘上：这个故事虽是令人厌恶的老调重弹，但也是早完早好。

因为这部小说写了这么多次，这回我想用三言两语说说我和老师的性爱经历。那时候老师趴在床上，仔细端详我的那个东西。颠过来倒过去看够了以后，她说道：年复一年，咱们怎么一点都不长呢。后来，她又在我身上嗅来嗅去，从胯下嗅到腋下，嗅出这样一个结论：咱们还是没有男人味。我一声不吭，但心里恨得要死。看完和嗅完之后，老师跨到我身上来。此时我把头侧过去，看自己的左边的腋窝——这个腋窝大得不得了，到处凹凸不平，而且不长毛，像一个用久了的铝水勺。然后又看右面的腋窝。直到老师来拍我的脸，问我：你怎么了？我才答道：没怎么；然后继续去看腋窝。铝制的东西在水里泡久了，就会变得昏暗，表面还会有些细小的黑斑。我的腋窝也是这样的。躺在这两个腋窝中间，好像太阳穴上扣上了两个铝制水勺——我就这样躺着不动了。

从老师的角度来看我，就会看到一张大脸，高鼻梁、高颧骨，眉棱骨也很高，一天到晚没有任何表情——我知道自己长得什么样子。老师送我到医院去看过病，因为我总是不笑，好像得了面部肌肉麻痹症。经过检查，大夫发现我没有这种毛病，只是说了一句："这孩子可真够丑的。"这使老师兴高采烈，经常冷不防朝我大喝上一声：真够丑的！做爱时我躺着不动，就像从空中看一条泛滥的河流，到处是河水的白光；她的身体就横跨在这条河上。我的那个东西当时虽小，但足够硬棒，而且是直撅撅的；最后还能像成年人一样射精。到了这种时候，她就舔舔舌头，俯下身来告诉我说：热辣辣的。因为我还能热这一下，所以她还是满意的……

从老师的角度来写我，是个有趣的想法。老师留着乌黑的短发，长着滑腻的身体。我们学校的公共浴池是用校工厂废弃的车间改建的，原来的窗子用砖砌上了半截，挡住了外来的视线，红砖中间的墙缝里结着灰浆的疙瘩。顺着墙根有一溜排水沟，里面满是湿漉漉的头发。墙边还有一排粗壮的水管连接着喷头，但多数喷头已经不见了，只剩下弯曲的水龙头，像旧时铁道上用来给机车上水的水鹤。在没有天花板的屋顶下挂了几个水银灯泡，长明不灭。水管里流着隔壁一家工厂的循环水，也是长流不息。这家浴室无人看守，门前的牌子上写着：周一三五女，二四六男，周日检修。这个规定有个漏洞，就是在夜里零点左右会出现男女混杂的情形。一般来说，没有人会在凌晨一点去洗澡，但我就是个例外。我不喜欢让别人看见我的身体，所以专找没人时去洗澡。有一回我站在粗壮的水柱下时，才发现在角落里有个雪白的身体……这件事发生在我上大一时，老师还没教过我们课——从她的角度看来，我罩在一层透明的水膜里，一动不动，表情呆滞，就如被冻在冰柱里一样。她朝我笑了笑，说道：真讨厌哪，你。然后就离去了。这就是一切故事的起因。

　　从老师的角度来看我，会看到有一根水柱冻结在我头顶上，我的头发像头盔一样扣在脑袋上。一层水壳结在我的身上，在我身体的凸出部位，则有一些水柱分离出来，那是我的耳朵、眉棱骨的外侧、鼻子、下巴。从下巴往下，直到腰际再没有什么凸起的地方了。有一股水柱从小命根上流下来，好像我在尿尿。那东西和一条即将成蛹的蚕有些相似。现在我不怕承认：直到不久之前，王二虽然人高马大、智力超群，却是个小孩子。直到不久之前，我洗澡和游泳都要避人。虽然我现在能把停车场上的小姐吓跑，但不能抹煞以前的事。老师说过我讨厌之后，就扬长而去，穿着一条淡绿色的内裤,趿拉着一双塑料凉鞋。她把绿色绸衫搭在手臂上没穿,大概是觉得在我面前无须遮挡。我站在水柱里,很不开心。小孩子不会愤怒,只会不开心。这就是这个故事的起因。它是真实的,但没有写出来。所有写出来的都不真实。

我继续写道:"毕业以后,我还常去看老师。开了一辆黑色的吉普车,天黑以后溜进校园去找她,此时她准在林荫道上游荡,身上穿着我的T恤衫——衫子的下摆长过了她的膝盖,所以她就不用穿别的东西了。但她不肯马上跟我走,让我陪她在校园里遛遛。遇到了熟人,她简单地介绍道:我的学生来接我了。别人抬头看看我,说道:好大的个子!她拍拍我的肚子说:可不是嘛,个子就是大。有些贫嘴的家伙说:学生搞老师,色胆包天嘛!她也拍拍我的肚子说:可不是嘛,胆子就是大……咱们把他扭送校卫队吧。但这不是事实,我胆小如鼠,她一吓我,我就想尿尿。有时她也说句实话:这孩子不爱说话,却是个天才噢。假如有人觉得她穿的衣服古怪,她就解释说:他的T恤衫,穿着很凉快,袖子又可以当蒲扇。有人问,天才床上怎么样(实际情况是,着实不怎么样),她就皱起眉头来,喝道:讨厌!不准问这个问题!然后就拖着我走开,说道:咱们不理他们——老师总是在维护我。"我的稿子总是这么写的,其实这事并未发生过。所有我写的事情都未真正发生过。

八、真正的小说

我的小说将近写完了。也许你还记得，二十年前这部小说初版时，被称为"伤风败俗师生恋"，成为传媒关注的焦点，遭到最猛烈的批判，所以销得不错。现在出到二十一版，总是这老一套，谁都懒得批我，大概也卖不出几本。对此应有种达观的态度：哪能年年都关注我。公司给我开份薪水，我也不能给公司招灾惹祸。我把电脑关上，转向窗子。今天出了太阳，阳光投射到玻璃上，整面窗子变成了棕色。

所有的人都到楼顶上去了，但 F2 没去。抓住这没人的机会，她正好对我"诉求"一番——我不知这个词是什么意思，但我觉得这词很逗。她在我面前哀哀地哭着，说道：老大哥，我要写小说啊……大颗大颗的泪珠在她脸上滚着，滚到下巴上，那里就如一棵正在融化的冰柱，不停地往下滴水。我在身上搜索了一阵，找到了一张纸餐巾（也不知是从哪里抄来的），递给了她。她拿纸在脸上抹着，很快那张纸餐巾就变成了一些碎纸球。穿着长裤在草地上走，裤脚会沾上牛蒡，她的脸就和裤脚相仿。我叹了口气，打开抽屉，取出一条新毛巾来，对她说：不要哭了，就给她擦脸。擦过以后，毛巾上既有眼泪，又有鼻涕，恐怕是不能要了。F2 不停地打着咽，满脸通红，额头上满是青筋。我略感不快地想道：以后我抽屉里要常备一条新毛巾，这笔开销又不能报销。——转而想道：我要对别人负责，就不能这么小气。然后，我对 F2 说：好了，不哭——回去工作吧。她带着哭腔说：老大哥，我做不下去。——再扯下去又要哭起来。我赶紧喝住她：做不下事就歇一会儿。她说坐着心烦。我说，心烦的时候，可以打打毛衣，做做习题。她愣了一会儿说：没有毛衣针。我说：等会儿我给你买。——这又是一笔不能报销的开支。我打开写字台边的柜子，从里面拿出一本旧习题集，递给她；叫她千万别在书上写字。——这倒不是我小气，这种书现在很难买到了。

过去，我做习题时，总是肃然端坐，把案端的台灯点亮，把习题书放在桌子的左上方，仔细削一打铅笔，把木屑、铅屑都撮在桌子的右上角，再用橡皮膏缠好每一支笔（不管什么牌子的铅笔，对我来说总是太细），发上一会儿呆，就开始解题了。起初，我写出的字有蚊子大小，后来是蚂蚁大小，然后是跳蚤大小，再以后，我自己都看不到了。所有的问题都沉入了微观世界。我把笔放下，用手支住下巴，沉入冥思苦想之中。F2 的情况和我不同，她把身体倚在办公桌上，脖子挺得笔直，眼睛朝下愤怒地斜视着习题纸，三面露白，脸色通红，右手用力按着纸张，左手死命地捏着一支铅笔（她是左撇子），在纸上狠命地戳着——从旁看去，这很像个女凶手在杀人——很快，她就粉碎了一些铅笔，划碎了一些纸张，把办公桌面完全写坏。与此同时，她还大声念着演算的过程，什么阿尔法、贝它，声震屋宇。胆小一点的人根本就不敢在屋里待着。不管怎么说吧，我把F2制住了。现在习题对我不起什么作用，我把这世界所有值得一做的习题都做完了。但我是物理系毕业的，数理底子好。F2则是学文科的——现有的习题够她做一辈子了。

我面对着窗子，看到玻璃外面长了几株绿萝。这种植物总是种在花盆里，绕着包棕的柱子生长，我还不知道它可以长在墙角的地下，把藤蔓爬在玻璃上。走近一点看得更清楚：绿萝的蔓条上长有吸盘，就如章鱼的触足一样，这些吸盘吸住玻璃，藤蔓在玻璃上生长，吸盘也像蜗牛一样移动着，留下一道黏液的痕迹，看起来有点恶心。然后它就张开自己的叶子。这些叶子有葵叶大小，又绿又肥，把办公室罩进绿荫里。科学技术在突飞猛进，有人把蜗牛的基因植到绿萝里，造出这种新品种——这不是我这种坐在办公室里臭编的人所能知道的事。我知道的是，坐在这些绿萝下，就如坐在藤萝架下。这种藤萝架可以蔓延数千里，人也可以终生走不出藤萝架，这样就会一生都住在一道绿色的走廊里，这未尝不是一种幸福。这不是不能实现的事：只要把人的基因植到蚂蚁里，他（或者她）觉得自己是人，其实只是蚂蚁；此后就可以在一个盆景里得到这种幸福……我回头看F2，她穿着棕色的衣服，在绿荫的遮蔽下，显得更棕了。她吭吭哧哧地和一些三角恒等式纠缠不休。这是初中二年级的功课，她已经有三十五岁了。我不禁哑然失笑：以前我以为自己只有些文学才能，现在才发现，作践起人来，我也是一把好手。

F2说，她要写真正的小说。如果换一个人说这话，我听了心会往下一沉。我也想写真正的小说，而且一直都在想着，但我没有写。听见这话心里不是滋味。她说这话，我心不沉，头里面倒有点疼。如前所述，我头疼是动怒的标志。我总在努力克制着自己，不要说出那四个字来；F2听了这四个字就会扑上来咬我——这四个字是：凭你也配？全公司都知道这位F2是个缺心眼的人，有下列事实为证：本公司有项规定，所有的创作人员每隔两年就要下乡去体验生活——也就是说，在没自来水、没有煤气、没有电的荒僻地方住上半年。根据某种文艺理论,这会对写作大有好处。公司虽有这项规定，但很少有人真去体验生活——我被轮上了六次，一次也没去：一被轮上我就得病，喘病、糖尿病，最近的一次是皮肤瘙痒症。除我之外,别人也不肯去,并且都能及时地生病。只有F2，一被轮上就去了。去了才两个星期，就丢盔卸甲地跑了回来。她在乡下走夜路，被四条壮汉按住轮奸了两遍。回来以后，先在医院里住了一星期,然后来上班。这个女人一贯是沉默寡言的，有一阵子变得喋喋不休，总在说自己被轮奸时的感受，什么第一遍还好受,第二遍有点难忍了云云。后来有关部门给了她一次警告，叫她不要用自己不幸的狭隘经验给大好形势抹黑，她才恢复了常态——又变得一声不吭。老实了半年，才撒起了癔症，要写什么真正的小说。要写真正的小说也不用这么嚷嚷,自己偷偷去写好了。

我看她是不知道自己有多笨,所以出几道题给她做做。像她那么笨的人,做点数学题有好处,也许就此变聪明了也不一定。

九、我的家

天终于晴了。在雾蒙蒙的天气里,我早就忘了晴天是什么样子,现在算是想起来了。晴天就是火辣辣的阳光——现在是下午五点钟,但还像正午一样。我从吉普车里远远地跳出去,小心翼翼地躲开金属车壳,以免被烫着,然后在粘脚的柏油地上走着。

远远地闻见一股酒糟味,哪怕是黑更半夜什么都看不见,闻见这股味儿也知道到家了。

停车场门口支着一顶太阳伞,伞下的躺椅上躺着一个姑娘,戴着墨镜,留着马尾辫,穿着鲜艳的比基尼,把晒黑了的小脚跷在茶几上。我把停车费和无限的羡慕之情递给她,换来了薄薄的一张薄纸片——这是收据,理论上可以到公司去报销。但是报销的手续实在让人厌烦。走过小桥时,下面水面上漂着密密麻麻的薄纸片,我把手上的这一张也扔了下去。这条河里的水是乳白色的,散发着酒糟和淘米水的味道。这股水流经一个造酒厂,或者酱油厂,总之是某个很臭的小工厂;然后穿过黑洞洞的城门洞——我们的宿舍在山上,是座城寨式的仿古院子——门洞里一股刺眼睛的骚味，说明有人在这里尿尿。修这种城门洞就是要让人在里面尿尿。门洞正对着一家韩国烧烤店，在阳光下白得耀眼。在烧烤店的背后，整个山坡上满是山毛榉、槭树，还有小小的水泥房子。所有的树叶都沾满了黑色的粉末，而且是黏糊糊的——叶子上好像有油。山毛榉就是香山的红叶树，但我从没见它红过。到了秋天，这山上一片茄子的颜色。这地方还经常停电。为了这一切——这种宿舍、工资，每天要长衣长裤地去上班，到底合算不合算，还是个问题。

当然，我现在穿的远不是长衣长裤。刚才在停车场上付费时，我从那姑娘的太阳镜反光里，看清了我自己的模样。我穿着的东西计有：一条一拉得领带，一条小小的针织内裤，从内裤两端还露出了宽阔的腹股沟和黑毵毵的毛——还有一双烤脚的皮鞋，长衣长裤用皮带捆成一捆背在了背上；手里还提着一个塑料冰盒子。那个女人给我收据时，嘴角露出了一丝笑意，可见别人下班时不都是这种穿着。她的嘴角松弛，脖子上的皮也松弛了，不很年轻了。但这不妨碍我对她的羡慕之情。看守停车场和我现在做的事相比，自然是优越无比。

我住的房子在院子的最深处，要走过很长的盘山道才能走到。这是幢水泥平房，后院里长满了核桃树，核桃年复一年落在地下，终于把地面染得漆黑。这座院子的后墙镶在山体上，由大块的城砖砌成，这些砖头已经风化了，变成了坚硬的海绵。但若说这堵墙是古代遗留下来的，又不大像。我的结论是：这是一件令人厌恶的假古董——墙上满是黑色的苔藓。不管怎么说吧，这总是我自己的家。每当我感到烦闷时，想想总算还有自己的家，感觉就会好多了。

大学毕业以后，他们让我到国家专利局工作——众所周知，爱因斯坦就是在专利局想出了相对论，但我在那儿什么都没想出来。后来他们把我送到了国家实验室、各个研究所，最后让我在大学里教书。所有天才物理学家待过的地方我都待过，在哪儿都没想出什么东西来——事实证明，我虽然什么题目都会做，却不是个天才的物理学家；教书我也不行，上了讲台净发愣。最后，他们就不管我了，让我自己去谋生。我干过各种事：在饭店门口拉汽车门，在高级宾馆当侍者——最古怪的工作是在一个叫做丰都城的游乐宫里干的：装成恶鬼去吓唬人。不管干什么，都没有混出自己的房子，要租农民房住，或者住集体宿舍。最后我只好到公司来工作。同事还都很羡慕我，惊叹道：你居然能在外面找到事情做！但这并不是因为我明白事理，达练人情——我要真有这些本事就不进公司。这只是因为我个子大罢了。

每回我从停车场里出来，都要经过看车人住的小房子。那房子只有里外两间，合起来也没有我的客厅大，面对着一条小山沟，沟里满是烧过的蜂窝煤。我很喜欢这样的小房子——我需要一间房子放张大床来睡觉，还需要另外一个小房间，供我在其中遐想、写点东西，这么大小的窝正合我意，我现在住的房子实属大而不当。

但看停车场的事我也干不来的：人家会在我眼前把车偷走。偷第一辆、第二辆，我都不敢说什么，让保险公司去赔车主车——这太过软弱了。偷到第三辆时我就会暴怒起来，抄起铁棒冲出去，一棒把窃贼打死，这又是反应过度。正常的反应我就是做不出来，像我这样的人只能进公司，把《师生恋》写上二十一遍。这是前生注定的事。

当年我在丰都城里掌铡刀，别人把来玩的小姐按到铡刀下，我就一刀铡下去——铡刀片子当然是假的——还不只是假的，它根本就不存在，只是道低能激光。有的小姐就在这时被吓晕过去了，个别的甚至到了需要赶紧更换内裤的程度。另外一些则只是尖叫了一声，爬起来活动一下脖子，伸手到我身上摸一把。我赶紧跳开，说道：别摸——沾一手——全是青灰。不管是被吓晕的还是尖叫的，都很喜欢铡刀这个把戏。到下一个场景，又是我挥舞着钢叉，把她们赶进油锅：那是一锅冒泡的糖浆。看上去吓人，实际只有三十度——泡泡都是空气。这个糖浆浴是很舒服的：我就是这么动员她们往下跳，但没有人听。小姐们此时已经有了经验，不那么害怕，东躲西藏，上蹿下跳，既躲我手上的钢叉，又躲我腰间那根直挺挺的大阴茎。但也有些泼辣的小姐伸手就来拔这个东西，此时我只好跳进油锅去躲避——那是泡沫塑料做的，拔掉了假的，真的就露出来了。既然我跳了油锅，就不再是丰都城里的恶鬼，而是受罪的鬼魂。所以老板要扣我的工资，理由是：我请你，是让你把别人赶下油锅,不是让你下油锅的……作为雇员,我总是尽心尽责,只是时常忘了人家请我来做什么。作为男人,总这样逃避也没什么意思。现在家里只有我一个人,我不妨承认:《师生恋》的故事是我瞎编的。我是有位热力学老师,我和她在教室里说过话。我还和她在浴室里见过一面。除此之外的一切都是我虚构的。我没和任何人谈过恋爱,更没和女人做过爱。我完全是个童男子。

十、吾爱吾师

我没和老师做过爱,但我很爱她。如果不爱的话,真人假故事连写二十一次,就太过肉麻了。我相信,老师也是爱我的。她的幽灵经常穿过山下那个黑门洞,爬上弯弯曲曲的山道,到这里和我幽会。我把以往的二十稿《师生恋》旧稿全找了出来,把那个破纸箱翻到底,就找到了最初的一稿。打印纸都变成了深黄色,而且是又糟又脆,后来的稿子就不是这样:这说明最早的一稿是木浆纸,后来的则是合成纸。这一稿上还附有鉴定材料:很多专家肯定了它的价值,所以它才能通过。现在一个新故事也得经过这样的手续才能出版、搬上银幕——社会对一个故事就是这么慎重。每页打印纸上都有红墨水批的字:属实。以下是签字和年月日。在稿上签字的是我的老师。为了出版这本书,公司把稿子交她审阅,她都批了属实。其实是不属实。不管属实不属实,这些红色的笔迹就让我亢奋。假设小说的女主人公是克利奥佩屈拉,就没人来签字,小说也就出不来。更不好的是:手稿上没有了这些红色笔迹,就不能使我亢奋。

现在出版的每本小说都得有人来签字,小说有一个人物,就得有一个人的签字,有十个人物就得有十个人的签字。每个人都要在稿件上批上属实,书才能够出版。就连F2写的那本有关刺猬的书,也有动物学家的签字,批的不是属实,而是符合该动物习性。我就不知道刺猬的习性是扶老奶奶过马路(F2尽写这样的故事):这还不得把老奶奶扎死。要写惩恶扬善的故事,就得有反面人物的签字——公司会派人到监狱找死刑犯做工作:你都要死了,还不想给人民做件好事吗?那些人一想,已有的罪名够枪毙的了,也不怕多点新罪名,就都认下来。正面人物也没人肯认,除非你付人家一笔钱。我这种小说不能惩恶扬善,公司也不肯为我费心。要不是老师自己认下来,我还真不知怎么办。面对着这些红色的字迹,真的很爱她……

现在那个看停车场的姑娘爬进了我的后院——她顺着那堵寨墙爬了进来,那堵墙不直,向后倾斜,城砖凸起像阶梯一样,很好爬——她肯定是来偷我东西的。但我还在房子里,这让我感到很不好意思。我想离开这座房子,但已经来不及了。我只好倒在沙发上装睡，把西服上装盖在了脸上。我想她进门以前会从窗口往里看看，看到我躺在这里，就会自行离去。但我却听见她在撬我的门——这使我感到难堪。贼和失主见面总是个难堪的场面。

从衣服下面我看到一双染黑了的小脚走进屋里。它一直走到我的面前，站住不动了。我不能不有所表示——撩开衣服坐了起来，把双手举得高高的，大声说道：你想拿什么就拿什么吧。与此同时，我那个东西也变得挺然翘然。那姑娘嗤笑了一声说：谁稀罕你的东西！她在屋里走来走去，在每个房间门口都探了一下头，然后走回来，对我说道：你就住在这里吗？我没有回答，因为她是没话找话……后来，她用一根手指点我的额头，我就顺势躺了下去。她把我的内裤一把扯了下来，然后咂着嘴，用讽刺的口吻说：咱们这回可长大了……听了这话，我脸上感到一阵刺痒，就如长了桃花癣——她的脸晒得黝黑，还有不少雀斑，鼻梁上架着的墨镜始终没拿下来——朝我吐吐舌头，就把比基尼脱了下来……与此同时，我的脑袋在疼——怎么？就这么把我一指头点倒就干吗？也不打听一下我是谁？我可是在丰都城里装鬼的……我满腹牢骚，但一句也说不出来，因为我心里有鬼。这个人很面熟，但我认不出她是谁。

事情做完之后她就离去，没和我说什么。如前所述，老师皮肤白皙，但也可以在停车场上晒黑。老师留着娃娃头，但也可以长成马尾辫。说实在话，我根本不知道老师会是什么样子——我当然不敢问她是谁,问出的结果肯定是:我是你妈!我现在已经几乎肯定遇见的是老师。但是我已错过了认出她的机会。

第二天一早,我到停车场去取车,她坐在门前躺椅上,身上裹了一床毛巾被抵挡早上的寒气。她抬头看着我,乌黑的墨镜上全无表情——我迟疑了很久,最后还是走过去了。我驱车前去上班,一路上想着在大二年级的热力学课上,老师说过:将来的世界是银子的……一切和本文开始时一模一样,好像什么都没有发生过。唯一的区别就是:我头里面很疼。头疼是愤怒的标志。我憎恨自己活得这么窝囊——苍天作证,我的确很爱我的老师。

十一、难解的谜

我在公司里上班,面对着F2。如前所述,她想要写真正的小说……和前面所说的不同之处在于:我见到她不头疼了。我甚至还想和她聊点什么。话题一下就跳到她被人强奸的事上。她说:那件事发生以后,她坐在泥地上,忽然就怕得要命。也不知为什么,她想到这些人可能会杀她灭口……她想得很对,强奸妇女是死罪,那些乡下小伙子肯定不想被她指认出来。让我惊讶的是她还能知道这些:就我所知,别人把她卖了,她还会帮人数钱。虽然当时很黑,但她说，看到了那些人在背后打手势。这是件令人诧异的事：我知道，她像蝙蝠一样的瞎。但我平时像个太监，被刀尖点着的时候，也变得像一门大炮；所以这件事是可信的。有一个家伙问她：你认不出我们吧？她顺嘴答道：认不出来，你们八个我一个都认不出来。那些人听了以后，马上就走，把她放过去了。这个回答很聪明：明明是四个人，她说是八个。换了我，也想不出这么好的脱身之策。但她因此变得神经兮兮的，让我猜猜她为什么会这么怕死。如你所知，我最擅长猜谜，但这个谜我没猜出来。这谜底是：我这么怕死，说明我是活着的。这真是所罗门式的答案！现在恐怕不能再说她是傻瓜了。

早上我去上班之前，要花大量的时间梳妆，把脸刮干净，在脸上敷上冷霜，描眉画目。这是很必要的，我的脸色白里透青，看上去带点鬼气，眉毛又太稀。然后在腋下喷上香水，来掩饰最近才有的体味。我的形体顾问建议我穿带垫子的内衣，因为我肌肉不够发达。他还建议我用带垫子的护身，但现在用不着了，那东西已经长得很大。然后我出门，在上班的路上还要去趟花店，给F2买一束红色的玫瑰花。在花店里，有个穿黑皮短裙的女孩子对我挤眉弄眼，我没理她。后来她又跟我走了一路，一直追到停车场，在我身后说些带挑逗意味的疯话……最后，她终于拦住我的车门，说道：大叔，别假正经了——你到底是不是只鸭？我闷声喝道：滚蛋！把她撵走了。这种女孩子从小就不学好，功课都是零分，中学毕业就开始工作，和我们不是一路人。然后我坐在方向盘后面唉声叹气，想着F2从来就没有注意过我。要是她肯注意我，和我闲聊几句，起码能省下几道数学题。

现在F2每天提前到班上来，坐在办公桌后面，一面打毛衣，一面做习题。她看起来像个狡猾无比的蜘蛛精，一面操作着几十根毛衣针，一面看着习题集——这本习题集拿在一位同事的手里。她嘴里咬着一支牙签，把它咬得粉碎，再吐出来，大喝一声："翻篇儿！"很快就把一本习题集翻完，她才开始口授答案。可怖的是，没有一道做错的。我把同事都动员起来，有的出去找习题，有的给她翻篇儿。我到班上以后，把这束玫瑰花献给她，她只闻了一下，就丢进了纸篓，然后哇哇地叫了起来：老大哥，这些题没有意思！我要写小说！她一小时能做完一本习题集，但想不出真正的小说怎么写。按理说，我该揍她个嘴巴，但我只叹了一口气，安慰她道：不要急，不要急，我们来想办法，然后坐到自己的位子上了。与此同时，我也常想想什么是真正的小说。如你所知，我是个天才人物，可以破解一切哑谜。但这个谜我还没有解开。

* 本篇最后一节原稿无标题，标题系编者所加。

鬼营

几年前我在李家营，那是一个倚山靠海的小村子。村里有二十多户姓李的，还有七八户姓胡的。我就姓胡，据说是一个小炉匠的后代。

听村里的老头们讲，我的祖先小炉匠老胡是山东有名的功夫家，济南府以东习武的人都是老胡的徒子徒孙。他们还讲过很多老胡的惊人业绩，说老胡练鹰爪力，一把可以把鹅卵石抓成末末，还有铁布衫功，可以躺在地上让大车从肚子上轧过去。排起谱来，我还是老胡的嫡系子孙，也不知是真是假，反正我对此感到很自豪。可惜我辱没了先人，没有一丁点儿武功，家里的贴饼子烙得略硬我就抓不碎，也没有铁布衫功。我的几个叔伯兄弟都是老实巴交的庄稼汉子，更是狗屁功夫都不会，还不如我，我还会一手小时打架时练就的王八拳。

老胡不光是我们姓胡的光荣，也是李家营的光荣。我们碰上外大队的人就吹老胡如何如何，说得别人只好瞪着眼听着。尤其是我，没影的事还能编出来，何况是我祖先的光荣史。就这样，一部李家营老胡传奇生生被我吹了出去，真给李家营添了不少的光彩。

岂料皎皎者易污，外村的人不爱听我们李家营的光荣史，反说我们李家营是鬼营，还说清朝于七造反时，我们李家营的人都被官兵杀光了，只剩下几个寡妇，那些寡妇没有办法，只好和鬼过。所以李家营的人全有鬼的血统。这种说法纯粹是胡编乱造，因为现代科学早已证明了鬼魂是不存在的，无奈这种道理和那些外村的无知之辈就是说不通。每次我碰上一个说李家营是鬼营的人就这么说："你胡编！根本没有鬼，现代科学早就证明了……"

他打断我说："现代科学是什么时候有的？"

"大概七八十年吧？"

"这不结了！我们说的是二百年前的事，现代科学还管着古代了？"

这是什么歪理！再和他争辩下去，他就说："好，咱不说这个。你说你们老胡家有硬功，你躺下让大车轧一下我看看！"我说不是我有硬功，是老胡有，他就说："老胡是谁？他户口在哪儿啦？"真恨得我牙根痒，想揍他一顿，可惜我的功夫还没练好。最后只能眼睁睁地看着他扬长而去。

顶糟糕的是我们村的老人们也承认李家营过去是鬼营，证据是夏天每晚上九点多钟，必有一阵冷风从村东头山上那个小山谷里刮来。据说于七造反失败后，官兵在那个小山谷里砍了好几百号人，男女老幼都有，那些冤死的人阴魂不散，夜里常常跑出来，趁着那股风，各回各的家。活着的人也不见怪，照常和鬼一起过日子，壮年的男鬼还帮着家里干活。有些光棍讨不上老婆就娶女鬼为妻。女鬼生的孩子与常人无异，女人也能从男鬼身上得胎。就这么鬼模鬼样地过了几十年，李家营重新兴旺起来，那些鬼才一哄而散，各自转生各处了。

我认为这个传说纯粹是封建迷信。它的漏洞很多，根本不值一驳。第一，现在没有那些鬼怎么风还照刮不误？第二，既然鬼与常人无异，为什么还被叫做鬼？要是现在那些鬼再一拥而出，我们该怎么对待它们？我们村也住不下呀。足见这种说法不独荒谬，而且有害。

不管是不是鬼营，李家营这地方真是不错。我在李家营时，夏天每晚都到海边去游泳。日暮时分，我躺在海滩上，看着天空暗下去，渐渐变成了淡紫色，天上的星星密密麻麻地往海里落去。海上是一片黑色，只有岸边进出一条动荡不定的白边。

也有这样的日子，海上平静得没有一点波纹，那时候海也和天一样是淡紫色的，天上有多少星星，海上也有多少星星。我趴在海滩上，时候一久，就分不出上下了，有时就觉得自己正摊开四肢趴在天顶上，只要一松劲，就会坠入下面那个浩瀚无垠的布满了星星的大海。有时候，一阵轻风吹过，我看见一个无形的人在罩着紫光的海滩上走过，在地上留下一道发淡蓝光的脚印。那时我咬紧牙关，生怕会怪叫一声。

有一天晚上，我趴在海滩上，忽然弄明白了李家营的秘密，那是村里一个老光棍到海边钓鱼回来时告诉我的。

二百年前，于七之乱过后，李家营就闹起鬼来。当时村里就剩了几个寡妇，个个都和鬼丈夫有来往。白天你看见她们时，个个都脸色青里透白，真是鬼气重重。李家营的街上都长满了草，就连村东的举人家门厅的砖缝里也长满了草。

举人本是这一带有名的富户，他在李家营有五百多亩好地，过去家里雇着四十多个长工，还有三四十头牲口。李家大院也盖得好生气派。他在城里也有好几家买卖，在别村也有好多地。于七一闹起来，他就跑到城里去了。乱定以后，他派了几个人回来，打算把房子修理一下，再把家搬回来，谁知那几个人在村里住了一夜就逃出去了，说李家营的鬼十分厉害，活人根本住不下。老举人吓得不敢回来，派了几个和尚老道回来放焰口，打算安抚一下冤魂，怎知鬼们连和尚老道也不放过，半夜里把他们都轰了出来，还有一个大头鬼用哭丧棒痛殴了和尚一顿。以后好几年，举人再也没派人来过。他的院墙上长满了青苔，房上的草都有半人高了。

外村的人谁也不敢到李家营来，因为鬼们不欢迎。有个货郎在李家营住过一夜，他说夜里那阵怪风刮过之后，从村东头传来一阵鬼叫，然后就有一大群鬼到他住的房子周围来闹，高的、矮的、胖的、瘦的全有，一个个披头散发口吐白烟。后来来了两个大头鬼把他从房子里揪出去，用冷水喷他，用哭丧棒敲他，还用长指甲挠他的脚心，吓得他一动也不敢动。来了一个女鬼飘飘荡荡从空而降，手里拿着两条白练在院子中舞了一阵，口中念念有词，说什么："奴家的替身来也，妾身超生有望矣！"念得还带着韵，和戏台上的青衣差不多。后来那个女鬼把白练做了个圈子挂在门框上，两个大头鬼用哭丧棒敲着让他钻。货郎情知钻了也是死，用手抱着头赖在地上就是不动弹。一直折腾到鸡叫，这群鬼才一哄而散。货郎从此落下了个结巴病，一辈子不敢走夜路。

县里的官差下来要粮，那些通鬼的妇人们说早就完过了，还拿出一些官票来。官票写在黄表纸上，上书"当年粮已完，李家营鬼户××"还盖着城隍之印。那些纸片又薄又脆，风一吹就碎成小片，化为乌有了。官差们要钱，那些女人就拿出一些纸钱来，真叫他们无可奈何，只好锁上几个带着往回走。刚出了村天就黑了，走到李家营西边松树林旁边，里面冲出一大群鬼来，一个个青面獠牙，手持哭丧棒、棺材板、招魂幡等兵器，着地卷将来。官差们丢下人犯撒腿就跑。幸亏跑得快，没伤性命，只有一个脚慢的被女鬼用白练套去了，第二天吊死在松林里，锁链被通鬼的妇人拿去拴驴了。

这件事发生以后，县官就不再派人到李家营要粮了。他想，既然李家营已经纳入了城隍老爷的管辖之下,他怎好去抢人家的地盘。城隍和他一样,都是县级干部,彼此应该尊重;至于吊死官差的事,相信城隍老爷会妥善处理犯案的女鬼的,他也不便过问。

以后,李家营鬼气越来越重,谁也不敢到那里去。只有那些通鬼的妇人有时到北边板桥镇上去,卖出粮食、鸡蛋等等,买回酒、油、盐之类的东西。杂货店的老板从她们手里接过铜钱和银两时,总要拿火烧烧,再拿牙咬咬,生怕被她们拿纸钱或者纸糊的假银锭骗过了,不过那些女人倒很老实,从来也不来这一手。板桥镇上有些好奇的女人和这些妇人攀谈,问起她们那些鬼怎么过活,通鬼的妇人们总说:"鬼不喜人家背后谈他们。我讲给你不妨,就怕他们晚上来找你的麻烦。"听了这种话,板桥镇上女人个个心惊肉跳,再也不敢打听了。有几个就此种下了鬼胎,终日见神见鬼的,闹得合家不得安宁,以后谁也不让老婆和那些见鬼的女人说话。

板桥镇上的孩子有一次跟着那些女人,只见她们走到镇外通李家营的小路上,忽然从路边树林里跳出一群鬼来,一个个说不尽的狰狞,把那些女人背到背上,一阵风似的去了。那帮孩子回去把这事说给家里人听,没一个不挨揍的。

就在李家营闹鬼后两年,有一个下午,有一个小炉匠挑着担子来到村里。他不是那个威震山东一百零八县的武学大师老胡,而是老胡的儿子小胡。当然,虎父无犬子,小胡的功夫也很了得。小胡挑着担子走进李家营,就见满街都是荒草,好多房子都破败不成样子。五年以前,他随父亲在这儿住过一年,当时老胡到这儿来补锅补碗,见这村上人好,就多住了些日子,教村上的年轻人练几套拳脚。小胡当年才十四五岁,与村上同年孩子也熟得很。现在一看李家营成了这么通鬼样子,心里好不伤心。

他走到村中间场台旁边,忽然看见一个妇人从西街上一个院门里出来。他扔下挑子迎上去,喊一声"大嫂"!

那女人一回头,差点把他吓背过气去。只见她满脸青灰,嘴唇和脸蛋却涂得血红。她哑着嗓子说:"你是谁?有什么事?"

小胡说:"我是小胡呀!五年前在这儿住过一年的。您是哪一位?"

"哟!是小胡,你爸爸呢?"

"他老人家故去了,这副挑子就传给我了。我觉得您有点像李二嫂,也不知是不是。"

"我正是。老胡师傅死了呀!真没想到,那年他身体还那么好。小胡,快到家里坐坐,我给你烧水。"

小胡和李二嫂到屋里坐下,李二嫂在灶上烧火。小胡有点心神不定,就问:"嫂子,敢动问,您死了没有?"

李二嫂愣了一会儿,说:"还没有呢。怎么,你知道我们村闹鬼?"

"我知道了。嫂子,您的脸怎么那么青?"

"嗨,还不是和你二哥一起过,他给我染上的鬼气。"

小胡愣了一会儿,才说:"嫂子,和鬼睡一块是什么滋味?"

李二嫂大怒："小混账！等着你二哥来收拾你！"

小胡红了脸，结结巴巴地说："嫂子，我可没什么坏意思。我是跟您打听点事。"

李二嫂雄赳赳叉着腰站在门边上说："有话快说，有屁快放！"

"李大爷家的喜凤还在吗？"

李二嫂一笑："我知你的意思了。你是看上了喜凤，想讨她当老婆，是不是？"

小胡点点头。李二嫂把眼一瞪："你是妄想！李家营那么多男鬼都说不上媳妇呢，把他们惹翻了不好办！我劝你喝口水赶紧走，李家营的鬼可不好惹。"

小胡说："照你这么一说，还讲理不讲了？李家营的男鬼要找老婆，可以上别处找女鬼去。都是姓李的，互相一搞岂不是笑话。我和喜凤早几年就好了，也该分个先来后到……"

李二嫂说："你把这话讲给鬼听去。"这两个正在屋里争吵，外边又进来几个青脸的女人。这些人都认识小胡，大家互相寒暄了一阵，李二嫂说："老姐姐们，小胡想把喜凤勾搭走，你说他是不是痴心妄想？"

那些女人七嘴八舌地说："真做梦！""也别这么说人家，咱们和老胡也是老交情。""请他吃顿饭，让他早点走吧。"

李二嫂想了想说："也是，小胡远来，到底是客，咱们好好招待招待他。"

她们擀了面条,吃饭时继续劝小胡走人。有的说李家营的鬼多么厉害,有的现身说法,说:"你看我们沾了鬼气就这么难看,喜凤有多恶心就可想而知了。"小胡听了这话神态自若,说他和喜凤有约,说好了长大了就来娶她,这话不能说了不算。李二嫂说:"喜凤是吊死鬼,小心勾你去做替身。"小胡说她要勾就让她勾,不过他不信她能做出这种事来。后来天就快黑了。女人们劝小胡快走,他偏不走。李二嫂说:"我们全是妇道人家,不能留你过夜。你要睡到举人家睡去。"

小胡就挑着挑子到举人的大院里去。他是串四乡的人,随身自有铺盖,就在举人家的正房搭了铺。这间正房破得窗户门全没了,睡在里面和睡在亭子里差不多。小胡看着月亮升起来,照着一院子的荒草,想着原来这么一大村人就剩了这么几个,心里好不惨然。

其实他和喜凤也没什么海誓山盟。五年前他在这儿时就住在李大爷家。喜凤那时不过十三四岁,看着小伙子们跟老胡学拳好玩,自己也想学,可又不能出去,就叫小胡教她。小胡从小和老胡走江湖,嘴学得很坏,就说:"我教你拳,你给我什么?你长大了给我当老婆?"

喜凤脸先红了一下,然后一瞪眼:"当就当!"

小胡没话可说,只好教了她岳家连拳五十路。老头子知道了这事,把小胡狠揍了一顿,说他教人家姑娘学拳意思起得歪,丢了他的人。小胡挨揍时,那套拳才教了开手三路,就不想再教了。

喜凤再来找他，他就净打马虎眼。老胡知道了又揍他一顿，说许下人家的事不办那还是人吗，还让他和喜凤每天早上到戏台上去打拳，让全村人都看看胡家的人说话是算数的。老头子每次都叉着手立在戏台下面，见小胡有一招一式教得不对就跳上去给他一巴掌，自己亲自教过。小胡觉得好没意思，成天耷拉着头。喜凤倒很大方，拳学得很认真，在家见了小胡就叫小胡师父。

等到岳家连拳五十路教完，老胡和小胡就走了。临走那天，喜凤叫小胡到她屋里说话。小胡被折腾得对她一点兴趣也没有了，可是喜凤的兴趣倒很高。她说："小胡师父，你不要以为吃了亏。我真给你当老婆。"

小胡没精打采地说："好，好，当老婆就当老婆吧。"

"你长大了就赶紧回来，我等着你。"

"哎，哎。"

"你别再上别的地方挣老婆去！"

"行，行。"

他们就这么分手了。小胡真想把这事忘了，可是老胡倒记着。到他临死的时候还对小胡说："孩子，我看你对喜凤没什么意思。"

"是，爹。"

"我死以后，你该到李家营去和人家说一声，省得人家姑娘心里惦记。"

小胡满口答应，心里却想："谁为他跑那个腿！她爱等就等着吧!"老胡也看出来了,就说:"我知道你不想去。嗨,反正我要死了,也管不了那么多了。你这个人哪,太轻浮……要吃亏的……"

老胡到死叹气不止。小胡把老子埋了,挑着担子继续走街串巷,山东、河北到处都去。那时候走江湖的都是帮会中的人物,地方上到处是地痞流氓。老胡不入帮会,也不巴结地头蛇,全仗着自己功夫好,软硬不吃。老胡一死,小胡就老遇上麻烦,多的时候一天要打上七八架,碰上对手不高明,小胡三拳两脚就能把对手打发了。碰上凶的主子,小胡和人家打来打去,最后总靠岳家连拳取胜。他猛然大彻大悟,知道自己过去太轻浮,胡家的拳法都没学好,只有在戏台上教喜凤时,才学到一套真拳法。继而想到还没和喜凤说明白,于是挑起担子从鲁西南直奔海边而来,决心纠正自己的恶行。走到泰安,想起喜凤又漂亮人又好,忽然觉得天下的女人比起喜凤都是一文不值,就又变了主意,要和喜凤结婚。赶到板桥镇,听说李家营成了鬼村,真好似兜头一瓢凉水。后来听说李家营的鬼可以和生人结婚,小胡又高兴了,他根本不在乎喜凤是人是鬼。

且说小胡坐在举人家的正房里,忽听东山上一阵狂风吹过来,吹得飞沙走石。这是山风,夏天李家营每晚必刮的。风过后,只听见东山上一片鬼叫,由远而近。小胡心里一惊,伸手从挑子上拿了一条三节棍。小胡有这条棍在手,几百个手执器械的人近他不得。他拿着棍想了想,又把它放回挑子上了,他想:棍怎么能打鬼呢？更何况这些鬼他都认识，不必动手的。

鬼们啾啾地叫着由远而近，后来就绕着举人大院转起来。有的鬼哀哀地低声叫："我的头啊，叫当兵的砍下来了我的头啊，狗给叼走了我的头啊……"有的鬼尖声尖气地叫："你杀了我，让你不得好死！……"还有的鬼叫得不成人声，就和猫儿叫春一模一样，也没准是猫来凑热闹，你也许听说过，猫和鬼向来不错。小胡听了一会儿，觉得直起鸡皮疙瘩，他就喊起来："李家营的老少爷们，我是小胡，我来找喜凤！麻烦哪位大叔去叫一下。"

鬼们在墙外哈哈大笑，唧唧哇哇地叫："找喜凤！""你是谁，凭什么找喜凤？""你是什么东西，凭什么找喜凤？""喜凤一来要你的命！"一个鬼说："别等喜凤来，咱们先给他点颜色看看！"

墙头上忽然鬼火乱飞。不过这个鬼火也怪，不是飘飘摇摇满天飞，而是直上直下飞起来又落下去，好像二踢脚一样。后来墙外冒起一股白烟，白烟之中现出一个鬼，身高丈二，院墙才到他肚皮。脚下绿光一闪一闪，可以看清他脑袋有车轮大小，青面獠牙的，头发有二尺多长。不过胳膊就一般人那么长。那鬼闷声吼道："你找喜凤干什么？"

"我和她说好了的，来讨她当老婆。"

那鬼哈哈大笑："我们不要活人女婿！看你老子面上，饶尔不死，快快滚了出去！"

小胡说："大叔您是哪一位？"

217

"休得多言,速速滚了出去!"

"大叔,你叫喜凤来。她当面说了不跟我,我就走。您老长相难看,我不爱和你多说话。"

"呸!你长得好看?真臭美!"那鬼忽然不念京白,说了一句土话,然后又念起京白来,"小娃娃不知好歹,给尔一点厉害!"说着一扬手,一团鬼火照小胡打来。小胡见来势凶猛,踊身一跃,在半空迎着那团鬼火,一招"仙人指路",拳头正中鬼火中心,就听砰的一声,鬼火四分五裂。小胡在地上捡起一片一看,原来是片棺材板,在地下埋得有点烂,所以有磷光。小胡一笑:"大叔,你把自己住的房子拆了打我,可真舍得!"

高个鬼呆了一下说:"小胡,老子英雄儿好汉,武艺高强呀。这等说来,不把喜凤叫来,尔是不会甘心了?"

小胡觉得这鬼太贫嘴,就用京戏道白的腔调答道:"然也!"

"罢了,将喜凤唤来!"

一阵白烟起处,高个鬼不见了。等了半天,门外怪叫一声:"喜凤来也!"院门砰一声大开,一口大铁锅从外边飞了进来。那铁锅贴着地皮滴溜溜打着转,还尖叫着:"小胡哥哥,我是喜凤!"

小胡大吃一惊,一屁股坐在地上。那口铁锅一边转一边说:"小胡哥哥,我好苦哇!"

小胡哭了:"喜凤,你怎么变成铁锅了?我特地从老远的地方跑来见你,你怎么是这个德行?"

"小胡哥哥,我死后阴魂无处可去,只得附到锅上。你我今生不得相会,来世再会罢!"

铁锅转着转着不动了,停在地上呼呼喘气。小胡心里一疑,就说:"你这锅下是什么?"

"是奴家的阴魂哪!"

小胡一听高兴了:"揭过来我看看!"他上前要揭,那锅就往外跑。小胡一急,一把抓在锅底上。胡家的鹰爪力何等厉害,一把把锅底抓了个大窟窿。铁锅翻个个儿,从底下钻出个大头鬼,拔腿就往外跑。小胡知道鬼吹气厉害,往后一蹿就是五尺。大头鬼又着腰说:"小胡,你别不知好歹!我是怕你见了喜凤伤心,所以来骗骗你。你知道人当了鬼以后有多难看吗?劝你还是不见的好!"

小胡听了这话,心里真有点打鼓。不过他又想起喜凤过去是那么天真烂漫一个小姑娘,对他又那么真情,真是千金难买,就下定决心,不管难看也认了。他喜欢喜凤的脾气性情,又不光是爱她漂亮。就算她青面獠牙,买块白布遮着点就得了。于是他斩钉截铁地说:"要见!要见!非见不可!"

大头鬼一笑:"真的?吓着你不好。咱们和你爹是什么交情,吓坏了你我们也不好意思呀!算了,让你见一个不算难看的,你先见见我老婆吧!"

外边又进来一个女鬼,披着乱七八糟的头发。小胡就着星光往她脸上一看，只见她长了个大酒糟鼻子，脸上密密麻麻全是大青疙瘩，一眼大一眼小。这个德行劫道都不用拿刀。小胡一哆嗦，又狠了狠心说："我不怕。喜凤就是这个样我也不嫌她。"

女鬼说："小胡，喜凤比我还不如呢。你大着点胆子往外看！"

外面进来一个牛头鬼和一个女鬼。那女鬼脸色乌青，模样倒不算难看。小胡大喜过望，叫一声"喜凤"就扑了过去。谁知牛头鬼把他拦住了，说："她不是喜凤，是我老婆。我才是喜凤呢！"

小胡都傻了。牛头鬼哞哞叫着说："小胡哥哥，我死以后判官老爷要讨我做小老婆，我想着你不答应，他就把我变成这个样子……小胡哥哥，我现在是男身，在城隍庙当差，讨了老婆……咱们今生不能成夫妻，来世再见罢！"

牛头鬼嘤嘤地哭了。小胡一屁股坐在地上，放声大哭起来："完了，这可完了，什么办法也没有了……"正哭得死去活来，忽然看见门外一个女鬼走进来，她穿一身缟素，拖着两条白练，长得十分美丽，正是喜凤。

喜凤垂着头立在门口。小胡见了她就不哭了，爬起来跑过去，说："你真是喜凤！我可找到你了！"

喜凤说："你要是诚心找，还有什么找不着的。"这时候背后那些鬼哈哈大笑，一个鬼说："咱们可把人家孩子吓得够呛！"于是他们纷纷把脸上的泥巴揭下来。一个老头过来说："小胡，你可真是诚心！喜凤就给你了。不过以后你就不能离开李家营，在这儿种地吧！人家问你就说讨了鬼媳妇，行吗？"

原来于七之乱后，李家营的人给官兵杀了大半，只剩下十几号人。他们觉得官兵杀了我们的人，凭什么还给官府纳粮？举人家拿出银子办团练，让他们在四方烧杀抢掠，凭什么要我们交租子？可是要抗租抗粮又没有力量，就想出个装妖作怪的办法来。当然，这底细不能让外人知道，所以外乡人来了一概都轰走，连本村的姑娘都不往外嫁。以后小胡就在我们村住了下来，给李家营添了几户姓胡的。

我们李家营就是这么得了"鬼营"的称号。不管怎么说，李家营反正过了几年不完粮不纳税的好日子。

*原稿无标题，标题系编者所加。

奸党与我们

大明洪武年间,北京城里的镖行是奸党,城外白云观里的道士是我们。我们和奸党之间极深的仇恨,来自镖行头子和道长间的纷争。奸党说,我们道士不老实,修炼房中术,行采战之道,干了很多荒唐勾当。这当然是诽谤之词。就是有人干了这样的事,也是为了探讨生命的奥秘,造福人类。于是我们也说,奸党结交官府,欺行霸市,垄断物价。原来白云观的当家道士天钩道长与城里各家镖局的总镖头胡金镖老爷子交情不恶,此时也不能置身事外。所以天钩挺身出来,要向奸党讨一个公道。但是奸党就是奸党,讨不出公道来。就是胡老爷子那样的人,虽然武功人品都不错,毕竟是奸党里的人,不可能为我们说话。不但如此,他还说了很多我们的坏话。所以我们和奸党间的一场决战,已经不可避免了。

今天看来,天钩与胡金镖的决战,不过是两个人拿了原始的冷兵器或者什么也不拿，举行一场搏斗。或者胡金镖打出天钩的脑浆，或者天钩拧断了胡金镖的脖子，都不要紧。反正他们两个都已经死了。但是我们的观点不是这样。天钩一定要赢，胡金镖一定要输，不然什么叫真理必胜。更何况天钩元阳未破，练有童子功、先天功、至阳功、太阴功、大雁功、自发功、益智功，站过鹤翔庄、龙虎桩、梅花桩、木头桩，内功修为已至化境。但是奸党也非易欤，胡老头天生身体好，力大如牛，走逾奔马，矫若猿猴，外功了得；加之久练江湖，多会异人，身负各种绝学，会打少林拳、八极拳、南拳、北拳、猴拳、狗拳、兔子拳，练过铁砂掌、铜砂掌、黑砂掌、白砂掌、绿砂掌等等，还会头撞石碑、脚踢木桩、铁布衫、金钟罩，十三太保横练竖斜练之类的硬功。所以真理也未必胜。天钩与胡老头决战前也是这么想，所以他决战之前焚香更衣，参拜三清，求太上老君保佑，让胡老头得场痢疾。胡老头也觉没把握，跑到关帝庙上香，求关圣帝君保佑，让天钩头上长疮。这两位武林异人决战的原因，就是这样的。

我们是住在中关村的穷酸，或教书，或做学问，都和道士一党。虽然我们不拜三清，但是谁都知道，近代科学的一切，都和道教有关。谁不知道现代计算机科学，都是从八卦里产生；理论物理离不开阴阳学说；化学的一切，通是师承了烧铅炼汞；而逻辑学的一切，都超不过老子《道德经》。而且我们的道德，也像道士一样的清高。而那些经商赚钱的人，必和镖行一党。古代的镖行与钱庄银楼、酒肆饭庄，以及南北行商都走得很近乎。或是他们的衣食父母，或是他们的落脚之地，总之，彼此狼狈为奸。所以商人古代就是奸党，现在还是奸党，永远是奸党。他们永远是钱串子脑袋。

但是我加入我们，并非成年以后上学的结果，还可上溯到我幼年时。那一天我到操场上去，看见那儿紫气蒸腾，人声鼎沸，无数的人在跑来跑去。原来平坦的地方出现了很多方头方脑的炉灶，高音喇叭吵得人耳膜生疼。很多人运来了砸碎的废铁，要把它们炼成钢。但是什么是铁什么是钢他们和我一样搞不明白。有时人们呐喊道：某某炉出钢了，我和大家一起去看，只见从暗红的炉膛里扒出暗红的牛屎来。如果这就是钢，我看谁都不会相信。如果说这不是钢，那我们在炼什么？但是没人这么想问题（这么想是奸党的特征）。我和大家一样，只觉得心花怒放。

我小的时候看人家大炼钢铁，我看见人家炼出一摊摊牛屎来。后来我爬到牛屎堆上玩，一不小心摔了一跤，牛屎在我手上划了一条大口子，有半尺长。原来那些牛屎是锅片子做的，比刀子还快。那些炉子连锅磕子的毛边都熔化不了，可见有多凉。我算了算，那些炉子也就配化焊锡。用化锡的炉子炼铁，那时的人傻得厉害。就是在二十几年前，我们这所大学就已不小，名教授也有一大堆。我就想不出他们为什么不知道什么炉子能炼钢。我对小孙说起这件事，她说：谁傻呀？你傻！连装傻都不会，真正可悲！

我始终没弄懂她的意思。

天钩和胡金镖决战之日，道长叫一个道童给他捧了兵器（一对虎头钩）到比武的地方去。道士们为了争这捧钩的差事，几乎打破了头。因为比武时的随员，除了拿兵器，不负任何责任。就是天钩叫人一刀劈死，他也不用上前拼命。自己不用冒任何的危险，白捞一场热闹看，这是多么美好的事。结果道长挑了一个最窝囊、最没用、最不敢争的小道士给他捧钩，这里的道理正如他自己说的：你们想看我死呀！偏不叫你看到。胡金镖那天也没叫徒弟、镖师，只叫个小力巴为他捧兵器，道理也是如此。这两位高人以前也印证过，那时不赢房不赢地，大家只点到为止，赢不是真赢，输不是真输，越赢越不知谁厉害。

天钩与胡金镖决战之时，正是黄昏时节。他老人家飘然而至，见胡金镖已在那里等候。那胡金镖生得豹头环眼，虽不高大却甚宽厚，小力巴捧那口刀长有五尺，寒光照人，天钩见了就觉不妙。按江湖上的规矩，比武先比拳掌，后比兵刃，天钩就想：最好我在拳上先赢了他。江湖传言，胡老头子的刀大大的厉害。胡金镖却想：这场斗多半要打到白刃相见。江湖上说，拳不打力，力不打功。这牛鼻子办了好几个气功班，空手打不过他，但愿我别在拳脚上吃他大亏。

天钩和胡金镖决战之地，是在荒城里。这儿是金大都的废墟，到处是断壁残垣，荒草荆棘。傍晚时分，寒鸦满天，远处狼叫甚是难听。天钩道长忽然心惊肉跳，觉得自己未必能活着走出荒城。万一死了，也不知清风那个小坏蛋还能不能记着给花浇水。别的倒也罢了，那盆牡丹花是武当龙真人送的，乃是名种，死了可惜。出来时本该嘱咐两句，又怕小道士说我怕死。和这胡金镖平时交情还好，和他拼命，真犯不着。到了这里，没有再跑回去的道理。和他交代几句场面上的话吧。于是双手抱拳，开口说道：胡兄，一向少见，近来可好？

胡金镖心里也打鼓，惦记着镖行的生意，恐怕自己死了，儿子还小，不知怎么办。听见天钩说话，忙不迭搭话说：好好，多蒙道长记怀。两个人扯起淡话来，正说得有兴致，他带的小力巴不耐烦，就插话说：总镖头，天快黑了，快动手吧，劈了这道士，咱们早回家。胡金镖说，混账王八蛋！我和道长说话，有你插嘴的份吗？道长是何等功夫，一会儿一掌打死我，合了你的心意。天钩的道童就说：胡老头，知道厉害就好，赶快给道爷磕头，饶你不死。天钩说：放屁！总镖头的刀岂是吃素的？动起手来，一刀把我劈成两半，不知你们可有孝心把我缝好再埋。这两位英雄在比武之前，互相敬畏、竞相谦逊的情况就是这样。

我在操场上看人家大炼钢铁，就问道：你们炼钢铁为什么。

在场几百人竟无一人能答上来。后来来了一位饱学之士，告诉我说，大炼钢铁是为了一〇七〇。至于什么是一〇七〇，他也说不上。也许是一年一〇七〇，也许一月一〇七〇，也许一天一〇七〇，也许一小时一〇七〇，都有可能。反正一〇七〇是没有错的。我听了这话，禁不住大欢喜。于是我纠集了一帮小孩，拿了家里的火筷子、铁铲子，在沙堆上筑起炉灶。又捡来了破纸杂草，点起熊熊大火。有人来制止，就说我们也是为了一〇七〇。别人听了，无不称赞我们干得对。这是我一生最幸福的时刻。当然，炼完了钢铁就是挨饿的年头，我可不是说挨饿也幸福。

假如小孙说得对，就是说，大伙在装傻，那就是说，装傻的人里就有我一个。

天钩和胡金镖决战之前，忽然觉得打架不上算。第一，骂道士的不是胡金镖；第二，骂道士也非骂我一个，和他拼命犯不着。但是不打又不行，谁让他是白云观的当家人。所以他觉得胡金镖很可爱：全世界都盼他和胡金镖打架，只有胡金镖不盼。他说：胡兄，真莫如你我联手，把我这些不孝的徒弟、你那些没良心的伙计统统杀光。胡金镖说：道兄快人快语！言毕大笑。吓得小力巴和道童面无人色。但是笑到后来，声音比哭还难听。他说：道兄，说笑归说笑。这场架还得打。要不然全世界都要说我们混账王八蛋。老夫要以性命相搏，道兄小心了。天钩说：如此说来，胡兄请。

一请不要紧，胡金镖拉开架子就要打。天钩觉得自己拳脚上优势很大，轻飘飘透着潇洒和他对了一掌，对完感觉很不好。我的妈，这姓胡的好厉害！这不是要打死我吗？

天钩道长后来说，那姓胡的一掌拍过来，就像倒了一面墙，接着十分费力。他和胡金镖又对了一掌，觉得对不过，心里慌得了不得。连忙走九宫八卦往后退，打算混一会儿就说大家平手，和了算啦。可是胡金镖想：原来你就这点成色，合着不是便宜了你？于是一发努力，掌势如疾风暴雨。终于一下打中了天钩的道冠。那玩艺是三合板的，不经打，一下碎成木头丝了。天钩跳出圈子，拿过虎头双钩说：胡老儿，我们钩底再决生死！胡金镖就说：道兄，算了吧，你我体己兄弟，我就是赢了一招半式，也不会和别人说去，什么生呀死呀的，也不怕后辈笑话。如此说风凉话，简直该杀。气得天钩抢钩就打。胡金镖连忙取刀在手，与天钩战了几十招，觉得不好打。虎头钩勾勾叉叉，搅到里面乱七八糟，而天钩祖师却不觉得乱，越战越勇。这会儿他想，早知如此，不如刚才少讲几句风凉话。

我们天钩祖师用双钩战胡金镖，占了不少优势。但是局势不容盲目乐观，那胡老头是京师十几家镖局的总镖头，又是以刀成名，必然有厉害之处。他自己也开一家镖局，叫金秤镖局，走镖时老带着一个大天平。遇上贼人劫镖，一刀把贼劈开，总要称称。要是两边差了一两以上，就说自己荒疏了。所以他一面交战，一面就看天钩的中线，恐怕劈歪了。等一切看好，就使出得意的一招——呼的一声如白虹贯日从中劈下。以往中刀之人就觉得从头顶到尾骨一道凉，然后自己就如出水芙蓉、带雨桃花，缓缓开放。可是天钩非泛泛之辈，早防到这招，双手钩往上一架，只见雄钩上有榫头，雌钩上有榫眼，雄雌合体就是一把老虎钳子，那一刀正砍在钳口里。天钩两手一张，钩头上月牙钳住刀身，又成了一把工兵的破坏剪，眼看要把胡老头的成名兵器剪断，叫他没法做人。谁知胡金镖百战之余，应变神速，见天钩胸前空门大露，立刻放了刀，一掌朝他胸前拍来。那一掌合有朱砂掌、黑砂掌、绿砂掌诸般掌力，打在身上先发红，后发黑，再发绿，五脏破裂，七窍出血而死。那天钩不闪不避，挺胸一迎，只听砰的一声。原来天钩老拿这一手锁人兵刃，胸前老大空门哪能不防？他胸口贴肉带一个生铁盖子，有一寸厚，起卧不解。胡金镖拍在上面，自己的手先发红，后发黑，再发绿，还好没有五脏破裂，只是手像气吹一样肿起来。疼得他爹呀妈呀地叫。天钩道人把脸一板，说道：得罪了。就要把胡金镖的刀铰断，谁知铰之不动。原来胡金镖已知天钩有这一手，所以早请人在刀上加钢加铁，弄得比门板还厚。天钩嘿了一声，早运起各种内功，只听嘣的一声响，钩头上的月牙飞迸而去。不但如此，还把榫头扭变形，钩柄扭弯，请了多少铁匠，都说修不好。那刀分毫无损。我们与奸党的这场决战，奸党伤了一只手，我们损了两只钩，就算打平。

我在操场上见人大炼钢铁，只见人来人往，就如没头苍蝇一样。在一片混乱之中，一股浩然正气，冲天而起。假如小孙说得对，那就是一股傻气冲天而起。我立刻投身其中，成为我们的一员。又过了三十年，我也长大成人。像大炼钢铁那样的事，不可能天天都有，所以只好委屈一点，在学校里教教书。学校这种地方只适合我们，奸党绝受不了这样的清苦。所以仁人志士，在所多有，很快结交了一帮人，搞起科研来。弟兄们个个是好样的，其中有学数学的、学材料的、学自动化的、学物理的、学生物的、学畜牧的。我在其中痴长数岁，被尊为大哥，行掌门之权。当然头上还有师长，那就是我的导师。要没有他老人家牵头，我们这个机器动物研究组也搞不起来。

我就出生在我任教的大学里，而且在这里长大。我记得我导师是六六年下半年到校的，在此之前，他是南洋富商之子（是小老婆生的），在美国斯坦福大学拿了博士学位，到香港教书。据他自己说，他在香港加入了革命组织，受到迫害，所以回国工作。不过后来查明他说的革命组织乃是托派。所以"文化大革命"后期清理阶级队伍时把他整得好惨，满头打的包又大又圆。他到现在也不明白自己加入了什么，为什么挨打。据我考证这是一条规律：挨打的永远不知为何挨打，打人的永远知道为何打人。要在抡皮带的和挨皮带的之间建立共识是不可能的事。所以我也不能给他说明白。徒不言师之过、不曝师之丑,这是做人的道理。他挨打时的有趣情形,我也不便细讲。我所要讲的是,我导师一回国,就见万头攒动,红旗如云,人人蹿上跳下没一时安分。他就觉得一阵大欢喜,立刻投身其间。

我导师见人人都写大字报,自己也不甘寂寞,根据"文化革命"的宗旨,尽胸中所学,努力写出一张大字报来。无奈他受的是殖民地的洋奴教育,汉字都认不了几个,更何况用毛笔。那篇大字报上墨手印比字还多,还有大量的拼音。至于内容,都是奇谈怪论。什么"革命是个集合"之类,知道的说,他老人家学的科学方法论专业,就会这个;不知道的说他是疯子。按说那年头谁都不信有疯子,疯子就是装疯的反革命;可他的托派嘴脸还没暴露,人家念他远道而来,也不怪他。于是他一篇篇写个没完,说道"文化大革命"是怎么怎么一回事,应该怎么怎么进行,终于惹出事来。

我导师长一副典型的马来人嘴脸,黑不溜秋,干瘦干瘦,戴一对近视镜片,浑似瓶底。穿一件暗绿的呢子大衣,上面黑得流油,叫人看了就不顺眼。他就这么个样子,夹了一卷大字报去贴。那时北京城里最缺的一不是钱,二不是房子,而是贴大字报的地方。大家都要上墙上实现,可是没有那么多墙。所以所有的大字报都注着:保留五天。他又没有眼力价,上去就贴,正好被本主看见(那是一位五大三粗的退伍兵),上去一把揪住。我导师分毫不惧,操起台山话、广州话、潮汕话,偶尔还有普通话,和对方理论。

对方只听见叽叽喳喳，喳喳叽叽，偶尔还有挨刀断气之声，一句也不懂；就取了简捷的办法，飞起一腿，把他裤裆踢中。那结果正如医院诊断书上所说：阴囊挫伤，龟头血肿。我老师挨了一脚，觉得很疼。上医院看过后，把诊断画成大字报贴了出来，寻求公道，从此名声大噪：人家都叫他龟头血肿。

天钩道人和胡金镖在荒城第一次决战之后，猛然悟到：我何苦和奸党性命相搏？君子用智不用力。所以他发愤研究兵书战策、奇门遁甲，并那西洋机栝之学。第二次荒城决战，虽然约了一对一，他老人家不客气，就带了二十人去。假如胡金镖一人前往，也不和他废话，上去就把他乱刃分尸。对付奸党就该这样。可是奸党也不笨，一来也是二十人。两边见了面，都不好意思。天钩就说，老友，我练了一座剑阵，要请你指教一二。胡金镖说，老友，我猜你就练了阵，所以多带人来看。天钩叫人排开阵来，只见剑气纵横，队伍严整，气概非凡。胡金镖手下的镖师个个久走江湖，对于单打群殴，都有经验，呐喊一声，长兵在先，短兵在后，暗器弹弓火力掩护，猛冲过来。无奈我们阵势严整，冲之不进。正在厮杀，奸党的两个伙计绕到上风头去，手持大板铁锹，拣那墙后树棵下陈年的风吹土，大锹的土扬来，弄得烟尘滚滚，对面不能相见。我们阵势因此大乱。胡金镖乘势杀散小道士，冲到天钩面前，正要把他一刀两段，天钩一按钩上的机钮，喷出一股水来，淋了他一头一脸,吓得他抱头鼠窜。原来那是壁虎尿,谁都知道蝎虎子尿沾上长癞,所以姓胡的长了一辈子桃花癣,到死都不好。我们和奸党第二次决战的情形,就是这样。

我们的机器动物研究组成立后,策划要做牛羊、做骆驼、做大象(就是不做人,人已经太多了),都没做成,因为没有经费。后来我导师龟头血肿出了个主意:何妨先做一头猪?他有位同学,现任美国短鼻子(又名爱猪者)协会秘书之职,也许能争取到资助。我在研究组的会上提出这建议,全场为之欢呼。有几个兄弟当场学猪叫。只有一人笑得打滚,说:你们都疯了,谁给你们资助,就比你们还疯。我们的会上居然有这样的奸党言论,闻者无不变色。我也觉得面上无光,因为此人是我介绍来的。她是我的邻居,外语教研室的英语讲师小孙。

从集合论的经典理论可以得到,奸党就是非我们,我们就是非奸党。一个人,或则属于我们,或则属于奸党;两者不能都成立,也不能都不成立。这个道理非常明白,可到了小孙身上就不适用。她丈夫辞了教职到广东经商,这分明是背叛我们投入奸党;她自己又满嘴奸党言论。从任何方面看,她都是个奸党。但是我又觉得,把小孙划入奸党未免便宜了他们。这孩子白皙漂亮,个子高身条好,我觉得奸党不配有这样的人。因此修改定义道:奸党就是奸党除了小孙,我们就是我们加上小孙。这样得到一个悖论:如果小孙不是奸党,那么何来奸党除了小孙?如果小孙是奸党,奸党又是奸党除了小孙。在这个层面上,小孙是什么东西,很不容易搞明白。不过那天会后她找我道了歉,保证再不乱笑,我也原谅了她。在以后的工作中她很努力,负责起草了致美国短鼻子协会的几封信。在信上我们自称中国短鼻之友,要为可爱的猪营造机器丰碑,为此需要美国同志的支援。龟头血肿另有信件给他的同学。如此书信往返,经过一个月,彼岸来鸿,说道OK,造机器猪的钱他们给,而且寄了支票来。这时小孙又做出奸党行径。她捧腹大笑说:疯子到处有,居然有人出钱造机器猪!能吃吗?因为这些言论,大家一致要求我行使掌门之权,把小孙逐出门墙,我不答应。后来大家忙着造猪,她插不上手,也不常来,矛盾也少了。

我和小孙住在一个套间里。这是两间一套的房子,她住一间大的,我住一间小的。单身汉和一位如花似玉的大姑娘住在一起,恐怕有人会说闲话,甚至说我是采花淫贼。所以我想搬出去;但是小孙求我千万别去找房产处,这事的原委是这样:原来她结婚时,学校叫她还有她丈夫,和我合居一单元,作为临时措施。等到新住宅盖起来,就给我一居室的单元,让我搬出去。那时候他们天天催我去找房产处。现在她丈夫去了广东,她自己一个人,住不了两间一套房,也就不盼我搬出去。因为她年轻资历浅,没有资格有自己的房间,应该住单身宿舍。我们住的房子是学校在外买的商品房,连房产处都记不得有此一套房。我要不去求换新房,人家也不会记得这儿还住了个小孙。从房子的问题上，也可以看出她有很大的奸党成分。

我导师被人踢成龟头血肿后，采取的行动是把诊断贴出去，要大家评理，这是个天大的错误。正确的行动是他让你龟头血肿，你也让他龟头血肿。因为世界上只存在两种人：龟头血肿之人与龟头不肿之人。不肿的人无论如何也不明白肿了是多么疼。你要谁明白龟头血肿之危害，就要使他先肿起来。这一点在那年月尤其重要。可我老师不明白这个道理，采取了错误的行动，结果是人人叫他龟头血肿，包括不懂人事不长龟头的小姑娘。她们以为我老师是日本人，姓龟头，名穴踵。我老师很愤怒：我这么疼，你们还看笑话？于是奋笔疾书，写出了一论龟头血肿、二论龟头血肿、三论四论等千古文章。从文学和逻辑的角度来看，这些文章的价值不容怀疑（谁也不会怀疑斯坦福的教学水平）；只可惜有个前提（或者说，一个公理）是错的。我老师以为，因为我是这样的疼（冷汗直冒、屁滚尿流等等），所以别人一定能明白，我是这样的疼。但是我已经说过，世界上的人分为龟头血肿与龟头不肿两类。肿的人越疼，不肿的越觉得可笑。假如你要在此问题上形成共识，只有让所有的人龟头都肿。我可以证明这是不可能的事，因为起码有百分之五十的人没有龟头可供血肿。我老师不明此理，只好一篇一篇写下去。写到九论之时，忽然不能写了。原来是他的托派面目被揭穿，别人把他逮了起来。

到我写这一段的时候，又发生了很多事，叫人眼花缭乱。往事如烟，很多事我们再也记不得。比如我的导师为什么当过托派，他为什么回到大陆来，成了龟头血肿后他有何感受，等等，他自己也说不明白。我不知道这一切，但是我知道，他是我们的一员。这一点足以解释一切。如果我是他，也会当托派，也会龟头血肿，也会回到大陆来。虽然他比我有才，有路子，但是在这一点上我们完全一样。至于路子，他确实厉害。就凭他一封信，就从短鼻子协会搞了一笔钱来。但是我们不争气，又把这财路搞断了。这事经过如下：我们拿了短鼻子协会的钱，大家努力奋战，做出一口机器猪来。它会跑，会叫，会记吃不记打，还会把纸篓里的废纸吃下去，拉出墨水染黑的纸团来。用猪的 IQ 表一测，智力中等偏上，在任何方面，它和猪都没有区别。只是不能杀了吃肉，因为浑身钢铁，只脑子里有一点线路板，而线路板和肉还有点区别。正好美国短鼻子协会的一位老小姐来华访问，我们把她请了来，向她展示我们的猪。顺便叫世人知道，中国也有高科技。那女人一看，高叫：奈思，亡的夫，爱可杀伦，膘蹄肤！猛扑过去，就行 kiss 大礼，拉都拉不住。我们的猪鼻子上还带了三百八的交流电呢，一下就把她电出十米开外。中午吃饭时，又叫她看见我们吃猪肉。那女人大哭，说我们是啃你饱（cannibal——食人族）。回去后说了我们不少坏话，从此资助断绝，我们的科研陷于停顿。

天钩道长和胡金镖的二度决战之后，道长又有新的体会。他觉得和胡那样的人去争什么胜负，真是划不来。但是树欲静而风不止，那胡金镖又派人送来战表，说这回一个对一个，谁不来谁是混账王八蛋。要依道长，就是不去。你说我王八我也说你王八。可是观里的道士都说不去不行，因为白云观与镖局的决战世所瞩目，大家都等着看结果呢，不去叫大家失望。道长拗不过众人，只得精研机械学、动力学、决策学，努力备战。到了决战之日，胡金镖雄赳赳气昂昂到达现场，只见道长没精打采，表情呆滞，双目无神，问话爱答不理，倒吃一惊。因为在天钩身上两番吃了大亏，他也不敢大意。两人动起手来，道长双钩全无章法。胡金镖恐怕是计，小心谨慎，走了二十招才把道长砍倒，砍出一肚子弹簧来。这时真道长从土丘背后跳出来，鼓掌大笑道：金镖老友，何必动怒？然后飘然而去。胡金镖气得发昏，也不敢去追，怕这个也是假的。这是胡金镖和天钩的最后一次决战，我们取得了完全的胜利。在我们与奸党的一切战斗中，我们都取得了全胜。

在胜负的问题上，我们与奸党有完全不同的见解。奸党说，第一仗是他们胜，因为是胡打了天钩一掌；第二仗又是他们胜，因为他们破了我们的阵；第三仗又是他们胜，因为胡金镖砍倒了天钩。管他是真是假，反正是砍倒了。我们认为，胜利的标准应该由我们定。第一仗的标准，应是疼者负，不疼者胜，所以我们赢了；第二仗的标准是痒者负，胡金镖长了桃花癣，他又输了；第三仗是看谁气倒了谁,我们当然完全胜利。总之,胜利的诀窍就在于定出好的胜利标准。

我老师当托派的事是这样传出来的:他老人家在香港要求回来时,有关部门做了一些调查,发现他和一些人在一起,读了一些书,还有一些言论。这些书中包括马恩列毛,也包括托洛斯基。那些言论在当地就被认为很了不起了,其实差得很远。有关部门也不认为他是托派,不过既然知道了,也不能装不知道,就在他档案里轻描淡写地加了一笔。这一笔本来害他也害不在明处,可惜碰上了"文化革命"这种情况。造反派把他抓到群专队里,美美地收拾了一顿。这件事我是亲眼所见,当时我十四岁,闲得没事满处逛。一听说龟头血肿被抓,急忙奔去看。只可惜跑慢了一点,错过了不少好戏。我没看见龟头血肿怎么被揪出宿舍,拖到了小礼堂;也没看见人家怎么给他剃的光头(不是用剪子,而是用剃刀)。我只看见别人用拳头在他脑袋上举行打大包的比赛。参赛的有四条大汉,赛场是他那颗灿然有光的秃头,看的当然人山人海。优胜的条件是打出的包圆而且亮,并且要一拳一个。前三位一一试过,打得他一头青紫块。有几个包也是奇形怪状,形如阿米巴。第四位握拳如雁翅之形(大小拇指水平张开),中指屈凸如凤眼,往他头上凿来。一下一个,包应手而起,虽不大却极圆极亮,而且坟起极高。在全场人鸦雀无声屏息观看之时,我老师侧过头来(原来是低头认罪的姿势),朗声说道:这个拳厉害!

我们和奸党在荒城三次决战之后,已经势同水火。现在不再约期决战,而是见面就打。结果白云观附近简直成了黎巴嫩。草棵里有我们的白云一号巨弩,可以发射整块城砖;芦苇丛中有我们的白云二号连弩,可以把半头砖像雨点一样打出来。我们的目标是镖行,可是砖头不长眼,不一定打中谁,闹到京西官道上行人断绝。结果是城里的官商人等都说我们是土匪。只要白云观的道士一进城,大家一声喊,围过来就打。男的拿顶门杠、扁担,女的拿锥子、缝被子大针,一齐朝我们身上招呼。打到只剩一丝游气,再往城门外一扔。直打到白云观的道士不敢进城,买一根针都要起绝早骑驴上涿州。天钩道长很痛苦,他倒不是怕了什么,只是觉得大家都恨我们,我们一定有不好的地方。天钩道长的首徒明月作了一篇论文,证明大家打我们不是出于恨,而是出于变态的爱。男人用粗长之物,女人用细小之物打我们,这些都是性器的象征。这诸般器具都到我们身上来实现,不说明我们招人恨,只说明我们可人疼。这也不能安慰白云道长。他闷闷不乐了很久,忽然决定到城里去看看。据说他去了几位官绅家,请他们出面说合,以后我们不再袭击镖车,让城里人也别打我们。这些官绅都答应了。于是道长骑驴回观,路上遭到大批暴民的袭扰。要按道长的修为,不难把这些混蛋全杀光;就是不想杀人,也不难突围而出,全身

239

而归。不知他转错了哪根筋,端坐在驴上不动,任凭他们殴打凌辱。回到观里,天钩从驴上栽了下来。平日养的一腔浩然之气从头顶冒出来,就此得了脑溢血,一命呜呼。

对于天钩道长的为人还可以做如下补充:他老人家从来就不想和任何人打架。虽然他的武功计谋举世无匹,但是他说过,我要是一点武艺都不会就好啦。对于这句话,弟子们是这么解释的:他老人家胸怀博爱之心,不愿与人打架。可是他自己说的是:假如我不会武,就不必去和胡金镖比武,搞到打不过还要打的地步,真是头疼。这是他老人家原话,听起来泄气。白云观里的道爷们为尊者讳,就说他没说过这话。

我老师在小礼堂里挨打时,有很多人看。我的一个女同学,外号叫线条的,也站在人群里。当他头上隆起很多疙瘩时,线条忽然觉得芳心一动,不能自已。她很想把龟头血肿抱在怀里,用纤纤玉手抚平那些大包。从此她就如痴似狂地爱上了他。那一年她才十五岁。

线条原来很漂亮,和我也很说得来。自从她爱上了龟头血肿,我只好和她分道扬镳。我们都去插队,她和父母去了干校。后来龟头血肿被发配到河南安阳当了会计,她也想方设法去了安阳。最后她终于和龟头血肿结了婚,这对我很不利。原来她是我的女同学,现在成了我的师娘了。

线条爱上我老师的事叫人很痛心。原来她长着极白极净的一张小脸，头发漆黑漆黑，一对花苞似的乳房在胸前时隐时现。现在很糟糕，生了个女儿也有点像龟头血肿。当然没那么难看，但是很黑。我去找老师汇报科研的情况，老师不在师娘在，就聊起这些事。她老人家还为老师辩护，说她现在满脸褶子、乳房庞大而下垂都不怪龟头血肿。据她说，就是和不血肿的结婚，现在也是这个模样。师妹的黑却非怪老师不可，因为她家祖上八代都是这么白。据她说，龟头师妹刚出世时比现在还黑了十倍。她生下师妹时，曾经惨叫了一声，以为生下了妖怪。用她的原话说，和龟头血肿结婚，生下什么都有可能。

天钩祖师死了之后，明月祖师继位。这位道长才学武功比天钩道长差之远矣，无论哪一方面，都不够领导拥有上千道士的白云观。才不够只能以德继之，他老人家高高举起了为天钩报仇的大旗。虽然胡金镖再三声明，天钩之死与他无关，并且亲自出马缉拿殴打天钩的凶手，明月道长只是不信（换了我也是不信）。他每天领导全观做一次复仇宣誓，并且要每个人都报上指标：准备在自己死前杀几个镖师。他自己的指标是一百个镖师，外加胡金镖本人。但是他老人家是全观的住持，不便太早出击。他派出观里几位武功人望在己之上的师叔师弟去狙杀奸党，开头还有斩获，起码可以全身而退，后来就不大妙，只去不回。渐渐无人可派，就要轮到自己,这下可慌了神。他不得不考虑,怎样才能杀死奸党并且保存我们的实力,使暗杀任务不会轮到自己。这个题目不容易,想了好几天才想出来:应该派人到奸党那边做奸细。

奸细是这样一种人:对于我们来说,他(她)是我们;对于奸党来说,他(她)是奸党。这是成功的奸细。不成功的奸细是这样的:对于我们来说,他(她)是奸党;对于奸党来说,他(她)是我们。一般的奸细做不到这么极端,总在二者之间,表面上是奸党,实际上是我们;或者反之。除此之外,奸细还要有一些宝贵的品质,包括在我们一方名声不好;不可捉摸,爱好告密;说假话时感觉良好,说实话时脸红等。明月道长考虑派谁做奸细时,想的就是这些。想来想去全观只有一人合适,就是原来天钩道长的贴身侍童清风。

我们的科研因为没了经费,已经搁浅。无论学校、教委、自然科学基金会,都不肯给钱让我们造一只不能吃的猪。而我老师则说,他也找不来资助。如果是去年六月前,他还可以写信给长鼻子协会,让他们出钱资助我们造大象,现在只有在国内找人赞助。想来想去我得到一个结论:我们需要一个人到奸党方面做奸细,理由如下:我们不会赚钱,而我们又缺钱花。奸党不会把钱善给我们,所以要有人到奸党里骗些钱来。但是派谁做奸细,我可想不出来。这当儿小孙到我房间里借方便面,我问她说:你饿了?她说没有。我说你自己拿吧。过了一会儿我出门,看见她正吃那些面,我才恍然大悟。假如我们中间有人可以做奸细,必然是小孙。

小孙做奸细有很多方便之处:第一,她在各方面都像个奸党,别人装都装不像;第二,如前所述,她不知不觉就要撒谎;第三,她丈夫就是个大奸党,非常有钱,如果能拿一些出来,我们就有办法啦。所以我对她说:能不能叫你爱人给我们一些赞助?她听了哈哈大笑,几乎死掉;然后说:赞助什么?造一只不能吃的猪?

我说当然是不能吃,要是能吃找你干什么。她说 no way。我知道这事不能操之过急,要慢慢地做工作。但是我又不能不急,如果再没钱,大家只好闲下来,学校要加我们的教学工作量。后来她出了个主意,让我们给她丈夫做鞋样,那个奸党(她丈夫)是个鞋商。如果我们肯做,一切包在她身上,不但给钱,还能报上科研——不是校级科研,而是轻工部的科研:男皮鞋的计算机辅助设计,女皮鞋的计算机辅助设计,男童鞋女童鞋男凉女凉男女布以及拖、棉、靴,等等,可以报十几个项目,拿好几十万科研费。为一些小钱,出卖理想和事业,这和奸党何异。可是我们需要钱,所以我不能不答应。

明月祖师要清风去做奸细,还要清风行种种妙计,其中包括把清风的屁股打肿打烂的黄盖苦肉计;把清风胳臂砍下来的要离王佐苦肉计;把清风生殖器割下来的司马迁苦肉计;在清风头上浇上大粪的宋江装疯计;等等。对于这种种妙计,清风只听个大概,就尖叫一声晕死过去。最后他答应在不行这种种妙计的条件下去做奸细。因为不行这种种妙计，事情就简单了。像过去那些执行暗杀任务的道士一样，傍晚时分，清风从后门溜出来。他要经过荒城，到城墙下取事先藏好的俗家衣服。中间经过一片旱芦苇地，芦花像雪一样白。从草棵里跳出四个人，身穿黑色短打，脸上罩黑色面纱，手执黑色杆棒，要把清风的脑子打出来。

天钩祖师死掉，明月道长继位，要清风去做奸细那年，清风二十一岁。他老人家当时长得十分英俊，高高的身材，皮肤洁白如雪。有人说，他老人家是屁精。更确切地说，这些人说，他老人家和已故天钩祖师是同性恋关系。这些鬼话要是从奸党嘴里说出来还好，偏偏是从观里道士的嘴里说出来。当然，这些人受了奸党的腐蚀毒害，所以讲出来的话令亲者痛、仇者快。反正那些手拿杆棒的人就用这话来说清风：白云观的人都死绝了吗？轮到你这小屁精？

清风道长在敌人的污辱面前分毫不惧。他站在那里若有所思，敌人以为他吓傻了，给他兜头一棍，可是他闪了一下，没打着。敌人大怒，又打了他很多下，都没打着。所以敌人说，这小屁精很有门道。但是他们又说，我们四个人围着你，反正你跑不了，不如把脑袋送上来叫我们打一下，砰一声脑子就出来，保证不疼。道长想了想就答应了，把脑袋伸过去——只是比个样子，不等棍子落下来就一头撞过去，撞到对方胸口上，登时撞死了一个人。对方就骂起来:坏蛋,这不是我们胡老爷子撞石碑的武功吗?你凭什么会。清风也不解释,见人就撞。原来这头撞石碑的武功是棍棒之类的克星——连石碑都能撞断,木棍怎能打动?一会儿工夫撞死了三个人,剩下一个拔腿就跑,被清风捉住。那人大骂:混账王八蛋!你是谁?清风说:混账王八蛋!你说我是谁。那人说:放我起来。你老人家疯了,送出这种情报来。原来"混账王八蛋"是奸党的暗号,而清风本是奸党的奸细。

清风道长给奸党做奸细时,送出过很多情报。站在奸党立场上说,这些情报非常好,因为没有一回不准。站在我们立场上说,这些情报非常不好,因为它使我们方面很多执行暗杀任务的道长还没出观门,就被奸党知道,一出观门就被奸党截杀,死于非命。胡金镖对他的情报坚信不疑,所以在接到下列情报时困惑不解:某月某时,将有白云观奸细清风一名,前来镖行执行破坏任务,请予截杀。署名:清风。胡金镖想:清风是我最可信的奸细,谁说他是奸细,自己必不是奸细,情报万不能信。同时清风是我最可信的奸细,他说谁是奸细,谁就是奸细,情报不可不信。他这么想来想去,只觉得天旋地转,一头栽倒,成了植物人。现在镖行是胡金镖的公子主事,他下的第一道命令就是杀死清风,免得他再送这些混蛋情报害人。

在荒城里,那个倒霉的杀手告诉清风的话就是这些。他还劝道长赶快逃走,免得死于非命。道长叹了一口气,忽然抱住杀手的脑袋用力一拧，把他脖子拧断了。清风道长俗姓秦，是秦桧的后裔。他家的人祖祖辈辈做奸细，没有人拒绝过奸细的使命，也没有人有辱奸细的使命。不管是胡金镖还是明月，只要人家请他做奸细，他都把这看作对自己的信任，愉快地接受。在白云观里，作为镖行的奸细，他送出了最后的情报，叫人狙杀行将成为白云观奸细的清风；在白云观外，已成为白云观奸细的清风殊死力战，杀死了他自己招来的杀手。清风道长，古往今来最伟大的间谍，就要到北京城来，完成他的使命。

晚上我回家，一脚踢在一大堆鞋上。过道里是这样的黑，几乎什么也看不见。而她又是那样的不自觉，老把鞋放在外面。如果不是为了她，我早搬进了一间一套的住宅。而我现在住在八平米的鸽子窝里，连书都放不下。她那间房是那么大，还不把鞋放到屋里去。我一怒之下，在鞋上又踢了一脚，把一只高跟鞋踢飞了出去。这一脚把她踢了出来，手提铁丝筐，收拾那些鞋，嘴里还说：对不起对不起。这样我也不好意思，帮她收拾鞋，发现有一只断了后跟。我说明天带到学校去，叫小胡给你粘粘。小胡也是我们组的人，发明了一种粘合剂。可谁都不买他的专利，气得他把实验楼里的鞋全粘在地上，害得大家带两片水泥回家。小孙说，不用不用。我的鞋多得穿不了。你穿多大鞋码？我没告诉她。我岂能穿奸党的鞋？

小孙说，王大哥，我要和你谈谈。这种口气不像奸党，倒像我们说话。所以我到她屋里去，打算做点说服工作。具体地说，我们想白拿奸党的钱，不给他做鞋样，或者多拿钱少做鞋样。不过说话要讲究艺术，因为她毕竟是奸党的老婆。我一定要把那头猪造出来，不是现在这样鼻子上带电、屁股后带电线的猪；而是自己会往煤堆上跑，吃煤块拉煤灰。小孙要说的正是这事：做鞋样的事，你和大家说了没有？

那事我还没有说。首先我要和小孙取得共识，明确这事的意义。这样做不意味着向奸党投降，而是一种权宜之计。如果没有这样的共识，我什么也不能说。小孙见我不说话，就说：你不好说让我说好了。这像什么话？你以为我们是什么？群众团体吗？我们是名门正派，赫赫有名的造猪门。我是掌门人，祖师爷龟头血肿。本门的守护神是猪八戒。师长不说话你就去说，岂不乱了方寸？

小孙说我们这帮人是四方的俊杰，做起学问来没得说。可惜中间少了一个人物，所以诸事不成。我不明白，为什么说我们一事无成。这是不折不扣的奸党言论。我们的猪不是造出来了吗？虽然它电人，但是我们就是要它电人。小孙说，她说的不是这个。猪电人没什么（她一这么说，我又觉得猪电人是个毛病）。真正的毛病是人过的什么日子。要让大家过人的生活，起码要发三倍于工资的劳务费。按国家有关规定，可以从科研费里提百分之十做劳务费。你算算要多少钱吧。这些你办得到吗？听她这么一说，

247

我也觉得该给大家多发钱。可是我没办法。她说她有办法，这办法就是找个manager，由manager决定做什么。manager当然也要能给大家多发钱。这话我一听就明白，她要做这个manager。她要把我们这些人，还有我们的设备（可不少呢！）都拉到奸党那边去。换言之，她是奸党的奸细。我本该拍案而起，怒斥奸细。但是我又想，何妨将计就计。利用奸党的钱养养我们，然后再分道扬镳。我还可以发挥我男性的魅力，也许可以把小孙从奸党一方分化过来。我答应给小孙做鞋时，想的就是这些。

清风道长到北京城里做奸细，骑着高头大马，披着英雄大氅。这种衣服我没见过，不过我估计它像一件披风。身穿黑缎子的短打，这种衣服我也没见过，不过我估计它是对襟褂子、灯笼裤，腰系一条丝绦大带，在十五世纪这是恶少小开的装束。他就这么来到八大胡同，找到一家最大的妓院。这是一间极大的四合院，门前上马石、拴马桩一应俱全。谁都知道这里是奸党的秘密机关。他老人家下了马，把缰绳扔给了迎出来的小厮，说道：给我牵好了马，混账王八蛋。这时他觉得奸党的暗号好玩极了。那小厮牵好了马，亲昵地说：原来爷是混账王八蛋——请跟我来。他又觉得这暗号不好玩了。他和这人顺着大门边的夹道走到后面马房院里，一进门就被两个人用刀按住了脖子。人家喝问道：说！你是什么人？牵马的小厮也不见了。他只好答道：混账王八蛋。那两人大笑道：

混账王八蛋，多有得罪了。

那两个人叫清风道长从一条夹道走过去。他老人家看那条道窄长窄长，不见天日，就想道：这里一定有人在等着对暗号。所以他小心在意地走过去，果然看出在一个月亮门后有人埋伏。他在门外一探头，果然有一把雪亮的大刀切了下来。清风劈手把刀抢过，一把掐住了他的脖子，把雪亮的刀尖顶在他胸口。那人分毫不惧，说道：你要是混账王八蛋就别杀我。清风怒视他许久，终于把他放开，自己向前走去，走到一座无人的花厅里坐下。坐了一会儿，他听见背后有打帘子的声音，有一阵香风从背后吹来。清风道长飞身跃起，向后出手——没有人能形容这一招的速度！——一把捂住对方的嘴巴，说道：对暗号的事就算了吧。

小孙说，我们应该不做猪做鞋。我同意以后，她又去找老师说。说来你也许不信，她马上就和师母师妹打得火热。因此老师也同意了做鞋。然后她又跑学校科研处，跑轻工部，跑计委，跑科委，拢共两个星期，什么都跑了下来。这些事要让别人干，一年也不定能办成。不但如此，她还给自己跑下一个任命，名正言顺地成了项目总负责人，正科级干部。部里给我们的拨款，全凭她的签字到财务处取钱。然后她就叫大家做鞋。我想看看她有什么办法支动大家。

师母说，老师完全不解风情。谈恋爱时他老人家老是东张西望，口中念念有词，不知在想什么。如果问起来，就说在想集合论。我师娘说得对：想集合论什么时候想不成。非要谈恋爱时想，这不是装孙子吗。我老师这么来解释：他不是装孙子，而是心猿意马，干东想西，干西想东，没有一定的准。他老人家这一点和我有缘，我也有这个毛病。我上研究生时只有龟头血肿的课能得满分，别人的课也就凑合及格。别的同学上龟头血肿的课也就凑合及格，上别的老师的课全是满分。这里的奥妙在于别的老师问你代数，你就一定要答代数，不能答拓扑。而龟头问你代数，你就一定要答拓扑，不能答代数。后来他的课只有我一个人上，我们俩所问非所答，所答非所问，十分相得。

师母还说，那些年老师在安阳附近的小煤窑里当会计，星期天进城来找她。那时节他老人家穿一件蓝色棉猴，上面黑得流油；脸上手上都有没洗掉的煤黑。他就这样来找师母，师母当然不好说是男朋友。她告诉别人说，龟头血肿是她舅舅。她那时在医院里当护士，住在一间大房子里。那房子钢窗木板地，比她现在住的教授楼还高级。只可惜房间里堆了很多箱子柜子，占了很多地方。她告诉我这些事时，已经过了十七八年，但是我还能想象到，那些箱子上捆着草绳子。原来这间房的主人在被撵走之前，以为能把这些箱子都带走，所以都捆上了。但是后来发现带不走，所以又扔下。那时节刮着极大的西北风，天昏地暗，日月无光。风把地面上的小石头都刮起来，打在窗子上，好像下了冰雹。我老师顶着大风来找师娘，到达时风帽里找出了陈年的冰棍纸。在他没到的时候，师母做了很多准备工作。她把干净床单换下来，又打了两大盆清水。一盆放在床底下，一盆放在盆架上，盆里放上她的擦脚布。她把干净毛巾都藏起来，换上脏的，又在床上铺上特备的床单。那上面龟头血肿历次坐过的痕迹都清晰地保留着，好像齐白石画的一幅幅水墨荷叶。

师母还说，当时她年轻漂亮，全安阳无出其右者。最起码全安阳没有比她更漂亮的处女。那时节她还是无可争辩的处女，当然现在不是了。当她等待龟头血肿时，风越刮越厉害，把地上的黄土都刮上了天，以至天空好像被黄色淹过一样。她住的那座尖顶洋房在风里摇晃，发出很多冷冰冰的声响，那些声音在房间里穿过。那房里没有别人，别人都在班上，而且大概回不来了。这时她忽然想道：我在干什么？等龟头血肿。等龟头血肿干什么？她也不知干什么。其实世界上所有的人里，就数龟头血肿叫她恶心。

后来龟头血肿来了，比往日更加落魄，而且心不在焉。说不了两句话，两眼就开始发直。忽然他说，我怎么会在这里，你能告诉我吗。我师母线条说，这是他说的最有趣的话。这个问题非常之好，但是谁也不能回答。

线条告诉我说，天开始黑时，龟头血肿和她接吻。因为屋里很暗，所以看不见他脸上的煤黑。不过她也明白，等他一走，就得马上刷牙洗脸。然后他的手就从衣襟下伸进来。对这一点她也早有防备，所以她没戴乳罩，而且穿了一件黑衬衣。这件衬衣是她拿白衬衣染的，除了这种日子从来不穿。如果平时穿上，别人就会说，大姑娘穿黑衬衣，不是神经病吗。她什么也不说，一动不动地坐在那里。虽然屋里已经很黑，她还是把眼睛闭上了。随着龟头血肿摸摸索索的双手，她发现自己的乳房极圆，腹部平坦，腰很细。等到龟头血肿的手往下伸时，她喝住他。老师连忙把手抽出来，垂手而立。

线条说，老师有这种毛病。有时忘乎所以，得意忘形；你忽然吼他一声，他就发生极大的变化。就如在小苏打水里投入明矾，立刻变成了另一种东西，他也变成了另一个人。这事屡验不爽。假如我对线条有所了解的话，就可以说，她也有一种毛病，就是对屡试不爽的事兴趣太大。上中学时她总是把明矾投入小苏打，或是把小苏打投入明矾，做了一千遍兴趣不减。所以她的化学课得了零减，我敢说这是有学校以来的最低分。她叫老师把手举起来，老师就把手举得好像要跳水。我猜这是因为他挨打挨多了。可是线条说，挨过打的人也不会这样。这是因为老师特别乖。她告诉老师说，用不着这样，他就把手放下来抱住脑袋。于是线条解开他胸前的扣子把手伸进去，她说好像伸进了装破布的集装箱。披一块挂一块，取之不尽用之不竭。线条就骂：他妈的，你是木乃伊吗？她分开层层包裹，把手插进去，龟头血肿的胸腔就像放了一星期的桃儿十分干瘪。最不可思议的是，他还有胸毛，疏疏落落好像猪鬃一般。线条就在这胸膛上摩挲起来。我师母和老师调情的事就是这样的。

线条说,她在龟头血肿身上摩挲良久,发现他很瘦。忽然之间,我老师怪叫了一声,声震屋宇,幸亏房里没人。她赶快把手抽出来,厉声喝道:你要作死呀!我老师安静下来。过了一会儿,他说:晚上我想住在这里。她马上说:不行。而且她还说:你有什么理由住在这里,我为什么要让你住在这里,等等。龟头血肿什么都没说,屋里又很黑,但是她觉得他很伤心。她又觉得让他很伤心是不对的,所以给他一个热吻。于是他又说,晚上我要住在这里。线条又说,不可以。但是她又忍不住给他一吻作为安慰。如此周而复始,循环了很多时,我师母觉得心花怒放,快乐非常。

上中学时我和线条一组做化学实验,那时候她是个丫头片子,不停地把明矾放到苏打水里。等到白泡滚滚时,她就像丫头片子一样格格地笑个不停。她讲这件事时,也像丫头片子一样笑个不停。由此得到推论,她一直是个丫头片子。我一直在猜想,假如有一次她把明矾放到苏打水里,不冒泡了,她会怎样。但是明矾进了苏打水,没有不发泡的,所以我也猜不出来。

线条和老师调情,最后因为老师的原因中止了。因为男人不是苏打水,总有没了劲的时候。他说他要去找大车店去住。我师母看不见他(很黑),觉得他很伤心。所以她忍不住安慰他道:你别担心。早晚会把我给了你。这是一项庄严的保证,线条从来也没有想过要做这样的保证。可是龟头血肿说：你就是现在给我，我也要不了啦。然后他就去找大车店，把线条一个人剩在屋里。她把灯打开，这是一盏高压水银灯，有五百瓦。要是自己掏电费就不会有五百瓦，就是公家掏电费她也嫌太晃眼，照得屋里一片惨白。她把床下的水拿出来，端到盆架上。又把盆架对面的一块布揭开。那底下是一片穿衣镜子。那镜子非常古老，因为很平。她在镜子前把衣服都脱光，虽然屋里很冷。她从盆里舀了一缸子水，准备刷牙用。然后她拿来干净的毛巾，在盆里沾湿，退后一步，在镜子里看自己，发现胸前、腹部还有两肋，都有乌黑的印子。她把这些都擦干净，发现自己非常好看。据线条说，那时候她是两个人，穿上衣服是一个人，不穿衣服又是一个人。当然她现在还是两个人，但是她情愿不穿衣服那个不要出现，穿上衣服好多了。总而言之，那时候出现在镜子里的人任何人都愿意看见，包括她自己。看着看着，她不禁发出感叹：这么好的身体，送给龟头血肿？我是不是有点亏了？

我师娘说，你别看龟头血肿傻乎乎，他一点也不老实。每回他来的时候，都提出做爱的要求。线条说，这非常之逗。其实她对做爱是怎么一回事一点也不懂。她也丝毫不想打听。但是她觉得有人老来要求很有趣。终于有一回她答应了，龟头血肿就忙活了半天。结果只稍微顶了一下就结束了，还弄得很脏。以后线条再见到老师，就禁不住问他：你所谓的做爱，是做成了，还是没有做？这到底是怎么一回事？而老师却一声不吭。问急了就穿上大衣离去，搞得线条摸不着头脑。最后龟头血肿终于承认，对于这件事，他也不是很懂。他对别的事也不是很懂。比方说，人家为什么叫他龟头血肿，他又为什么到了小煤窑里当会计，所谓反修防修是怎么一回事，他又为什么是狗资本家的孝子贤孙。他觉得自己最懂的是集合论。但是集合论里有些地方原本就不明白。最后他终于明白了一件事，那就是他对一切都一无所知。所以做爱是什么他也不打算明白，就凑合着亲亲嘴算了。这和线条的见解不谋而合。我师娘说的她和老师的事就是这样。这里有一件事我不明白，假如他们是这样地光亲亲嘴，我的龟头师妹是从哪里来的？

线条说，那一冬龟头血肿很不快活。他很快消瘦了，眼睛里老是充满血丝。这都是因为他陷入了不可知论。他怀疑眼前的事不是真的，怀疑自己是不是在小煤窑里当会计，怀疑安阳是不是有这么个小煤窑，甚至怀疑世界上是否有安阳这么个地方。他记得自己在斯坦福念书时，同屋住了个印度人。那小子阴沉不语，好像有点门道。弄不好是他搞的鬼，使出了巫术、催眠术、特异功能，叫他产生了这么多幻象。假如是这样，他现在还在斯坦福宿舍里打瞌睡。假如是这样，这印度人可真了不起。岂止如此，他简直是天才，还能想出龟头血肿这样的细节来。

龟头血肿记得那个印度人身上有很难闻的气味，不管天气多么热，头上总打个缠头。上课时坐在他身边，老是偷偷地放屁。那气味是无法形容的。闻到这种味道，他无法遏制自己发笑的欲望。也许就因为这个，他把印度人得罪了。一般来说，人不会因为这种小事如此记仇。不过印度人很难说，他们什么事都干得出来。

老师说过，我有这么一个印度师伯，那人现在就在斯坦福当教授，还寄了相片来。从相片上可以看见他已成家立业。我还有个印度小师妹，和龟头师妹一样黑。现在老师不再怀疑师伯给他使坏了。可是当年他怎么也想不通自己为什么到安阳来，硬面锅盔他也吃不惯。所以他就总想给师伯发个信号，告诉他这一切已被识破了，可以把恶作剧收起来。线条当时并不知道他在想这个，只觉得他很不正常。

春天了之后，线条想出去玩。因为龟头血肿正在怀疑我师伯给他使坏，所以他哪儿都不想去。他觉得自己已经成了别人的玩具，所以脾气非常之坏。所以线条一个人去了。老师坐在屋里想他自己的事，忽然看见一只老鼠从床下跑出来，这使他非常纳闷。如果是师伯使一只老鼠跑出来，这事不可理喻。他为什么要让一只老鼠跑出来？这欺骗不了谁。那么世界上真有一只老鼠，它自己要跑出来。中国也真有一个安阳，他就待在这里。这真的不能想象——你去看看，厕所有多脏。简直超过了噩梦。除了那位放屁很臭的印度人，谁也想不出这样的东西来。至于他为什么要安排这样的梦境，就很容易明白：这都是出于仇恨。

我老师怀疑眼前的事不真,并非到了安阳才开始。这可以上溯到没有下干校、没有到安阳的时期,甚至回溯到还在北京群专队的时候。那时他和四个人住在学生宿舍楼一间小房子里。那房子紧挨着楼梯,又紧挨着厕所,气味非常之坏,墙上还长出白霜来。那些霜摸在手里凉飕飕的,从理论上说,很容易想到这是硝酸盐。那种东西溶解热极大,所以凉飕飕的。但是人住的房子里出这种东西,就叫人没法理解。这儿又不是化肥厂。他们的门上写着:群专对象某某、某某、某某、某某某、龟头血肿。这也不成道理,他的名字并不叫龟头血肿,龟头血肿充其量也就是诨名,没有把诨名写在门上的道理。每天有人押着他们去劳动,把碎砖从操场东头抬到西头,又抬回来。这件事也很不对头。总之,在那里遇见的事都是活见鬼。

我老师疑东疑西,就是不疑线条。照我看这事才叫可疑。漂漂亮亮的大姑娘,跟谁不成,非要跟你?这也有原因:原来老师到香港之前,还在斯坦福干了一段时间助理教授。有一些长得漂亮又没脑子念书的姑娘老想用某种办法在他这儿混好分。但是他还是坚持了原则,没有被拖下水。原因是那些姑娘乳房太大,屁股太宽,声音太洪亮,叫他看了深恐自己不够伟岸。他根本就没想到勾引他和上他的课之间有什么关系,所以他有个错误的看法,觉得自己很性感。其实他长了个爬行动物的脸,演 E.T.都不用化装,无论如何也谈不上性感。

那些美国姑娘得不了好分,就上校长办公室告我老师,说他英语讲得不好,听不懂。其实老师的英语讲得极好,就算有些口音,起码比他的汉语好懂。照我看那些美国师姐简直是混蛋。但是学校方面不这么想,他们以此为口实,不给老师提副教授,还让他去上英语班矫正语音。我老师勃然大怒,拂袖而去,说道:此处不留爷,自有留爷处。你嫌我有口音,我去不嫌我的去处。于是去了香港,当上了教授,可工资还没有在美国一半多。

我老师后来告诉我,在斯坦福他开始向往革命。那时候他知道的革命,不过是切·格瓦拉,"我怎能在人们的苦难面前转过身去";罗沙·卢森堡,"人活在世上,要像两头燃烧的蜡烛";还有托洛斯基。你看他知道那些人,可知他知道的革命,乃是左道旁门,不是革命的正宗,回来要倒霉。但是他缺少这样的自知之明,在群专队里劳动时,老在想革命和龟头血肿有什么关系,当然想破了头也想不出来。于是他就疑到自己的存在有些古怪。正在冥思苦想,忽然房间里又多了一个人。原来就是那位五大三粗的退伍兵,就是此人曾经使他龟头血肿,还在他头上打出了不少大包。现在他不能让我老师再血肿了,而且自己的脑袋上正在血肿。如果是我,就会问:老兄,你怎么也龟头血肿了?保证叫他哭笑不得(不但嘲弄他血肿,还说他的头是龟头,真真妙不可言!)。可我老师没有这种脑子。他一本正经地问了那人半天,然后很为他抱不平。

"文革"后期,我们学校分两大派。两大派又分四小派,这是因为有教师学生之分。学生在校园里以命相搏，每天都要打死几个人。住在宿舍区的教工拉家带口，学不来这一套。于是展开了激烈的捉奸战。任凭你三代红、立体红，只要叫人捉了奸，马上完蛋。这位五大三粗的退伍兵（姓凤）就叫人家捉住了，登时成了大流氓。其实他那个地方，不可谓不隐秘（在食堂的煤堆后面）；他的时间，不可谓不谨慎（半夜两点半）；方法不可谓不简捷（衣服都没脱）。可还是叫人逮住了。我老师在这方面死脑筋，有点想不开。照他的说法，搞破鞋不好，应该制止，叫大家不搞。万一有人不搞受不了，也得叫人有办法搞。半夜两点半，在煤堆后面不脱衣服，还叫人逮住了，这叫人怎么办？挖地道吗？所以他越发觉得存在不真。

我老师过去在很多地方十分古怪，把自己逼进了死胡同。比如在美国人家叫他上补习班，他就想得太重，以为是压迫了他。有的事他又想得太轻。比如革命，那本是无比沉重的事，在这方面不容你犯任何错误，他又想得太轻。在安阳时他终于明白了真正存在于世间的分量，觉得不堪重负，就把它归咎于师伯。但是还有些死结解不开。比方说，那位小凤（叫他龟头血肿的人）进了群专队，罪名不单是搞破鞋，还有在部队当上士时贪污了猪油。我那位师伯是锡克人，是一位穆斯林，什么 pig、pork，一听就急，他怎会想出贪污猪油的事来。诸如此类的细节,他怎么也想不明白。但我老师毕竟是博士，终于被他想出个道道来，从此之后再不为这些事伤脑筋。他说，哲学上有二律背反，集合论里有悖论，光学上有波粒二相性，所以我眼前这个世界，焉能没有二相性。有些事真，有些事假，真真假假混在一起。我的印度师伯害他，当然会从真实中引用一些篇章来，叫他无法识破。这他丝毫也不怕。他老人家上学时，门门得 A，师伯还有几个 B+，怕他干啥。我老师觉得豁然开朗，恢复了男人的自信心。

  清风道长在妓院里，恐怕人家问口令，一把捂住了一个人的嘴。后来他发现捂了个小姑娘，赶紧放开。那孩子也就十六岁光景，非常漂亮而且贫嘴。清风说，姑娘，素不相识，多有得罪。那女孩说，谁不认识你？你是清风，天钩的侍童，有人说你是屁精。清风说，您放屁，谁说我是屁精。忽然他想道：不得了，我的身份暴露了。于是他从靴管里拔出一把雪亮雪亮的小刀，一把扭住了那姑娘的胳臂，拿刀按在她脖子上，就把那孩子擒为人质。那女孩说，这是干吗。清风说，闭嘴。敢高声宰了你。她就说，爷，我不敢。饶了我罢。说完面如土色，浑身筛糠。于是清风令她引路，从花厅里逃走，走过无数过道、门厅，没见到一个人。终于走到一间卧室里，那女孩说：一两银子。清风说，什么一两银子？女孩说，价钱是一两银子。清风说，什么价钱？那女孩说，和我睡觉的价钱。清风说，好哇。于是俩人脱衣解带干了起来。干了很长时间，方才算完。清风那杆枪非常之大，后劲又是非常的长。后来那女孩说，好了,拿钱来罢。清风说,什么钱。女孩说,一两银子。清风说,好。拿来罢。女孩说,还该有一点小费。清风说,对。女孩说,那就快拿来。清风说,谁给谁?原来说岔了。女孩想管清风要夜度资,清风想管女孩要服务费。

(未完)

* 原稿到此为止,标题系编者所加。

一个愤世嫉俗的人

这就是这样:一九七六年夏天的下午,一个愤世嫉俗的人从菜市口附近一个小胡同里朝大街走来,一路上愤世嫉俗地想:"统统是转爷,我们大家都是转爷?(转爷就是转业兵,二把刀的意思。)我们把什么事情办好了吗?什么也没有!你看前面那个人。"——真的,他前面走着一个奇怪的残疾人,驼着背,驼得脑袋几乎朝下,而屁股撅得高高的,好像迫击炮似的。而腿脚好像又有什么毛病,不能慢慢地走,只能用非常快的步伐七扭八歪地走,好像炝蹶子一样。"你看那个人!为什么没有人注意该给他做辆小车呢?他这样走着放个屁就像用冲锋枪扫射一样!他是活该么?可是一辆小车是他应该有的呀!还有转爷里最厉害的就是医院里,像是些大夫吗?活像一批杀猪的,见他娘的鬼!"

这个愤世嫉俗的人一路胡思乱想,一面走到了大街上,愤愤地走在慢行道上。因为他没有听见背后喇叭响,所以一辆刚出站的公共汽车就追上了他，先用保险杠把他撞倒，而后前轱辘就狠狠地从他腰上轧过去。在车轱辘轧他的脊梁的时候，因为痛得厉害，他就拼命地大叫一声，等车子过去。他用胳膊支起上半截身子，抬起头看看周围的街道：好像车辆都停了下来，人们在朝他身边围上来，但是没有声音。他拼命地要把身子支高一点，但是却不由自主地倒下了，后脑勺在柏油路面上狠狠地碰了一下，震得眼睛在眼眶里跳动起来，就在视觉消失的时候，他却听见了人们在他身边嗫嚅着："没救了。""保护现场吧，等警察来。"他拼命地又挣扎起来大声喊："你们干什么呢！要杀我吗！快救我到医院哇！我要活命……"不等他第二次倒下，他已经灵魂出窍了。

他在太平间里醒来，通体都消失了感觉，只有一团冷气包裹着的意志，但是他还能支起身子，看看四周：四张铁床上躺着四个死人。左边床上的一个脸色死白，瘦得脸像一把剃刀，身上包着白色的床单，胡子长得惊人，一双死定了的眼睛在凝视着他。前边床上一个肥大的身躯背对着他躺着。右边两张铁床上一张躺一个大概曾经很强壮的小伙子，脸色死青，好像有点浮肿，另一张上躺了一个姑娘，表情很难看，龇牙咧嘴，但是更难看的是因为天热，她身上的脂肪已经在从体内沿着毛孔渗出来了。脸上就有，一大滴一大滴好像是松脂一样，真能叫人作三日呕。他们也都裹着白被单。他想坐起来，但是发觉自己已经完全动弹不得，连躺下也做不到了。于是他只好用两个胳膊肘支着一个抬起的头，就那么待下去。

不等他在寂静中感到恐惧,他就听见一个声音,并不震动空气但是十分响亮的声音,在对他说话,那是左边床上那个瘦死尸在说话,虽然他的嘴唇并没有动弹:

"你要干什么?"他也没有做与讲话有关的动作,但是马上响起了他的声音:

"不干什么。我想回家。"

"哈哈!"响起了一片笑声。不光是那两具男死尸笑他,连那个满脸流油的女死尸也在笑他:"你想回家?你死了,还想跑到哪儿去?等人家来烧你吧!"

"胡说!我头脑清楚得很,怎么是死了?烧我干什么?"

右边两具死尸叹起气来,而后就不作声了。只有左边的那个死尸还要说话:

"人就是死的时候头脑清楚。躺在这里什么也不能干,而且只要几天就要被烧成灰,烧成雪白的骨头碴,为什么不清楚?一切都清楚了!你脑袋还在这里,你顶好还是自己想一下吧!"

"什么?真的吗?我要到被烧成骨灰的时候才真正死掉吗?"

"当然了,不然就是到你烂掉的时候。我想大概是烧掉好,因为烂掉太难过。那边一个老头子哼哼唧唧地叫了两天:他的脑子烂了。刚才还在叫唤:哎哟,我头晕得天旋地转,快晕过去了。现在没声了。"

左边的死尸说完,右边的女尸就开始叫唤了:"我也头晕,妈呦,救命呦!"

他拼命转动眼珠,要把这个女死尸仔细端详一番,就着太平间那盏总是不灭的电灯,他看见那尸首的脸上眼睛睁得大大的,里面好像有什么东西在动。

女尸首叫着:"我的右眼看不见了,左眼也一点一点地看不见了。怎么回事?"

就着灯光仔细地一看,原来她的右眼已经成了乱七八糟的一堆半透明的东西,好像一团烂肉冻,左眼眶里是几条白色蛆虫在动。

女尸首拼命地叫唤。"你这个混蛋,"她是在骂躺在她身边的死尸,"你为什么要把我弄到这里来?你要死就死好了,干吗要拉个垫背的你?"

男尸首冷笑着说:"嘿嘿,你说这个有什么用,到了这里就出不去了。"

"不哇,我偏要说,我要问你,这是为什么?"

"我也无心跟你扯淡了。"

"你要杀我也先跟我说一声哇,我就跟了你也没什么,好死不如赖活着。"

"没出息,你说话也不怕别人听见,到了这个时候你就不想说点别的么?"

"还有什么比这个重要!我的天哪,我的头昏!"

265

女尸不作声了。愤世嫉俗者觉得那一对恶心得要命,就问:"这两个是为什么到这里来?"

* 原稿到此为止,标题系编者所加。

我不能说

　　我不能说，所有的人都能把自己的生活像一本背熟的书一样详细地复述下来。只有少数人能够，而且他们也只是在某种特定的时刻。如果，有一个这样的人，要做这样的回忆的话，那么在他回忆的起点之前，他只能感到一片茫茫的虚空，就好像他是在虚无中诞生的。如果他在回忆时十分的不幸，正在弥留之际，再有几分钟就要死了，那么他就会感到生和死是多么相似，一个是从虚无中来，一个是到虚无中去，死是生的逆过程。

　　生和死之间夹着我们有限的生命：一段能思想、能记忆的时间。

　　程宾现在快要死了，他甚至可以想象死是怎么回事：那就是一切的终止，就像一切到来之前一样，他微微感到有些难过，因为太难过已经有一点不可能。一个丧失了肉体的头脑，什么感情也不会强烈的。

　　但是，这种难过对于他来说已经并不陌生，这一天他早就想到过,还是在十年前,他十六岁的时候,他就曾经感到这种大限到来的恐惧,那时,他在床上即将入睡的时候就总是要想到死。

"死是什么呢?就是永远消灭,今天这个如此明晰的意识就要无影无踪。宇宙是那么的大,永恒是那么的长,如果生了还要死,那么我活还有什么意义呢?"

一想到这里,他感到一种难言的冰凉在他的身上蔓延:他简直就睡不着觉,好像死亡不是要在几年后来临,而是今天晚上,当他睡着之后就要来临一样。

他又翻了一个身,把眼睛闭得紧紧,尽力什么也不想。可是一个念头在脑子里像恶魔一样出现了:"也许,我活不到高龄,几年之后就会死,也可能明天就会死:那么我的生命又会留下什么呢?和没有存在又差了多少?"

程宾的眼前出现了很多巨大的星球,在黑暗的底幕上显得惨白,而他也就莫名其妙地感到悲哀。

但是后来又怎么样了呢?后来?后来,他永远不会忘记,那时他多么地渴望不朽,一切都如同昨日。

* 原稿到此为止,标题系编者所加。

今天早上

今天早上，我从梦里醒来的时候，发现屋里很亮。从枕头底下摸出手表一看，才只七点半。从窗里看去，原来黑糊糊、灰沉沉的地方已经是洁白一片。

真是奇迹！昨天满地的垃圾，令人作三日呕。小市民们自己砌的七扭八歪的小房子、臭鸡窝、门口乱七八糟的柴火堆（猪们到处捡来了一些柴火），这一切刺激人神经、让人沮丧的东西统统地不见了，变成一片洁白，一片纯洁的白色。乌拉！

我只希望他们不要再从门口过。叫他们脚一踩，这里马上要变成一个污泥坑，和猪圈一样的。上帝啊，你为什么赐他们以腿？你太不该了。

我穿上衣服，走出门去。天上还在下着雪，像"星星的眼泪"。我总觉得星星应该是冷的。

雪把一切都掩盖了，连烟熏火燎的墙壁也被雪光掩盖住了。

我走到了大街上,但是不知道应该去哪里,只是信步走去。我忽然感到若有所思,仿佛有谁在等我,可是被我忘记了。

谁会等我呢?真的,我记不起来有谁会等我。假如我不怕排队,那就是早点铺等我,我又没带钱,它只好白等了。谢谢你,我不饿。我朝前方鞠了一躬,吓得迎面走来的一个小姑娘倒退了四五步。

不,今天是有人在等我。雪花打在我的额上,上面老深的地方都发凉。真的,我开始秃顶了。从我年轻时代起,过了很久很久了。我是工人,原来是农民,还当过兵。再早我是中学生。农民们早淡忘了我。一起当兵的谁会想起我吗?呸!我还当过学生。啊呀天!今年是哪一年?

我想起来了。十三年以前,和中学里的同学分手的时候,当时我有点傻气,兜里又着实有几文,请了班上一个姓宁的小子,名字一点也不记得了,人倒记得很清楚:他很蠢,很想作诗。还有一个小心眼的家伙:马晶,很沉默,谁也不知道他想些什么。我请他们吃了一顿,酒盖着脑子的时候还动了感情,因为要分手了。还约定他们十年以后遇到雪天(那天也下着雪)都到北湖公园去重聚,把自己的经历谈一谈。还说十年里每天都要把自己的感触记下来,到那一天把笔记本给我。妈的,那两个本还是我买的呢,真亏。还有我班最漂亮的姑娘我也送了她一本,也和她约了。我倒无心和她搞对象呢,只不过想知道一个漂亮女人会遇到一些什么。花了我五块钱,原以为是个很聪明的主意。我真傻!现在一点点也捞不回来了。现在要有五块钱，我可以上全聚德吃一顿。我一个人无论如何也够了。

我想一想，去年没下雪。前年冬旱。对了，这约会还没过期。可是十三年之后谁还是傻瓜？我当时应该留下他们住址。可是我让大家都不留地址，见面之后马上又分手，以为把思想写给一个不相干的容易些。我太糊涂了，不然可以找他们把钱要回来：我现在有这么厚的脸皮。

我仔细看看我走到的地方，这里是北湖公园的大门。我居然走到这里来了。公园门口静得很，圆圆的花坛好像一盆白玻璃盆景，两边大路上松软的雪，半掩几行脚印。有一个穿制服棉袄的女人推一辆小孩车呆呆地站着。她体态臃肿，头发乱蓬蓬的，是那种早上梳不梳头无所谓的女人。

我走过去，用心地打量，浮肿似的松脸皮下还有几分熟悉。她倒先打招呼了："王，你真的来了。"

我吃了一惊，马上又笑了。"你好！我想不到你会来。车里是你的孩子？叫叔叔，小家伙。"

"你别逗他。五个月的孩子什么也不会叫。"

"真的？你的孩子才五个月？你结婚很晚呀。"

"这是第二个了。"

天！我不想和她废话了。"我给你的本子呢？带来了吗？"

"带来了。真对不起，上面一个字也没有。我无论如何也记不下去。"

我接过本来，本子轻飘飘的，里面缺了很多页，叫她撕了，这个骚货！我想她也不会把一本记了乱七八糟的本子留着让丈夫看见的。她朝我笑着仿佛想叙旧。我恶狠狠地说："你显得丑多了。"

发胖的脸上微笑不见了。"是呀，可是我也漂亮过好多年呢。你要是早来找我，我想，那些年对你也够了。我要走了，孩子要着凉的。"

呸！我稀罕你！这种人自视不低呢！她的唯一资本没有了，就和泔水桶里的馒头一样，每况愈下，像猪食，经过猪嘴，在猪肠里受折磨，最后成了猪屎。

青春，青春！过了青春，谁都一样了。青春是真正的天堂，一瞬间就过去了。它的余晖还在我身上，但已离开了她，哈哈！

北湖边上空无一人。小湖现在像一只大银盆，湖边的树林里嗡嗡地响。大树伸向天空，雪在脚下嚓嚓响，别的什么也没有了。

猛然有人从背后抱住我，一阵吃吃的笑声，油腻腻的。我回头一看，一个胖乎乎的家伙，头秃得好像匹克威克，满脸发红，额头上好多皱纹．我想我绝对不认得他。

"你是谁？"

"哎呀，老王，你太让人伤心了！我是宁小平呀！"

我吓得张大嘴巴，然后勉强伸手给他，说："你说你是马丁·

路德我都信，就是不像宁小平。我给你的本呢？"

"在这儿呢。记满了，我又买了一册。这里记了我多少……"

"算了。这些年你怎么过的？"

"你看本里就知道了。遇上马晶和陈红了吗？"

"没有。"

他看我不想多说话，又笑着说："我的地址你留不留？"

"不。"

他的甜笑变成了苦笑："哎呀，十几年的老同学了，早知这样我何必来？再见。我算对得起你。"

他走了。他成了这么一副样子！天地良心，太堕落了！我永远也想不到。不过这一本里一定有有意思的东西，今天我真不白来。

我急忙往回走，急欲满载而归，好像杜特立尔。走到大门口，一棵松树上面的雪纷纷落下，后面走出一个人来，穿一身灰制服，里面好像毛衣都没穿。他的脸是青的，好像一块青砖，脸形好像一把斧头，他朝我走来时，我不由地倒退了。

他伸出手来，默默和我一握。我勉强地问："你是马晶？"

他点点头。左手挟着一个大本递到我手里。我又说："这不是我送的那一本。"

"知道。我不喜欢那个本子，又买了。"

"看见宁小平和陈红了吗？"

"看见了。不想见面。"

他朝后退了一步,朝我轻轻一点头。我赶快又说:"我的地址你留一下。"

他默默地转身走开了,半分钟之后消失在树林里。

我在看他们的手记。过去的时代又重新出现了,连带着已经逝去的青春。沉默了的思想又活跃起来。我真该感谢昨天一场大雪,有起死回生之力。本来这一切我已经忘却了。

一九六九年四月二十七日(宁小平)

今天我们的车队在蒙蒙细雨中通过了一片片原始森林,树林中间是长满了没人深草的山坡。天上和前后左右都是灰蒙蒙的一片。我在车上吐得很厉害,只觉得浑身发冷,就把一条灰色的棉毯裹在身上,半躺在车厢里,斜眼看着后面车头上站着的一个姑娘。

她披着橡胶雨衣,在雨丝里时近时远。并不太漂亮。不知为什么,我现在不喜欢看见太漂亮的人。

下午三点钟,前边的车子上响起一片欢呼声,据说是快到了。连我都爬起来往前看了一看:一片平原横在脚下,车队正从一面山坡上一头往下栽。平原之中有一条白带子似的大河,在一片灰蒙蒙之中,仿佛这片平川非常广大,河也非常雄伟(后来知道,这平原是牛尿脖大小的一块,河也很小,四月二十七误记是蒙蒙细雨之故。五月三日补记)。

下了山之后,公路两边也都是稻田。有的地方出现大片的竹林,只是看不见一间房子:难道这水田不要人种吗?直到车行了半小时之后,才看到路边出现了成排的白房子:印象很好,仿佛很整洁(后来才知道,这房子们是泥土和上牛屎筑成,只表面上敷了一层石灰。五月七日记)。

后来汽车在离场部三里地的地方停了下来,要我们下来领受盛大的夹道欢迎,于是我们下了车。我把棉毯紧紧裹在身上。后面车上一伙子人一路上都在痛饮昆明带来的五加皮,现在不得不互相搀扶。还有一些人为了在欢迎的人面前打起精神,特地抖擞了一下,也就是说,放出了全部痞气:他们大抵来自流氓学校和乌七八糟的小胡同。像我这样披毯子的大约有七八个,在我们这三百多人中间不论男女多半都穿着洗得发白的黄军装,人人疲疲沓沓,拖拉着脚步:这样的一支队伍大概从四九年国民党二十六军逃窜到此以来他们再没有见过,所有路边欢迎的半桩孩子们(他们大概是中学生)全都吃惊地瞪着眼睛。

真他妈的!我们走到一座二层的小楼面前时,里面走出一个二十几岁的小子来,理一个盖头,村头村脑,傻里傻气,从一个半导体的高音喇叭里哇里哇啦地吼了一顿:"我祝贺……我代表……"然后就高呼口号,呼完了他偏着头打量起喇叭来了,嘴里发出的声音,好像十分惊讶,这个玩艺有什么精巧。这时人群的后排里有人骂道:"你妈!"

他装没听见。这时有人把我们领到一个礼堂里休息。在这里听到了一个惊人的消息:刚才那个傻小子是农场的场长呢。

四月二十七日(马晶)

今天月亮很好。在村头的场屋里挤了一屋子人,大男大女,嘻嘻哈哈,灯影里还有人摸来摸去,所以不时地惊叫一声。

团支部书记小柳子(他是我舅呢,我心里叫他傻大舅)做张做势,抖擞精神,拿着一本花名册点名,点到谁必须用一句语录来回答。"李长锁!""斗私批修!""马大力!""毛主席万岁!""刘二!""阶级斗争一抓就灵!"

我寻思刘二一定是地富子弟,表示一个自我改造的意思,让人家来抓他。打听一下,原来不是。这是刘二显示他的记性好,记得住八个字。

点完名就八点半了。我寻思这个学习不定有多长,我非困死不成。原来点完名就学习完了,大家挨个晚汇报:"伟大领袖……,我今天的活儿是在北岭上收芝麻。汇报完毕。"之类之类。然后就散伙,别误了明天早请示。出了院门,有人在黑地里说真哏!叫小柳子训了一顿。

我很惊奇。什么叫真哏?这玩艺原来真的有人觉得很有趣。我仔细研究了一下圣经和祈祷书:原文很深奥,全不是这个意思。我不明白。

又,我一定要改名。我的名字容易被叫成马精,马面?古希腊的半人半马兽?这可不是玩的,我叫马辉罢。

*原稿到此为止,标题系编者所加。

海鬼

距现在大约二百年之前,渤海中间的长岛上住了一群海鬼。他们成年累月地在大海里出没,捞海参、采珍珠、挖紫菜。等到攒够了一定数量,就划船到蓬莱去卖。所以,那时蓬莱的所谓海市很兴盛。有人说所谓海市是某种海市蜃楼,其实不确。蓬莱人从来也没见到海市蜃楼,只是二百年之前,倒有时见到大群的海鬼来卖海货。当时,山东赶海市的商人多得很,因为海鬼们作交易很笨,根本不会讨价还价,卖的又都是些好货。据说有个商人有一次买了某海鬼三十多粒珠子,转手就成了巨富。这些事情传闻不确就不用去细说它了。

可是所谓海鬼是什么东西呢?说穿了不值一文,无非是些水性极佳的人罢了。每年除了冬季,这些人都是成群结队在海里游,三十多人一帮,簇拥着一只小船,把捞上来的东西堆在船上,往往下海就是两三个月才回来。那些人大多长得极其魁梧壮伟,身上被晒得像是焦木头，浑身上下黑毛森森。有些过往商船上的人看见了，不知他们是什么人，往往以为是夜叉，吓得失魂落魄。这些人见别人害怕，反而很高兴，又做些恶作剧的勾当，渐渐地人们愈发以为海里有夜叉了。甚至蒲松龄因此动了灵感，作了一篇《夜叉国》，至今脍炙人口。

距现在一百五十七年前，八月二十七日，太阳刚落，从长岛山东坡临海的地方看去，墨一样的海上，天空还有一丝微光，有两个海鬼从西面翻过山顶过来，走到海水轻轻拍溅的地方坐下，整个海边再没有一个人了。只有海潮袭来，翻着一道隐隐可见的白浪，或者风儿穿过山上松树的针叶，弄得飒飒有声；除此之外，再没有一件东西在动，更没有一点响声了。

两个人静静地坐了一会儿。其中比较高大的那个把脸从海那边转过来，我们看到他长得头大目方，满嘴的络腮胡子，他对那个个子、年龄都幼小些的说："孩子，你朝海跪下，叩几个头吧。今天是大伯去世的日子。到现在，他已经死去二十年了。"

孩子感到诧异，因为他从没听说过他还有什么大伯。但是他还是照他爸爸的吩咐去做了。然后，他无言地坐起来，默默地等着他爸爸把这件事讲给他。因为黑更半夜的，把他叫到海边，无疑的是要告诉他什么事情，并且希望他永远记住。这是他爸爸惯用的一种传统教育的手法。果然，他爸爸沉思着开口了。

听着，小长喜。你今年正是十九岁，在咱们海鬼来说，你应该可以下海了。所以我要把你大伯的事情讲给你听。你大伯又可以说是你表舅父,因为你妈就是他表妹。你爷爷死得早,就是他教我会水。后来他表妹又嫁给了我,所以我平时就叫他大哥。

你大伯比我大十岁,那一年正是三十五岁。他长得很壮实,水性是咱们这里最高的。在咱们这里水性最好,也可以说是天下水性最好的了。他在水里游起来像一支箭,身子一冲一冲的,连鲨鱼见了都要躲避。因为见了他游水的姿势看不出是个人,好像是一头怪龙。所以人家叫他龙五,海里的虾兵蟹将当然要回避了。

那一年的八月二十七日,早上他就来找我,脸上挂不住的喜气。他对我说:"老三,咱们的好日子来了。咱们兄弟从此不过这窝囊日子了。你听见昨晚上的风了吗?"我说:"听见了。头天晚上好大的风,连坟头都能吹得转个儿。"他哈哈大笑:"老三,你不用穷开心,没准就是坟头转了个儿,咱们家祖坟的风水才好了。"我当然觉得很奇怪,因为他那副样子不是开玩笑的意思。我说:"大哥,你怎么这么高兴?难道你发了大财?大概大风吹沉了什么大商船叫你看见了吧?"

你大伯听了一愣:"怎么?你也知道了?"

我也一愣:"怎么,还真有这么一回事?"

"哈哈,你还真不知道,告诉你,是烟台道的运银船。昨晚上我在庙岛东面,眼看着那条船过来。我一看就觉得有苗头:风太大,大概他们撑不过半夜去。我就扒在他们的舵上,可是风净把他们朝外海吹，要是沉在深水，那不是全归了龙王爷。反正船上几个丘八全是该死的鬼，到了一片浅滩上我就把舵往横里扳。掌舵的丘八急得直叫唤，就是扳不回来。等到船一横过来，大浪头就和开闸一样越过船帮子朝舱里涌，不到半袋烟的工夫就全完了戏。哈，你没看见那几个兵的挣扎劲：身子立得笔直，死命地朝水面上挣，顶多挣个三五下就沉下来了。我就在下面漂着。他们从我身边过去的时候还睁着大眼，看见我就朝我乱抓，其实隔了最少也有一丈，哪里抓得着。

"等到船沉了底，我摸下去看了看，船里全是银子，就是那片沙滩不好，水面上浪花一起，水底下沙子就乱飞，顶多一天，那船全都得沉下沙里去。咱们得赶快把它捞上来。"

我们俩就划了一条小船出海，刚一到港湾外面就觉得有点不对，除了风刮起的浪，海底下还在微微地涌动。我说："大哥，不妙了，下午这场风又小不了。咱们赶快把银子挪个地方就回来吧。"你大伯说："怕什么？难道还能淹死了咱们？"我一听这话太丧门，连忙啐了几口。碍着你大哥的面子，没敢使劲啐，就没把霉气啐出去。

到了那面滩，我们两个就下去捞银子。那面滩上沙子像风吹一样乱翻，那还是在水下七八十丈。捞上来七八十斤，就听见海中间呜呜地吼。我说："大哥，不妙，海要闹了，赶快往家收吧！要不就回不去了！"可是你大伯根本就不说话，只顾往水里扎。直到银子满了船，天上乌云也就像一根根飞箭一样朝东面乱飞，

281

海水打在船上一溅四五尺,我们才爬上船去。可是往家划已经根本不可能了。海上浪头好像乱云头一样乱翻,坐在船上东倒西歪。我在后面把着舵,看着船朝东面汪洋大海去,听听海风噤噤地叫,知道等会儿还有大的,这只小船根本就在水面上留不住,干脆把它翻在浅滩上等风止了再来拿,要是不翻船,等到大浪头替你翻在深海里,那想看一眼也看不着了。

* 原稿到此为止,标题系编者所加。

寓言一

这一天天气特别好。我和颜平坐在海滩上,也许是因为从海上吹来的风吧,我觉得心旷神怡,好像连灵魂都飘荡在海滩上,飘荡在山野的上空。

再没有什么风能比得上这风了。它吹拂在海面上,吹拂在身后的丘陵和高山上。不用回头,我就能看见满山绿绒般的松柏,也许是因为这风把我吹得透明了吧。

这风从海上浩浩荡荡地吹来,无穷无尽地吹过我自由的胸怀。天哪,你也把我带走吧!

这时,颜平唉了一口气,好像那背负苍穹的阿特拉斯。他开口说:"唉,生活。"

我听见他的声音就感到由衷地难过。真是的,其实呢,我最讨厌无病呻吟,要是他有什么痛苦,那恐怕是自找的。我就嗤之以鼻。

可是他更深地叹了一口气，就在沙滩上躺下了，把戴着墨镜的脸转向我。

他说："老王，你他娘的嗐什么？""我嗐的谁你知道么？""得啦，你别跟我装那个啦。你也躺下来，好不好？"

我也在沙滩上躺下来，可是今天的大海真见了鬼，简直不是大海，温柔得像只猫，弄得人软软的浑身没一点气力。沙滩也不再是气焰逼人，而是温和的。这大概都是因为这风吹的。

老颜轻轻地说："你知道我为什么要叹气吗？"

"谁他妈的知道！噢，对了，你这家伙有什么秘密要坦白吧？快说！"

"哼，你简直小市民气到了顶了。什么也没有。"

我们不再说话了，无言地躺了一会儿。然后突然他坐起来，朝着天上狠狠地啐了一口："呸！"

我说："你这家伙莫不是疯了？你啐什么？"

"我啐这个风和日暖的海滩！"

"你啐它干什么？"

"我觉得这个世界给我安排了一个糟心的命运，却在一个海滩上装出一副伪善的笑脸来了！"

"啊哈！你有什么不顺心？想要干什么？想……"

"啐！我根本不稀罕！""你想要什么？成仙？不死？"

"差不多。我想不朽！""好办，你去光荣牺牲好了！"

"你今天怎么这么贫嘴?光荣牺牲?哈哈!哈哈哈哈!除了光荣牺牲我就命定什么也干不成了吗?我为什么就不能成为一颗照亮人类未知领域的明星?这样的星星已经够多的了,我为什么就不能是一颗?"

"伟大!你真伟大!你去成为好了,我不拦你!"

"老王!你为什么这么不懂叫真实的东西?真实里面包括了多么大的痛苦!我怎么能跨过人类已有知识的海洋呢,我已经二十好几了!"

"那你就不要不朽好了。"

"废话!我不会放弃我的理想的。我只有从坚韧这条道路才能走向永恒!"

也许是因为山野风吹拂着我,我竟然把这样的痴人说梦当了真,一直听到夕阳西下。

天黑了,海滩上空无一人,只有大海在黑暗中呼啸。颜平指着天上的星星,星星在天空上闪耀,天空是星星的世界。

"你看星星。世界上有一些绝美的篇章、绝美的乐句,就像星星一样明亮和永存,它们脱胎于人的在平凡中苦苦挣扎的躯壳,他们在古今一切文化中鹤立鸡群。创造他们的人不朽了。"

我沉默。他又说:"我想在坚韧中创造一切。"

我说:"祝你成功。"

我们就在寂静的海滩上分手了。

过了两个月,我猛然想起颜平,就去他家找他。

我走到他那一条街口,忽然看见他陪着一个绝代的尤物从对面走来。

那个姑娘长得无比的白皙和红润,一双羞怯的大眼睛好像是难为情地在扫视着。她的颀长的柔软的身体丰满得非常可爱。当她和颜平在我面前站住的时候,她不安地扭来扭去。

颜平对我说:"这是小刘。小刘,这是老王。"小刘抬起头把手伸了出来。

"老王,我们上车站,你先在我家等我一下。"

我在他家等了一会儿,颜平回来了。

我说:"颜平,搞的什么名堂?"

"哈哈!怎么样,你对她有什么看法?""很好。"

"我有了新的发现:就是绝美的东西尘世中也有。我多么幸运!"

"当然。""我现在什么东西都不看在眼里了。"

"人之常情。""我觉得我的爱情里有伟大的东西。这是绝顶明亮的,虽然是短暂的,不为人知的美。"

"你可以带上她到处溜一溜,让大家知道。"

"那有什么?她可以让一切女人羞愧,我可以让一切男人嫉妒!"

我出了他家的门,心里暗笑。

后来我听见一个骇人听闻的可怕的事件。有一天，颜平带着小刘到他们厂男工宿舍一间空房里说情话，说着说着逾了格。谁知苇墙上窟窿很多，隔壁人家听见了，就从窟窿里窥看，还有几个就跑到门口从门缝里朝里看，不一会儿就引来一大群人：后面的扒肩膀，推推搡搡，好大的响声。这两位明知有人也没办法，只好把事情从容办完，从人群里挤出去，直奔保卫科自首去了。

我到海滩上散步，又碰上了颜平。他孤身一人，愁眉苦脸地坐在河滩上。

我问他：颜平，你心情如何？

"太糟心了。但是我要从屈辱和苦难中站起来，我要坚持到最后！"

"还想不朽？"

"为什么不！"

我转身离开他。心里说："你这小子，非得充硬汉干什么。"

＊原稿到此为止。

末日

马家的老徐是马雅可夫斯基热烈的爱好者。因为我一天到晚老是听见他在念马先生的几句莫名其妙的诗:"如果星星在燃烧。"

可是大家已经习以为常了,居然也不甚以为怪。比方说吧,如果队长对他说:"老徐,今天下午把东山的地犁一犁!"这时他从拖拉机旁转过身来,一耸肩膀,两臂一摊,说一声:"那就是说——有人需要!"队长也不以为他疯了,只不过认为,这是表示他听见了,并且准备执行。

我刚到马家的时候,当然首先发现了开拖拉机的是这么个怪人。当时我心想:"他是傻瓜。大概是想在我面前卖弄他会背两首诗吧?也许他是认为,这样他就显得风雅一点,不同流俗,来和我套近乎!不用卖弄了,我不喜欢卖弄的人!"

可是后来我也没有发现他来靠拢我。还有我又发现他一天到晚这两句老不离嘴,就坚决地认为他有点不正常。总之,我以为他一定是一个浅薄不足道的人。

有一天晚上,全队的男女青年开会。他们在小学教室里点上一盏大汽灯,里面挤了一大屋子人。男的冒着臭烟,女的在叽叽嘎嘎地说着傻话。后来又有个宣传委员来教歌,我听着非常不入耳就溜了。

我刚刚转过教室的屋角,就发现有人跟在我后面,原来是老徐。他问我:"你怎么跑了?"

我生怕他是来揪我回去,就说:"啊啊,我一会儿就回去。我大概非常没有音乐才能,因为这个歌我实在学不会。你干什么来了?"

"我?我也学不会这个调子。听也听不下去。不光作这个曲的人该死,会唱这个歌的人也不是什么好东西。我听着那个调子,好像是从肛门里发出来的。"

我们大笑,又发愁没地方可去。老徐说他家里还有一点白酒,建议去把它喝个干净。

后来我就经常去他家,有时也买点酒菜。那是夏天的事情。我们坐在他家的炕上,听着蚊子在猪圈上空轰鸣,油灯在窗台上一闪一闪。有时风来轻轻地敲一下窗户纸。我们谁也不说话,只静静地往肚子里灌酒,直到眼前模糊:渐入佳境。就是这样。

我到他家的时候,他老婆就马上从家里出去。当然这让我感到有一点不自在，不由地想到我大概有点不受欢迎。不过我已经学会一点厚着脸皮、不管三七二十一的本事，所以不甚以为然，后来发现这根本不是冲着我来的：老徐和他老婆天天都要打架。我去得常了，就能碰上一两回，真是热闹！

有一次，我走进他们的院子，隔着窗玻璃看见两口子正在拌嘴，听起来很有点战云密布。

老徐的老婆正在歇斯底里地狂叫："啊，你整天还着家的边吗？猪圈墙都快塌了！你眼瞎了吗，看不见？"

"快塌了？塌了没有？你可以自己去修嘛！当然了，不修也好，都塌了才好呢。我说你呀，别这么嚷嚷，房顶你嚷嚷的时候刷刷地掉土！"

"啊呀！让我去立猪窝墙呀！这像个男子汉说的话吗？我过的什么日子呀！"

"什么日子？幸福的生活嘛。像你这样的骚货还想用勺子喝甲鱼汤吗？喂喂，晚饭做好了没有？"

"什么？你说什么？谁是骚货？什么勺子汤？你他妈的饿一顿吧！什么时候修好圈墙什么时候吃饭！"

老徐敏捷地在她嘴上打了一掌，然后飞快地躲开了她的手指。很显然这些手指是要来抓他的脸的。我一看不好，赶快跑进去劝架。老徐一看我来了，大喊起来："老王，来得好！帮我打这骚货！"

我赶快把老徐拉走了,他老婆躺在地上大哭大嚷。

＊原稿到此为止。

小张

小张从医院里拄着拐逃出来。他心里什么也不想,只是一片混乱的浪潮。他走在大街上,头上还包着绷带,绷带边上,还可以看见他手术前剃光的头皮。这个样子大概是十分的不漂亮。可是他哪里还顾得上那些呢。

其实呢,小张是早就有点疑心了,就是一年前开始头痛的时候就有一点不祥的预感,只是医生在手术前说得太好听。但是手术之后,他连下床都感到困难。医生说是动这么大的手术,哪有一下子就能恢复的呢。他再不能抱什么幻想了,因为他当初做过脑血管造影,知道自己脑子里有瘤子之后就找了一些有关肿瘤的书研究过,他知道他脑袋里这个东西是没有治愈希望的。他顶多只有三个月可活。于是他就跑到浴室外面,扭开一个衣柜,偷了人家一身衣服,逃出了医院。

他拄着拐走到一个客运摩托站前,在衣袋里摸了一下,里面居然有一个钱包,而且钱包相当的饱满。他伸手敲敲客运站的玻璃,一个司机从屋里走出来。等到两个人都坐进了摩托车,人家问他去哪里的时候,他才开始想,他现在可以去找谁。

回家吗?没有意思。刚刚动完手术之后,他爸爸妈妈倒经常来看他,最近可是一次也没来。大概是把他当成了死人了吧。去找朋友们吗?说实在的是他没有什么真正的朋友,只有一些无聊时在一起聊聊天的熟人。他心里隐隐地动了一下,好像是明白了要去找谁,但是不由得又是一阵心酸。最好他还是一个人和自己在一起好。于是他就说:"樱桃沟!"

摩托车嘣嘣地响起来,震得他脑袋痛,好像天灵盖又要掀开。他伸手去捂,但又破罐破摔地想:"好的,掀开就掀开,掀开老子倒想看看那个瘤是什么样的东西!"

* 原稿到此为止,标题系编者所加。

我曾经

我曾经在一个学校里当过图书报刊管理员。当然了,管理员这个称号是我自封的。事实上,从来也没有人这么称呼过我。拢共学校里才不过三四百本书,它们是由学校的总务,一个头脑空虚趣味浅薄的人从各个供销社买来的。除了几本没有参考价值的参考书和几十本儿童读物之外,余下就是一些上等的催眠书籍,看着叫人绝对提不起兴致来。如果你百无聊赖的时候希图用它来消闲解闷,它们大可以增进你对安眠药和有机磷农药的需要;如果你认为读书是你的兴趣所在,是你生活的一个必要的需求,那么它们可以帮助你免去这种嗜好;如果你仅仅是为了提高阅读能力,对于汉语中某些词句增加了解,甚至想因此多认得两个字,那么这些书也不能对你有什么帮助。我看到古代中国的两大发明被派作这样的用途,心里伤心极了。所以我很少看它们。报纸除了草草浏览一两份之外,其他的我也是看也不看地把它夹起来。

我的职务就是：如果有什么人想看什么书的时候，我就把它从橱子里取出来，登记一下，然后把这本书拿给借书人。有一部分老师对于我十分鄙薄的书有爱好，不过我也很能谅解。我知道有一些北京人爱吃王致和制造的一种类似粪便的东西，这两种爱好可以说是很相似。我很高兴地看到，他们看了几本之后就不再来麻烦我了。渐渐地，我就没有什么热心的读者了。这使我很满意。如果，把我管理的书挑出二百来本发给大家，供给大家充裕的手纸，那么这些书是真正地得其所哉。而且也能获得大多数老师的拥护，因为他们能够获得事情的好处。这是一种对于公物的破坏行为，可是我认为任何人都不会反对，除了一位吴老师。

这位吴老师是我唯一的一位热心读者。他经常一次借去五六本书，然后一连几夜熄灯之后点起小油灯一直读到十一点，惹得我们的吝啬的总务嘟嘟哝哝，因为他点的是公家的油。我们睡的是一间大屋子，一间屋里睡了九个人。我睡觉有一点怕光，当时由于心事很多，这个毛病格外厉害。所以也常常因此翻来覆去地睡不着。有时因为在床上干躺着睡不成恼火万分，真想在床下捞起一只鞋扔过去。而且他熄灯之后就马上像死尸一样挺着，而我常常因为神经衰弱还要半个钟头才能睡着。所以白天困得像一个猫，时时在桌子上一歪就睡过去，成天精神萎靡。山东人起得早，每天四点半就要起,这样我一天的睡眠只有五个钟头,这怎么不叫人难受万分。我只有星期天可以多睡一会儿,不幸五个星期天里有四个文教助理员要召集开会,听人训话。所以这种快乐也很难得。后来我也就不怕有人在我睡觉时点灯了。不过这也曾使我吃了不少苦头,使我耿耿于怀。

有一天,备课时间已过,我正准备去睡觉,忽然老吴把我叫住了。他说:"老王,别走,我要借书。"可以想象,我一听见借书两个字从老吴嘴里出来,心里就有点好不了。我真恨不得装聋作哑,但是还是忍着,把书柜打开,问:"你借什么书?"

他念了几个书名,一念到已经被人借去的,我就兴高采烈地大叫:"没了!别人借去了!"最后他说要借什么《短篇小说创作经验谈》,我从来也没听说世上有这么一种书,我当然说没有。可是他指出图书目录上有。我只好满柜子去找,可是这本该死的屁书就是找不到。我气哼哼地说:"找不着,大概丢了。明天再找找看。"

躺在床上,我又想了一下,愈发肯定绝对不会有这么一本书。"短篇小说创作",这就是一种厚脸皮的说法,难道还会有人写了一两篇不成样子的物事,就自称有了什么经验,还要谈?见鬼了!

第二天中午,老吴又要来借这本书。我说:"世界上不可能有这本书。大概是目录上写错了。"可是老吴硬是不信,我就把书柜钥匙给他，自己吃饭去了。

吃完饭，我剔剔牙，正准备找人来上一盘象棋，忽然老吴从外房进来把钥匙给我，自称找到了那本书。我一听之下，大惊失色，连忙要过来看了一会儿。

＊原稿到此为止，标题系编者所加。

那年秋天

那年秋天,我从插队的村里回家,走在秋天的大道上。那时候秋风搅着金色的落叶在路面上汹涌而过,流动的空气又冷又稠密,好像清澈的冷水一样。

那一天我心情苦闷,就像这以前每一天一样。我受不了没有奇迹的生活,这种生活好像白开水,每天都沏一遍我这片茶叶,把我沏得苍白而且透明,到那一天还不肯放过我。不知你感到了没有,反正我已经受够了。我盼奇迹盼得望穿秋水,可是它老也不来,所以我走路时老低着头,希望能在路上像捡个钢镚一样捡到它。我不知道它是什么,它是哪一位,或者它是谁,反正我要是找到了,就会得到幸福,一天到晚无比快乐。换言之,它就是我生活的目的。我找到它以后,一定把它埋藏在心底,不让任何人知道,自己偷偷地享用。

我走在那条路上,忽然发现天空又蓝又亮而且又高又远。如果把我像炮弹似的发射出去，一定会迷失在那茫茫的一片蓝里。走着走着，我忽然发现自己在大头朝下地走路，下面是一片碧蓝的大海。如果不是脚下有无数金色的绳索绊住了我的腿，一定会掉下去，可是多半摔不死，因为摔不到底。

走到大路口上，我碰见了小铃子。她就像个球一样急急忙忙地往城里滚去，一见到我就大叫："是他妈的你！是他妈的你！"小铃子就是这么喜欢我，她胖得像西红柿一样，而且稀里糊涂、乱七八糟、疯疯傻傻。一跟她在一块，我也就乱七八糟起来，不知怎么就到了城里，不知什么时候又和她分了手，我回家去了。

晚上，我睡在后院的小屋里，那里连电灯都没有，窗户纸上全是窟窿。我睡着了一会儿，又爬起来，到前边去。不知为什么，前边有点异样，变成了一个破败寺庙的样子，北房变成一个破破烂烂的大雄宝殿，黑糊糊的也不知道是不是，反正又高又大。我走上台阶，一脚把门踢开，里面扑腾扑腾飞出一大群蝙蝠来，个个都有猫那么大，在院子乱飞了一阵，又怪叫了几声，就飞走了。

我走进那间黑屋子，看见一个大胖子在一片淡蓝色光辉之中端坐在地上。我问他："胖先生从何而来呀？"

* 原稿到此为止，标题系编者所加。

不成功的爱情

不知现在是否应该满意了。十年前,我在农村修理地球,一天挣的钱刚好够买一张烙饼和十七根辣萝卜条(这是经过精确计算的)。那时我身强力壮,能扛二百斤麻袋,脑子也还算聪明。后来摔了一下,变得有点糊涂(我承认,有一半是装的),还有一只手常常发麻,却回到城里,在一个街道工厂工作,每月挣五十多块钱,可称是丰衣足食。在农村时,我什么衣服都穿,下地时穿的裤子常常露着肉,如今我也讲究起来,甚至常常洒香水什么的。总之,我比十年前抖多啦。

每天下班以后,我常常到环城的林荫道上去。夏天,那儿像蝴蝶一样飞着很多漂亮姑娘,我的女朋友就在那儿等我。她老拿着一本厚厚的书坐在马路旁边的草地上,一有人经过就使劲看书。等我来了,我们就一起散步,谈谈文学,谈谈艺术,背背诗词。为了不至于显得像个土老帽,我拼命背唐诗,把全部唐诗背下了五分之四。我受过震伤，背古诗对我十分不适合，背得多了脑子就发木，晚上还做些怪梦。不管怎么玩命，我也比不上她。她甚至能说出巴乌斯托夫斯基、彼特拉克等人的底细，这是我万万不能的。我最害怕她冷不丁问这么一句："你知道马奈吗？"

我只能惭愧地承认："我不认识他。我认识马奎，人家都叫他狗子，是我们村里的二流子。"

然后她就把我臭骂一顿，说我是个痞子，和那个狗子差不多。要不然她就念一首古诗，让我说出作者，这方面我还算不含糊。只要是唐诗、宋词，我都能答上来。和她认识半年，我真长了不少学问，已经背下《全唐诗》《全宋词》，正在背《世界名人大辞典》。就是这样的学问底子，也只能回答出她的问题的百分之三十。我想，等我和她结了婚，就可以编出一本百科大全书，共计三十八卷，三千万字。背了我的书就能答得出张抗抗是谁，不会像我一样把她说成胡同口炸油饼的秃顶老头。为了张抗抗，她几乎把我的头发拔光，让我也变成炸油饼的张抗抗。凭良心说，那个张抗抗委实是个好人，他的油饼永远是焦黄的。

话说那一天，我和她一起轧马路时，她问我萨特是谁。我知道萨达特，却不知道萨特，于是我挨了一顿臭骂。她又问我什么是存在主义，我只知道什么是按劳分配。于是我又挨了一顿臭骂。我被骂得心服口服，就问她这是些什么东西，她也说不大清楚。

301

这使我很愤怒,因为她简直就是在蒙我。于是我就问她王麻子是谁,她不知道。她问我费雯·丽是谁,我也不知道。我问她王致和是谁,她当然不知道,还说她不认识这些土得掉渣的人物。我就问她匹拉米洞是谁,莱克是谁,她一概说不上来。后来她告诉我费雯·丽是个女演员,我也告诉她王麻子是造剪刀的,王致和是造臭豆腐的,匹拉米洞是退烧药,把她气了个发昏,噘起嘴来走了。

我回到家里,暗自庆幸她没有问我谁是莱克。这个问题问得太恶了,因为全世界只有七八个人知道我养的那条狗叫莱克。她大概要和我一刀两断,这使我心神不安,我希望她会回心转意。后来一想断了也好。我的脑子不好使,再这样背书,总有一天会把自己叫什么也忘掉。尽管如此,心里还是有点难过,于是我早早地睡了。

我睡觉时常常做梦,但是从没有一次像那晚上。我大概做了七千多个梦,个个有声有色,醒来的时候记得一清二楚,这可把我吓坏啦。我十分怀疑我是一条恐龙,从太古一直活到如今,要不怎么会记住那么多事情。最可疑的是我梦到了很多过去的事情,我很怀疑这些梦有什么寓意。

我梦见七二年的一件事。我们房东的儿媳妇不知道为什么发了神经病,满口胡说八道。她分明是一个一百八十斤的胖婆娘,偏说自己是一只狐狸。她汉子用劈柴把她一顿好打,可是她说:"你打吧!打的是你老婆,我是狐狸。"真是怪透了。

村里还有一个老婆子,也自称是狐仙附体。有人去请她来驱邪,让两只狐狸打上一架,算是以毒攻毒。老婆子来的时候,我们都躲在窗户外面偷听。

老婆子一进门就怪叫一声:"哪里来的骚货,敢在这里害人?与吾神滚了出去!"

那媳妇也用狐狸的口气说话:"咄!你有何能为,胆敢口出狂言!"

老婆子的狐狸说:"谅尔不过百年道行,早早滚出去,免你一死!"

"我乃千年道行!"

"我乃万年道行!"

"我乃十万年!"

"我乃百万年!"

……

两只狐狸胡说八道,自称地球形成之前都已存在。后来又说:"道行不在年久,你我请神来看!我请城隍!"

"我请土地!""我请哪吒三太子!""我请托塔天王!""我请猪八戒!"(怪事,猪八戒肯帮狐狸打仗!)"我请孙悟空!""我请关云长!""我请黄汉升!""我请如来佛、观音菩萨、铁拐李、张果老!四海龙王、十八罗汉、牛魔王、二十八宿、九大曜神、赤脚大仙……"老婆子嘟嘟说出一大串,越说越快,渐渐听不清楚，好像连基督耶稣也都在被请之列。那媳妇招架不住，只好说："吾道行不如你，我走也！"咚的一声栽倒在炕上。第二天早上就乖乖地起来喂猪，再也不胡说八道了。

做完这个梦醒来，我出了一身冷汗。但愿我的女朋友不要狐仙附体，要是她着了魔，什么跳大神的也斗不过她。对方一旦听见陈冲、刘晓庆、张洁等闻所未闻的大名，怎能不落荒而逃？

还有一个梦更加奇怪。我梦见一辆牛车，车上只架了一头牛。赶车的就像我当年一样手里拿了一根棍子，牛走得慢就用它去戳牛的阴囊。这都不算稀奇，怪就怪在我是那条拉车的牛，她是那个赶车的，她戳我那个地方，一边戳一边口中念念有词，戳得我那个地方醒来的时候直发麻。早知道不会背书就要受这份苦楚，我拼了老命也要把四库全书背下来。

最奇怪的梦是梦见我去参观屠宰厂。那些猪拼了死命不肯上挨刀的传送带，人家来赶时个个都尖叫着"萨特！""萨特！"醒来后我十分疑惑。真的，如果猪知道的东西和我们一样多，挨杀的时候必有一番口舌。而我们所知道的东西不足识别周围是否是猪圈时，也只能陡然增加临死时尖叫的内容。

后来我俩又见面时，我忍了又忍，实在难以抵抗那诱惑，终于把我的梦讲给她听。只见她的脸色由红变白，后来竟泛出一片青色。她的眼神很奇特，说不上是怜悯还是轻蔑，后来她就走了。一句话也没说就走了。唉，飞走了，我的小白鸽。

《红拂夜奔》片段

史书上说，隋炀帝在位的最后几年，在江都造了一座迷楼，杨广喜欢各种女人，包括白的、黑的、高的、矮的、胖的、瘦的。他造了一座迷楼，把各种女人都关进去，像把各种动物关进动物园一样。没有被关进去的人十分伤心，觉得自己真是不幸。其实被关进去的人不一定都漂亮。没被关进去的人也不一定不漂亮，人太多了，岂是一座迷楼可以概括的。据说迷楼方圆数十里，用现代拓扑学的原理建成，不管谁走进去，都会迷失在里面。杨广的行为给大家树立了榜样，从此男人的梦想就是建立自己的迷楼，而女人的梦想就是找到一座迷楼，把自己迷失在里面。

有一天杨广坐在洛阳城里，忽然想到，他要到江都去造一座迷楼。在这以前他从没有到过江都。也没造过任何楼。而且他说，他将乘船前往江都。在此之前，洛阳和江都之间没有任何水道。在他下了旨意之后，洛阳到江都就有了一条运河，河边上还栽满了杨柳。他坐在龙舟里，由宫女拉着，向南进发。坐在船上，他想象迷楼的样子：在那座楼里，要有一道永远爬不完的楼梯，有无数的门窗，都朝向楼内。这座楼没有入口，也没有出口。你永远也走不到顶层，也走不到底层。没有任何一层在另一层上面，也没有任何一层在另一层下面。在迷楼里，你走出一个房间，就永远不会回到那个房间。每一个房间都完全不同，但是它们实际上是一样的。迷楼像它的名字一样，是一个谜。后来那座楼造起来时，和他想象的一模一样。

除了胡思乱想，杨广可做的另一件事就是和女人性交。所有的女人都是一样的，没有谁比谁漂亮，也没有比谁不漂亮。每个女人都是处女，正因为她们都是处女，所以对杨广来说，每个人都不同。正因为她们每个人都不同，所以一模一样地出血、疼痛，杨广只关心这些事，竟没有注意天上多了一颗星，作为皇帝，天上的事和他最有关系，但是因为他是皇帝，他要关心的事都有人代他去做了。

我们知道，杨广在陆地上行走时，乘坐羊拉的小车；当他到了水上，就要乘女人拉的船。

《三十而立》片段之一

我从云南回来,到京郊去插队。我不喜欢和别人住在一起,就住在河边的瓦窑里。冬天田里一片光秃秃,老远就能看见那座瓦窑,就像个倒扣的花盆,灰不溜秋,硕大无比。在花盆下有座小房子,出了门就能看见干河滩,里面的鹅卵石像粼粼的白骨。河边的树和天气一样,死气沉沉。

那座看窑的房子是泥打的顶。破门上十字花地绷着铁丝。冬天我住在里面,能住多久,要看我能搜集到多少柴火。有时小转铃也来和我同住,能住多久,得看她能在多大程度上忍受这种气氛。那间房子是向北的,冬天刮大风时,要用木桩子才能把门支住。窗户上钉的塑料薄膜,一会儿像气球一样胀起来,一会儿又瘪下去。

我告诉小转铃,小时候我自己跑出去玩,走到长河边上,那是慈禧太后当年从京城到颐和园乘船的河。春天里河里有绿色的水藻,河边上绿柳荫荫。河岸坍塌的地方,形成了很大的河滩。

有了河滩就不能行船,假如太后还活着,一定要把河工斩首。但是我跑到河边玩时,已经没有太后,也没有了河工,只剩下一条荒凉的河。河岸上有一座看青的茅棚,是用柳树枝搭成,树枝都发了芽。但是棚里很潮,好久没人住过,棚中间的地上都长了草。太阳晒在我身上很暖和。

《三十而立》片段之二

一

我现在明白了小转铃为什么性冷淡。这是因为她很小就会自己和自己弄。这是她自己告诉我的。说这话时，我们正准备做爱，脱得净光光。我说：你怎么早没告诉我？她伸手在我头上打了个凿栗说：混蛋！早告诉你，你还能喜欢我吗？我说：不一定。真不一定。没准更喜欢。后来我想了好半天，才说：铃子，你真的那么在乎我的意见？她就哭了，说：我怎么不在乎？你以为别人都像你似的，是个混蛋？然后我又说：你干吗要爱个混蛋？她说：没有办法。不是混蛋就是假正经，所以宁可找混蛋。想找个混蛋还不好找呢。然后我就明白了我这一辈子最爱的还是小转铃。正是因为爱她，所以不能容忍她和我做爱不来快感。

然后我把小转铃抱在怀里。她披散着长发，像一条美人鱼。

她现在喜欢在一边的手上和脚上各戴一串木珠，还喜欢哭。她说：哭是好事情。你就是因为不哭，心才变得这么硬。说"这么硬"时她捏着我的小和尚，它正昂首挺立，剑拔弩张。我总想，我已经四十了，怎么还是这样？太不好意思了。

我和小转铃之间，性是一个大问题。干这种事时她没有分泌，总是痛苦异常。想过各种各样的办法，用过各种润滑剂。开头是蘸点口水，后来用油：花生油、菜籽油、顶好清香油、小磨香油、橄榄油；油沾在身上很难洗。有回我在班上，有位活泼的女同事说：好香！有人带好吃的来了，还不拿来公开？都坐着别动！我来闻闻藏在哪里。眼看她的鼻子离我裤裆越来越近，我站起来就跑。两三个人揪着我，亏了我个子大，体力好，挣脱跑掉了。还有一回误用了辣椒油，疼得要命，从此干事以前她都要尝尝。油和分泌不是一回事，所以她还是疼。

我爱小转铃超过爱任何人，所以不忍心让她痛苦。这就是我老想和别人好的原因。那天晚上我对她说，我再也不想和别人好了。她却说：你别骗我。其实她是知道我的。但是她还是要怄气。

二

我小的时候，有一次从家里跑出来，沿着一条河走，想走到城里去。那条路很长,我走了很长时间。河边上没有人,到处是浓密的绿荫。那时是初夏,空气里飞着柳絮。走得久了,我的腿就疼起来,这是因为我年龄小,肌肉还没长成。

我抱着小转铃,给她讲这件事。当时周围静悄悄的,我在寂静里走,感到恐惧。深绿色是最叫人恐怖的颜色。走着走着,好像走进了水底。周围是浓绿的水草。仰天看去,头顶是明亮的水面。空气在水面上流动,好像玻璃上刷上了透明的油膏。我感到凉森森,皮肤开始绷紧。那时我年龄尚小,胆量也未长成。

我走到河边的沙洲上,看到很多倒埋着的花盆。挖了很长的时间,把其中一个挖松。然后我把花盆掀开。里面是一堆骸骨。这里是一片被迁移的坟墓。看着这些骨骼我想,将来我也会是这样。于是我心慌起来。但是过了一会儿,我就不再恐惧。我伸手去抚摸那些骨头。那时我年龄尚小,不会长久地被吓住。那些骨头被水冲得极光。触到光滑的表面时,我勃起了。

小转铃爬起来,跨到我身上去。我对她说,用点油。她说不用。小转铃与和我好过的其他女孩子不同,她的骨骼虽小,身体却结实。别的女孩子练过以后,也会有肌肉,但是身体是单薄的,也许有力气,却挨不起打。小转铃跨在我身上的样子,就像个女武士骑在战马上。这就是说,长发飞扬,如有长弓鸣镝在握,举手可射天狼。小转铃和我做爱时的样子就是这样。

小转铃说，接着讲你的故事。这故事接下去是这样的：我长久地抚摸那颗头盖骨，并把手指伸到它的眼眶里去。从一颗头骨，你没法想象他活着时的样子。那颗头骨鼻尖稍有破损，但是每一颗牙都在。摸鼻子是对死人的亵渎，可我做的肯定不是。因为那时我还小，充满了好奇心。好奇心不是亵渎。

透过冰冷光滑的感觉，我触摸到死亡。虽然我少年胆气未坚，但也只稍感恐慌。我感到森森的阴气，透过指尖，流入体内。于是在惊恐之中，快感油然而生。时隔近三十年，这种感觉还能使小转铃潮湿。

小转铃跨在我身上时，就如一位太古时的女勇士。这和我讲的故事气氛相符合。死亡肯定是过去了的事，好像在远古发生的事。我有一天会变成远古，想起这一点也能心平气和。叫人不能心平气和的是这女勇士近在咫尺，瞪着乌溜溜的大眼睛看着我。

我把头骨放回花盆，把花盆放回原处。然后我站起来，仔细看看这片沙滩，这条河。那条河处处壅塞，河水处处停滞。河水里满是灿烂的水华，天蓝色、铜绿色、花斑色。我知道水华是有毒的。所以整条河全是死亡的颜色。水边上的沙滩上是排列有序的二十个花盆，是紫色的瓦花盆，底朝上。每一个花盆的中央都有一个圆孔。从孔里看下去，正是头盖的中央。我知道当时有些建筑征地上有无主坟地要处理，也知道他们把骸骨放在花盆里。

我知道埋葬花盆的地方离我们不远，也见过农民拿这种花盆（挖出来的）到矿院来卖。但我是第一次找到这种地方。那天是多云天气。云的影子从地上移过时，地上色彩斑斓。

三

我给小转铃讲我走过一条河的事，她潮湿了，这种事在男人面前还没有过。然后她跨到我身上，和我做爱，还在听这个故事。这件事我没和任何人讲过，因为恐怕别人不能理解。但是小转铃肯定能够理解。我们有极多的近似之处。

我后来去找过那条河，那是二十年以后的事。那条河不见了，河道的所在地上盖满了房子。那些骸骨也不见了，不知到什么时候才重现人间。这是以后的事。当时我又回到河堤上，缓缓向前走去。

当我拨弄死人头骨时勃起了，这是有生第一次。勃起可以是对很多事的反应。可以是抚摸女人乳房时的反应，可以是秀发拂过皮肤时的反应，可以是接吻时的反应。但这是以后的事。第一次是对死亡的反应。以后是这样的：每当想到死亡，反应就格外强烈。尤其是想到死之将近，就会把其他事放下，在这件事上尽情发挥。性和死乃是双生的姐妹。到了这种时刻，我的小和尚直挺挺，望虚空里搠去。

小转铃在我脸上拍了一下说：醒醒吧，看看谁是虚空！不管她怎么想，我说的是对的。对很多生物来说，性交就是死亡游戏。试举一例：在村里，有一回我们拿大种马去配小草驴。那小草驴看见了大马的那东西一定在想：谁知待会儿我是死是活？配骡子配死的事也曾有过。但是小草驴对那事也很有兴趣，丝毫不下于大种马，这我们在一边都是看见的。小转铃说，再扯这些混账话就不和你干了。于是我又回到河边上，朝绿荫里走去。

我在绿荫里行走，逐渐感到阻力。绿色的空气好像池塘里沉重黏稠的水，可以拉出丝来。空气压住了我，我慢慢地窒息。窒息的意思是不能呼吸。但要是水里的一棵水草，就不需要呼吸。我就像一棵水草，随流水而去。天空逐渐远了。天上的云，好像是锅盖提在巨人手里。他用力把盖子压下来。于是我沉下去。就像一条微漏的船，慢慢下沉了。

那条河就像一条绿色甬道，永远走不完。在我很小的时候，对死亡的感觉就是这样。小的时候，躺在床上，看着长长的灯影，不敢睡去，心里想：假如在睡眠中死去，就看不到天明。这还不要紧，最糟的是，在睡眠中死掉，死了都不知道。毫无知觉，永远沉到虚无中去。小时我睡着的时候，总是大睁着眼睛，在不知不觉中睡去。所以在小的时候，每一次睡眠都像死亡一样。

四

我和小转铃谈到死的事。她说，多么好，你在各个方面都像我一样。那时我们在做爱，她骑在我腿上。她非常湿，连我的肚子都感到潮湿。她说，多么好，发现你和我一样。小转铃用双手勾着我的脖子，拿她那非常美好的乳房对着我。所以我觉得她和我不一样。

小时候我也觉得自己和别人不一样。我不该死掉。我知道我不会马上死去，还能活很长时间。但是这毫无用处，因为最后还是要死的。于是我无师自通地发现了上帝。但是我从不信天堂地狱的说法。因为就是地狱也比虚无好得太多了。这太像是人编出来自己骗自己的，我不相信。

我的那位上帝是一个谈话对手，我向他诉说：我不想死。但是那次我在绿荫里行走时，他好像也睡了，只剩下我一个人。

我在绿荫里走了很长时间，河水时时在改变，有时变宽，有时变窄。最后固定地窄起来。绿荫在头上合拢了，看不见天空。河水变急了，而且我也能看出，它变得很深。走着走着，没有路了。这大大出乎我的意料。照我的想象，顺着河走，就会永远有路。就算遇到两河汇合，我可以拐弯。没有路的事不可想象。

在发现没路可走之前，路边上出现了一道高墙。我在墙和河之间走了很长时间。我走过的地方好像没人走过，我也不知道这河会流到什么地方。但是我想：反正墙会有尽头，它又不是万里长城。这条河迟早要流进护城河，这一带的河除了汇进护城河，没地方可去。所以只要跟着河走，终能走出这一片浓绿，走到有人的地方去。但是那条河拐了个弯，从墙下的水闸下流了进去。水闸上没有桥，河很深。我那时不但不会游泳，也没下过水。墙很高，也没有靠墙的树，因而是爬不过去的。我不喜欢走回头路。所以我陷入了绝境。

我问小转铃，应该怎么办。她说想办法从水闸上爬过去。她说这话时，好像看见了那座水闸一样。水闸的上方是一块条石，墙就修在条石上。条石比墙宽三寸。她给我出的主意是从三寸宽的石棱上爬过去。假如一失手，掉进水里——当时我没有一米九，就是有了一米九，水也可以淹住我。而且我在看那墙时，就知道一定会失手。她叫我爬过去？

我其实就是从石棱上爬过去的。小转铃说，多么好，你处处像我想的一样。我说，因为后来要长大个子，所以我长了一双奇大无比的脚丫子。那堵墙不爬不知道，一爬才知道是向外斜的。你可想得到，我是怎么爬那堵墙的。她伸开双臂，紧紧贴在我身上说：可是这样？

小转铃说：王二就像那堵凹凸不平的墙。紧紧贴住他时，棱角都嵌在肉里，痛入骨髓。离他远一分，棱角就退出肉来，痛苦也小一分。但是又会感到一股恐惧的晕眩。就这样卡死在痛苦和恐惧里。不要说回头，就是稍一抬头，也会感到在向后仰倒。浑身的肌肉绷紧，没有放松的机会。很快就脱力，颤抖起来。眼前只有这堵墙，可恨又可爱的墙。我贴紧他，再贴紧他。啊呀，我的妈呀！

小转铃说，那一瞬间到来时，她也感到有上帝存在。因为她在王二的似水流年里，这儿有个上帝。她对他说：上帝，我想停在这一刻。请你把这似水流年停住。请你让我死了罢！但是她没说这些话，她只是一口咬住我的胸大肌。我是好样的，忍住疼一声也没吭。

后来她直起身来，擦掉脸上的泪。我指给她看那牙印，她也有点不好意思。但是她很高兴，说道：我也会了。最后她问我：

"你卡在墙上，最后怎么样了？"

"我？掉在水里了。"

五

我卡死在墙上，坚持了很长时间。最后终于明白，这地方很偏僻，不会有人来救我。我还明白了一件事：早晚也是这样。当然，想通了这一点很不容易，到想通时，我的四肢都在抽筋和将要抽筋，根本支持不住，只待一个决心。我知道大多数的人都是死于一个决心，死了不闭眼的是极少数。所以我心中豁然开朗：死就死，何必多受苦。于是四肢一松，扑通一声掉进水里。过了不到半分钟，我就爬上岸来，站着抖水，像狗一样。至于为什么没淹死，一直不清楚。直到后来看了一本有关神圣审判的书，才知道有人根本淹不死，我凑巧就是一个。古时候有审不清的案子，就把人扔到水里。要是淹死了，就是有罪。那时的人都不会水。作者指出，这样便宜了那些淹不死的人。这样的人占人口的百分之十。看了这书，我真后悔没生在那个时代——可以尽情作奸犯科！

因为生来是淹不死（当然，是相对的。要是扔在大洋中心会淹死——王二注）的人，所以我很小就明白，死是怎样一回事。死的重量就在于恐惧。假如你不怕，死了也就死了。然而怕死是最没用的事，因为你怕也得死，不怕也得死。

我和小转铃做爱时，给她讲了这件事。我从没给别人讲过这件事。而小转铃当时很累，她只说了几句话：假如你需要一个共享死亡的人，可别忘了我。咱们俩一边做爱一边死去，一定可以来快感。说完就睡着了。第二天我想和她登记结婚，她却说：用不着那些肉麻仪式。我们现在还住在一起，但没有结婚。我和小转铃的事就是这样的。

《他们的世界》片段

光夫说,那几天我心情特别好。大学文凭到手了,工资也涨了,女朋友吹了,真是三喜临门。我想出去走走,就和一帮人到大北窑去。逛到日坛,遇上他了。

对不起。你说,女朋友吹了也是一喜,是吗?

对。有什么不对吗?他长得很好看,气质也好。社会上好像叫小丽(我不能肯定),但是我没正眼看他。比他漂亮、比他有名的人我见过得太多了。他问我,这儿的庄主好像叫光夫。我想见见他。我说,见他干吗,他也不比别人多点什么。他又去和小亮马桥说,要见光夫。亮马桥说,要见光夫容易,你请客吧。他说,好。还说,他家里经济条件好。他穿得很时髦,但是经济条件未必好。我就是光夫,可是我不会见人就说,我是光夫。

对了。007的电影里也是这样。大名鼎鼎的詹姆士·邦德也不

会轻易告诉别人他是邦德,他要等到那个无知小子问出:

Who are you？

然后才好说:

My name is BOND.JAMES BOND.

我每次看到这里都和大家一样起立欢呼。

光夫讲的故事又可以这样叙述:有一天,时值初秋,光夫(他只喜欢穿黑的和红的衣服)、达子(他是做服装的二道贩子,很有钱)、小亮马桥(老在亮马桥上活动),还有美的旋律(我问光夫,长得很美吗?他说,甭提多寒碜了)一起去逛大街。走到日坛附近,遇上了他。他骑一辆赛车,穿蓝粗布的夹克、牛仔裤、白运动鞋,跨在车上。他很年轻,苍白,消瘦,头发有一点发黄,眼睛也带一点金色。光夫看见他的手很小,但是手指很粗,假如你做过出力的工作,手指就会很粗,一辈子不会变。他就这样站在那里,背后是空空落落的街道,踌躇不前,想来打招呼又不敢。在他眼睛里燃烧着渴望,就凭这一点可以认定他是。当然这种渴望不是谁都能看见的。我有一回和一位同字号的朋友在公园里坐了一下午,他指给我看了很多人,可我一个也没看出来。这种渴望也不是对一切人的。光夫说,他会过来,可是亮马桥说不。两人打了赌,亮马桥输了。

光夫说，我们一起到馆子里。他叫我点菜。我知道，他知道我就是光夫。他早就知道我就是光夫，但是他不说。我也不说。他说，你点你点。我说，随便吧。他又叫别人点，别人也说，随便吧。他就点。净点些名字好听难吃无比又特别贵的菜……

坑老杆的菜。

对了，当然，不是自己花钱，这样的东西也能吃下去。吃完后大家都走了，只剩他和我在一起。也没什么话可说。我问他，是不是经济上不宽裕。他说，我家住在农村。又说，我母亲偏瘫在床。

这简直是黑色幽默。到底花了多少钱？

我没打听。打听这个干什么？

那你说了什么？

我说，什么时候带我到你家里去看看。他说，现在就去。我说好。我们就去了。晚上就住在他家。初次做爱……他说，我只属于你，我不属于别人，只属于你。我说，我不能说这话。他说，我只说我。

后来说什么？

后来说到他自己。去年冬天刚献了血，又中了煤气，身体全垮了。他那张破床老响，我怕它垮了。床脚架在罐头瓶上，罐头瓶下又垫了好几块砖，据说这样潮虫爬不上来。还说到上中专时，从家里带饭，一大饭盒炒窝头。现在在单位吃午饭，一月的菜金是八块钱。我问他为什么要骑这么贵的赛车，他说他没有别的办法。

其实他不喜欢骑赛车。这辆车是上中专时买的，就是因为每天他带的饭都是炒窝头。他家就他一个人在外边，脱离了农村户口。

这我就不懂了。一辆赛车要三四百块钱吧？又不是运动员，干吗买这么贵的东西？吃得好一点不是更实惠？

把钱吃了可惜，就是这么想的。

你爱他吗？

当然爱。他是朴实的人。奢华的人我见得太多了。

光夫的上一个爱人是小结核。好多年以前，他就知道有个小结核。那时候人们这样提起小结核：

"去不去西单？"

"西单有啥可去的。不就是小结核那几个人。"

还有人管小结核叫语录牌下的小结核。这个外号带一点翘首以望的意思。仿佛小结核永远站在语录牌下，手扶砖墙，等着别人来。光夫从来不去西单，小结核也从来不到别的地方去，所以过去他们从来也没见过面。有一天光夫在浴池洗澡，忽然发现有人在水下对他做某种事。光夫不喜欢这种方式。他蹬了那人一脚，就算打过了招呼。他甚至没有仔细看看对方是什么样的人。

等到他穿上衣服离开时，那人也跟了出来，说道：你是光夫。我在上海见过你的相片。我早就想找到你，让你只爱我一个人。

这个人就是小结核。他不漂亮，气质也一般。光夫说，我不可能只爱你一个人。你要和我做爱倒很容易,我又要到上海去,有兴趣咱们一块去吧。也许是小结核斩钉截铁的口气叫人感动,也许是光夫也想有人做伴。他向小结核发出了这样的邀请。

光夫说,亚运会开幕那天,别人都在看转播,他和小丽到乡下捉鸟去了。在庄稼地里,用沾网一网能逮上百只。假如是能卖的鸟就发财了,可惜全是老家贼。只好把它们的脑袋拧下来,往下一撕,就把皮和内脏都从身上剥下来。这些鸟可以烤着吃、烧着吃、熏着吃。也可以带回城里去,城里没有这样的东西。后来他们一道回家,路上碰上了大野马。这位朋友我们也认识,是艺术型的,热情奔放。见了面第一句话就是:光夫,他是谁?第二句话是:我想和他做爱,可以吗。小丽躲开了,没说话。等到大野马走了,他才出来说:我不喜欢这个人,我谁都不喜欢,我只喜欢你。

光夫说,我觉得他太脆弱了,不像我们圈子里的人。所以他带他到自己家门口去,这儿的孩子和光夫都熟。有人说,我亲爱的光夫,好久不见了。然后就和光夫接吻。他在一边看着,什么都没说。

小结核和光夫的爱情故事,是在火车上开始的。在浴池分手后,第二天他到车站,发现小结核在检票口等着。光夫说,你怎么真来了?没事别跟我去,以后还有见面的机会。小结核说,我真的到上海有事,你看,我把行李都带来了。好吧,你坐哪趟车?咱们到上海会齐。小结核说,我没买票,等着和你坐一趟车。咳!我要是今天走不了呢?小结核说,那我也不走,等你明天走。于是小结核买一张站票上了车,晚上两人在光夫的卧铺上做爱。光夫没有资格坐软卧包厢,就在普通硬卧上发生了这样的事。后来到了上海,两人有很多快乐时光。其实小结核到上海没事,他纯粹是为光夫去的。

我很为小丽担忧,因为他经济上不富裕,身体又不好。为了结识光夫,请了一次客,大概花了他好几年的菜金。他和小结核不同,小结核起码还见过光夫的相片,而他以前根本没见过光夫。他为什么要孤注一掷,把全部幸福的希望放在光夫身上。光夫给他打了一件毛衣,他穿在身上就不肯再脱下来。到夏天怎么办?

光夫不应该爱小丽。他是个无忧无虑的人,可是小丽有好多不顺心的事。比方说他没有考大学,而是早早地上了中专。农村的孩子都喜欢这所中专,因为可以早转户口,早挣钱。将来会后悔的,因为他绝顶聪明,对生活有绝高的期望。因为走了这条路,将来一辈子都是小学教师、技术员、护士。当护士也能幸福,不过小丽很难幸福。

这件事小丽是在中专里学会的。他很少到社会上来,虽然大家都知道个小丽,可是谁也没见过他。不知道他怎么下了决心,要爱光夫,永远爱光夫。这种想法没什么道理。小丽将来不会结婚,也不会有孩子,他受不了这些。而光夫是一定要结婚要生孩子的。而且光夫说,结婚以后没准就收了。他们俩会有好结果吗?

而且光夫也不止给他一人织过毛衣。除了小丽、小结核,他还给一位诗人织过毛衣。这个诗人给光夫写了很多情诗,其中一些已经在报刊上发表。这些情诗的正本我都看见了。对于诗我懂得不多,不过从感情的丰富、文辞的华美两方面来看,似乎与莎士比亚著名的十四行诗没什么区别。莎翁的情人是什么人,史家还没有定论。所以好的情诗也不一定出于男女之间的恋情。那些诗光夫也读不大懂,但是他想:人家既然写了这么多,给他打件毛衣也是应该的。

光夫说,他没法不爱小丽。因为他的抑郁、冲动、渴望幸福,全都在他面前一览无余。小丽说,他一直在等待,等了这么多年,再也等不下去了。我弄不明白,他等什么。但是光夫说,他都明白。小丽的一切都裸露出来,就像小丽的存在本身。这比裸体更彻底。他不可能不爱。

再说小结核跟光夫去了上海。果不出光夫所料,小结核在上海没有别的事,他是纯粹为光夫去的。光夫在上海跑业务,他和他形影不离。光夫也没花很多时间跑业务,经常待在饭店里,更经常待在房间里。如前所述,他们俩有过很多快乐时光。后来小结核给光夫写信，说到他再也不能到公共浴室洗澡。他一看见水从喷头流出来，就想到两人在上海时，在喷头下做爱。想到那些，他身体就有反应。除了做爱，他们俩经常在争论。小结核说，他们俩应该永远在一起。光夫说，这不可能。因为大家将来都要结婚，为社会尽义务（光夫经常说到为社会尽义务的问题，仿佛这种义务大家经常忽略似的）。如果结了婚还干这样的事，起码是对妻子不忠。小结核说，将来大家不一定要结婚，可以永远做单身汉。他们俩在上海的情形就是这样。

光夫还说到过他和诗人的恋爱。那是诗人从狱里放出的第三天，他在路上遇到光夫，就紧追不舍。他说，我在狱里听人说到你，就下定决心，一定要找到你，让你一辈子只爱我一个人。光夫说，岂有此理，我该你的？虽然如此，也好了一段。后来吹了，还经常写信：威胁，恳求。俩人矛盾的焦点在于，诗人的占有欲太强。光夫说，我已经有了一万个，你不过是一万零一个。诗人大为伤心，说道：你有过多少我无法改变，以后不能再有了。光夫说：这我不用请示你。俩人就此闹翻，再不见面。最近通信也少了。过生日时，收到了诗人的贺卡，上面只有一句话：你搞到一万零几个了？光夫把卡片撕成了几百片。

小结核对光夫海誓山盟，可是他们俩也就好了两星期左右。

他们从上海回去，火车离北京越近，小结核话越少。最后在车到丰台时，小结核说：我想我还是该说实话。原来他已经结了婚，孩子都四岁了。光夫大怒，打了他两个大嘴巴。小结核哭了。

我对这一点不大相信。就是霍元甲打我两个大嘴巴，我也不能忍受。我非和霍老师拼了不可。所以我要求光夫认真回忆一下，是不是打了两个大嘴巴。也许是两个小嘴巴，或是一个大嘴巴。光夫说，就是打了两个大嘴巴。火车上别的人看了也觉得不像话，不过火车上两个小伙子打架谁敢管。好在过了十分钟就下车了，没有闹出更多的事来。我问光夫，可曾要求小结核解释。光夫说，还要求解释个屁。撒谎和说真的一样。孩子都四岁了，还说没结婚！他倒是自己解释了，说在上海时根本忘了自己已经结婚，到了丰台才想起来。鬼才信他。后来小结核无限追悔地说，我干吗要告诉你我结婚了。他几乎每天都给光夫写一封信，说他把老婆孩子都打发回娘家了，叫光夫来。光夫不敢相信有这样的事，抽冷子去了一次，果不其然，家里就是小结核一个人。小结核说，家里一直就是这样。不知他用什么办法把老婆骗走的。

据我所知，同字号的朋友骗老婆，花招极多。但是不经本人同意，不能披露这些花招，以免引起家庭纠纷。其中比较俗的说法是本人在练气功，不近女色。因为真练气功戒女色的人不少，所以披露这一条也没啥的。我们的朋友大野马本人不结婚，但是这些事知道得很多。他说同性恋的妻子最可怜。

我们还有些同字号朋友，年龄比较大。说起感情方面的事，就很不乐意谈。有一位三十多快四十的朋友说，这不是什么好事。什么爱呀恨呀的，说起来肉麻。还有一位四十五以上当教师的朋友说，他就是一周去发泄两次，完了事就走，连人都不想认识。这位老师还说，他认为，男人应该爱一个女人。不幸的是他不知怎么，就是爱不起来。男人他就更不爱了。他只剩下欲望要发泄，而和女人发泄，他这方面有困难。所以他说，他是"同性"，却没有"恋"。

现在扯到了女人的问题。他们这些人里结婚的人多，和女人有过性关系的人更多，我们还没发现谁对女人有过爱情。就以光夫为例，他把性和爱划到了男人的论域，把家庭和婚姻划到了女人的论域。他决不肯和男人同居，觉得那不像一种生活。家里不但要有妻子儿女，还要有爸爸妈妈、大姑小姨、兄弟姐妹一大群。老婆作为一个部分，也是必不可少的。可是爱和性要和女人挂起钩来——他说这根本无从谈起。

光夫对刚吹的女朋友有些意见，比如，歇班的事。假如光夫歇礼拜三，她也倒到礼拜三休班，光夫歇礼拜四，她也倒礼拜四。光夫说，这是干吗呀？两星期见一次还不够吗。原来光夫在北郊上班，她在南边，这挺好的。她非调到北郊来。光夫认为，两星期见一回面，到两家去见见老人就可以了。可是那女孩还要他陪着到花前月下走走。偶尔拥抱、接吻也无不可，这是因为要确认朋友关系。太多了就没意思了。那女孩还要求热烈一些。不知是从哪儿学来的。因为这些，还因为性上的事，俩人吵起来。她终于说出一个吹字来。光夫说，这可是你说的。吹就吹！他觉得终于解放了。

我对光夫说，女孩说吹，经常是不吹的意思。他说这么颠三倒四干吗。后来那女孩伤心动肝，悲恸欲绝，他完全置若罔闻。这就是本节开头三喜临门的三喜之一。

讨论感情问题，不能完全和性分开。要把两个问题合并讨论，就有两个问题：在感情的领域怎么看性，和在性的领域怎么看待感情。这第一个问题是文学的题目。说实在的，简直没什么条理。第二个问题非常好论，而且有很好的概念与机理。不管怎么说，我们在第一点上也有些材料。比如光夫说，假如有一个女孩，性格好，人也漂亮，家里的关系都能处好，又完全听我的，结了婚以后，我也能爱她。既然我爱了她，大概也能有性欲。既然我爱了她，怎么会一点性欲没有呢？我也是男人呀！

这话别人也说过。那位教师朋友说，见到好的女孩，我也有感情。要是有些交流，对方再提出要求，也不是不能……他和太太结婚半年多了，一次性生活没有。引得对方的姐姐都出场了。

大姨子问她,我妹妹怎么了,你冷着她?他说:这也不能怪我,她为什么不主动?大姨子差点把眼珠子瞪出来:你说什么?告诉你,我妹妹可是黄花闺女!这场架几乎吵到单位去。他说到这些事,苦笑着摇头。

这类朋友的理论是同性恋不妨碍男女之间的感情,甚至不妨碍性生活。但是女孩要非常非常之好。这种理论我不大相信。第一,纯属假设,没有实例支持。第二,上哪儿去找那么好的女孩?找到了人家也未必爱你。我听说和见到的实例全是同性恋夫妇感情不好。

大野马说,他有过女朋友,感情生活很协调,性生活也协调,也没吵过架,也没红过脸,和和气气地散了。以后再有这样的女孩,也不是不能考虑。当然,要是同时有同性的朋友,就不考虑了。

这位朋友自己也说,他和别人不同。他属于双性恋的范畴。

光夫经常和同性朋友吹,这方面他很有办法。他把那些纠缠不休的追求者带到社会上去,当着他们的面和别人调情做爱,那些人就受不了啦。当然也不会痛痛快快地吹掉,还要经过一个痛苦的过程。有威胁的:我把你的事告诉你们单位!告诉你女朋友!告诉你们家!但是光夫不怕。没人能干这么坏的事。还有责备的:你怎么能干这样的事?你怎能这么淫乱?卿本佳人,奈何做贼!光夫说:乌鸦落在猪背上,谁也别说谁了。有哀求的:弟弟,回来吧,我等着你。这倒引起光夫的一点忧虑:他想起自己的亲弟弟来。

这小子才十八岁，满嘴都是性交、射精之类的名词，当着老人也全不避讳。这都是从书上看的。一方面光夫在给我们提供写书的材料方面不遗余力，一方面他也怕这书写出来，教他弟弟看到会不会也学成一个同性恋。至于别人叫他弟弟，他倒无动于衷。

我和光夫说，书不会教人做什么。教人做坏事的是人。好书在坏人手里，也能成为作恶的工具。同性恋是怎么一回事，我们不做价值判断。我们要做的事主要是留下一份记录。我们倒是不希望孩子们看到这样的书，可是这样的书还是要有。

光夫和小蔡没有吵闹就吹了。小蔡比光夫小，而且是光夫教会的。他们在一个单位工作。光夫记得有一天中午，小蔡羞羞答答地对他说：没买到。光夫说：什么没买到？鱼。光夫喜欢吃鱼，叫小蔡去打饭，总是有鱼吃。有一天没有买到，小蔡就觉得犯了错误。

光夫说，他不想和男人同居，但是小蔡是一个例外。后来小蔡问光夫，老爸老妈催着结婚，怎么办。光夫劝他结婚。结了婚他很不幸福，要光夫每年他生日那天都来和他共寝，用小蔡自己的话来说，他每年就为这一天活着。

光夫说，他总要到社会上去，就是有小蔡、小丽这样的朋友，他也不能不去。我们访问的每一个同字号朋友，都是这么说到社会。大家都有一点人在江湖身不由己的感觉。

有一天我们接待了这么一个朋友，瘦高个儿，脸上有些粉刺，穿蓝西服，打红领带，嘻嘻哈哈地谈了很多，然后留下地址和电话走了。事后再打电话，没这个号，找这个地址，也没这个人。再找介绍的朋友，人家说不熟，只是在社会上偶然认识。所以这位朋友提供的材料，我们也不大敢用。其实他谈的材料最为丰富。还广引博征，谈到了弗洛伊德和荣格。撇去那些惊人的说法，我觉得他的下列叙述是可信的：

"对我来说，社会就是待闷了，找朋友聊聊天。见的人多了，没准哪天就用上。这条线上的朋友有义气，为朋友两肋插刀。"

他还说，喜欢夏天，不喜欢冬天，因为冬天太冷，"在那儿冻得几几缩缩的，又害怕，又哆嗦，就聊几句天，挺没劲的"。这和别的朋友说的不一样。他们是全天候，而且越冷热情越高。据光夫说，天越冷，人的性欲越高涨。这说法对不对，还要有医学上的证据。

但是这条线上的朋友有义气，似乎不要再找什么证据了。大野马说，有一次他一个朋友被联防逮住了，他冒了极大的风险，跟到派出所，磕头作揖，全凭一张嘴，就把人领了出来。中间几乎连他也被扣下。说起来这也是个一般朋友，连真名都不知道的。像这样的事，还算不了什么为朋友两肋插刀。还有甚于此者。至于帮着找工作、找路子，都是一般的事。我有点怀疑这位打红领带的朋友是不是真的同性恋，也许他就是为了多几个朋友多几条路才到社会上去的吧。

偶尔也有尔虞我诈的事。大野马有一次把社会上认识的朋友带回家过夜。第二天下雨,他还把雨衣借给那人。人走了以后才发现,抽屉里的钱不见了很多。不管怎么说,没有全拿走,这比一般的贼好多了。大野马还说,要是开口来借,他也会借给。这么不告而取,实在显得不够场面。

光夫说,他要到社会上去,还为了要了解社会上发生的事。一段时间不去,就有落伍之感。比方说,又有什么人"出来了",又有什么事发生,要是不到社会上去,就不知道。这个说法很抽象,叫人不明白。开头我是这么理解的,作为一个知识分子,需要站在自己专业领域知识的前列。比如一位医生,必然要花大量的时间去看医科杂志。一位工程师,必然要花大量的时间去看本专业的杂志。这都是出于敬业的精神。光夫到社会上去,也是出于敬业?也许他觉得自己必须站在同性恋知识的前列?我这么一问,他倒是目瞪口呆。后来他说,他原本不是这个意思,经我一提醒,倒觉得有一点。有一次听人说,煤矿工人里干这个的特多,就巴巴地跑到门头沟去。还有一次听说,某浴池里很多,跑去一看,是些得了脏病的二道贩子,仗着有几个钱,在弄不懂事的小男孩。光夫对此极为气愤。

亚运会期间,据说有些人在厕所里写出口号,"冲出亚洲,走向世界"。光夫对此也有些不满。他说这些人真不知好歹。上面不来找你的麻烦就够好的了，你还去招惹别人。这些都是伦理问题，他对伦理问题有兴趣。

纯技术问题他也有兴趣。据他说，大家的做爱方式都是公开的。要是谁和谁好了，你去问问，"你们怎么做爱呀"，一般都肯谈。就是不肯谈，也不会怪你无理。我告诉他，我们异性恋者鼠肚鸡肠，一般不爱谈这个问题。当然，我不能代表异性恋，这么说主要是要堵光夫的嘴，怕他问我们夫妇之间的事。我们之间太一般了，实在乏善可陈。

光夫说，他们在社会上聊，主要目的还不是这些。主要的目的不是要知道那些事，而是要知道那些人。当然，要知道人，首先要知道事。比如光知道有个小结核是不够的，还要知道他是语录牌下的小结核；光知道有个莲莲是不够的，还要知道他很漂亮、黑牡丹发胖了、白牡丹长了牛皮癣、山口百惠出国了，等等七零八碎的事。我问他，知道这些有好处吗？他说不出好处来。但是他说，想知道啊。

对这些事有兴趣的都是年轻人。中年人也想知道，但不是这些事。有位朋友自费去了英国，和当地的同字号朋友交流。他还自费到了各大城市，甚至宣化、大同一类的小城，到处找朋友聊天。有位岁数更大的朋友写了论文，想找地方发一发，和别的同字号朋友商榷。他说，我要讲一讲我知道的，也想听别人说说。

有些朋友不喜欢谈论这些事。有一位被我们撞上的说道：这不是什么好事，没必要张扬。他还说，他看不上社会上的人，觉得他们没羞耻。至于他自己，只盼有一天发明了一种药，打了就不再想搞同性恋。他还说，寂寞得很。

光夫说，假如老不到社会上去，他也要感到寂寞。他说，他不但要有人爱，能爱上别人，还要知道别人也在爱。今天知道了有个小结核，明天也许就和小结核认识，爱上了他。心里抱有这样的希望，日子好过一些。

大野马说，同性恋的爱情不能长久。一年就是同性恋的金婚，半年就是银婚。年轻的时候，心里有个盼望，想有一个自己所爱的人长相厮守，岁数越大越觉得这愿望虚无缥缈。他说这也许是因为，我们都是男人。他说他很想做变性手术。假如变成女人，就能和男人在一起，别人也不会说什么。我看这哥们儿还是不变好，他当男人比女人好看得多。

大野马想当女人，别人说他这种想法一点不典型。他们说，当男人很好。还说大野马大概有病。但是同性恋的恋爱不长久，却是公认的事。老和一个人待在一起，主要的问题还不是怕人说。

对于光夫来说，社会是一个更永久的情人。无论小结核、小丽都不能取代。

如果有人问光夫,你爱我吗,一般他总是这么回答:我连我自己都不爱,还能爱谁。你要跟我好,我就跟你好,不好了就拉倒,废话少说。社会上的事就是这样的,社会上人很多。根据光夫的说法,老年人有老年人的风度,中年人有中年人的性感,年轻人有年轻人的活力,不像异性恋那么狭隘。你对谁好都行,别人对你一般也不坏。根据这些说法,我觉得同性恋的感情和异性恋的区别,在于它有很大兄弟感情的成分。用英文来说,叫做brotherhood。

我们访问的人,对母亲都有比父亲更好的感情。弗洛伊德说,同性恋和恋母情结有点关系。这话有点道理。我们访问的人和女性的交往都没有困难,有一些人还说,他们有话更乐意和女孩说,因为女孩听男孩说话很认真。

我访问了一个上高二的男生,他已经有了五年同性恋经历。近半年又在社会上找朋友,和各种人都搞过。我问他还准不准备找女朋友,他说现在太小,不敢。他还说,女朋友是很神圣的概念。但是他一点也不觉得女孩可爱。

别人也说到过,过去有过女性圣洁的想法。有人说,过去他们觉得女性高不可攀,但到了可攀的时候,他们又没了兴致。相反,和男孩在一起很随便。随便的结果是同性恋。有个孩子这样概括同性的感情:就像和自己在一起一样的。这件事很轻松,像兄弟之间的感情，在家庭里也是最轻松的。

光夫觉得社会是更永久的情人，也许是因为它总在那里。不管什么时候，到那里都可以找个人说说。除了谈心，还可以干别的事。所以社会上的人总在变，而社会的性质不变。永远忠心耿耿，永远关心，永远在爱。社会上永远有新人出现，像小丽那样的新人，还没有被同性恋的痛苦压倒的新人，还在渴望真正的爱的新人。和他们相遇，永远是真正的幸福。

如果有人问我，什么叫同性恋的痛苦，我没有这方面的体验，只好辩证地回答。正如 G.格林说过的那样，有痛苦才能有幸福。首先要渴，才有饮的快乐。假如你说，同性恋根本不快乐，但是也不痛苦，那么就不知他们在干什么了。

光夫说，他不能长久只爱一个人。台湾一位作家说，同性恋归根结底还是自恋。假如他这话有几分经历做依据，我们就可以说，他所爱的，无非是他自己的影子。终归影子不是自己，所以最后还是不满意。而一个人只爱自己又太寂寞了。所以光夫说，我连我自己都不爱，还能爱谁。

光夫说，他在北京有两千人见了面能打起招呼。这都是同字号的朋友。他还说，见面熟的人大概有一万。有这么多的人还不够。不管怎么说，还是孤单得很。大家不知道有同性恋，这是件好事。

就以光夫来说，起码是不希望他弟弟知道世界上有同性恋这回事。但是没人知道也不快乐。

另一位朋友说，有一次在浴室听见谈同性恋的问题。有人说听说有同性恋这种事，另一位说：什么同性恋，那都是外国大阔佬们的事，穷光蛋玩不起这种高级享受。这和奔驰车一样，都是洋玩艺。那艾滋病，也不是谁想得就得了的，要看你有没有这福分。他说，听见这样的话，连哑巴也要急出话来。但是真要开口，又不知说点什么。

《黄金时代》故事梗概

主要人物：知青王二、女医生陈清扬

一

时间：七十年代初
地点：云南西部某农场

1

红土山坡上一个村子，一簇草顶的房屋，这里是农场的十五队。旱季的上午，王二走进医务所（一间土坯房），请陈清扬给他看腰疼病。当时村里多数人都下地了，周围很静。王二叙说了病情,就趴在竹板床上,让陈清扬给他打针。打完后他走出医务所,回到山下十四队——从始至终,两人没说几句话。回到自己房里,过了不久,陈清扬从山上追了下来,告诉他说,她不是个破鞋:她是个离了婚的女人,别人说她是破鞋,但她不是的。王二听完了说,人家说你是破鞋,你就是个破鞋,在这方面没什么道理可讲。然后陈清扬要回山上去,王二送她出去。路上遇见一只瞎了一只眼的狗。在村口王二站住,目送陈清扬走上山道。

整个故事的背景用旁白来交待:

一、陈清扬被叫做破鞋,是因为她离了婚,又很漂亮。

二、找她看病的男人都没有病,是来看破鞋的。

三、王二是唯一真有病的人。所以陈清扬希望他相信自己不是破鞋,但他偏让她失望,这说明他也不是个好东西。

送完了陈清扬,王二回自己房间,路上又遇上那只独眼狗。这只狗的眼睛是别人打瞎的,队长却赖在了王二的身上。然后他又遇上了队长,后者问他为什么没上工,他说他请了假看病,刚刚回来。队长叫他下地去,他就回到自己房子里,拿了下地穿的棕皮蓑衣,把气枪裹在里面,走出村去。那只狗跟着他——在村外他向狗射击,把狗打跑了。然后他朝山上走,看到前面远处陈清扬的身影。他和陈清扬就此认识了。

2

王二在河边放牛,倒在草地上睡着了,醒来时发现自己赤裸裸躺在阳光下,周身被阳光灼上,就跳到河里去。然后他从牛群中走过,走向一条小河岔。有两个傣族小孩从里面打了出来——他们在河沟戽鱼,坝倒了,鱼也没了。这件事使王二很失望,因为他请陈清扬晚上来吃鱼,作倾心之谈。他和两个孩子把牛群赶了回去,就到了晚上。等到月亮出来以后,王二从村里出来,走到河边水泵房,在里面点起了汽灯。随后,陈清扬到来,在门外问他鱼在哪里——两人争执了几句,陈清扬还是进来了,但心情不好。王二讲起了伟大友谊,使陈清扬很感动。然后他又拐弯抹角地挑逗她,此时她又不便发火。最后,当王二开始动手动脚时,陈清扬说,不在这里,到山上去。

3

晚上,王二和陈清扬走到十五队外面分手。王二爬上了村外的山头,坐在草地上吸烟,等她到来。正在他怀疑她要涮他时,她来了。他们俩开始做这件事——王二没有经验,陈清扬也不教他,她冷冷地说:你知不知道自己在做什么?王二说,当然知道。但要请陈清扬躺过来,就着亮儿研究一下她的结构。陈清扬给了

341

他一个大耳光。王二拿起衣服就走。

4

那天晚上王二并没有走掉，陈清扬以伟大友谊的名义叫住他，安慰了他几句，还邀他晚上再来。此时天色已亮，王下山去放牛。他心情很坏，和别人打了起来。在斗殴中王占了便宜，赶着牛群走了。晚上回来时，队长让他为打架的事到会上做检查。王起初不干，后来又答应了——他想尽早脱身，到山上去找陈清扬。但在会场上他又和老乡吵了起来，挨了一下打，倒在了地上，情况似乎很严重。有人建议叫陈清扬来看看他。

二

时间：同上
地点：农场附近的荒山中

1

王二在医院里，回忆起当夜的情形：陈清扬从山上跑下来，心情激动，当着很多人安慰王二说，假如他瘫掉，她要照顾他一辈子。后来到了医院里，照了 X 光，发现王伤势不重，陈又变得不热情，但她答应要来看他。王在医院里已经住了一周，陈还没有来。他就出了医院，来找陈，路经十四队时，回去打个照面；遇上了队长。后者让他回医院，又劝他去温泉疗养。原来上级要派人来检查下乡知青的待遇和处境，队长不想让他待在队里。弄明白以后，王二就勒索起来……

2

王二带着勒索来的食物去找陈，他想到山里住几天，邀陈同往。陈表现得不热情，不置可否。王独自进了山，过离群索居的生活，期待陈的到来。

王在深山里，逐渐到了物我两忘的境界。陈不期而至，和他做爱……并告诉她自己的经历。临走时说起王同队的知青们在找他：这些人打算借王被打作由头闹点事。陈劝他别参加。王也在犹豫。但最后他还是回去参加闹事，并把自己惹到了麻烦里。

3

王处于挨整的地位，在队里喂猪，并且受监视。农场的军代表跑到队里来，不停地恫吓、威胁他。原来军代表曾追陈未果，很嫉妒。王觉得生活苦闷，趁军代表某日不在，跑出来找陈。陈又表现得不热情。但在分手时，又塞给他一些钱，表示伟大友谊还在。王用这些钱在镇上买了一条猎枪，又托人带话给陈，说他晚上要在河边鸣枪。

4

傍晚时，王在河边放了一枪——双管齐放。他希望陈可以听见。军代表从此地经过，和王同路回队里，一路上喋喋不休，说陈王二人将有灾难临头。王虽不知将有什么样的灾难，但很受触动。当夜就收拾东西，要逃到山里去。途经十五队时去和陈告别，陈一定要和他同往。两人来到山中的小窝棚里，做起坏事来。陈十分热情。

三

时间：同上
地点：农场场部

1

王陈二人从队里逃走,过了半年多,又从山上下来,到农场自首,送到人保组接受审查,坐在保卫干部面前(背景由旁白交待)。保卫干部说,他们写的交待材料缺少细节。二人保持着沉默。当时正逢赶街的日子,有很多老百姓从门前经过。保卫干部也很想去赶街子,就跑到门前去,叫了一个大嫂进来,把陈反绑起来。然后把王也绑了起来,把二人背对背地拴在了一起,反锁了门,自己也去赶街。路过的人趴在窗口上看他们,就如看动物园的动物一样。王二不胜愤怒,但陈清扬镇定自若。这种镇定的态度使王二不胜诧异。对王二来说,陈清扬始终是一个谜。

2

王二的知青兄弟到窗口来慰问他,问他能帮什么忙,王二让对方快点走开;小孩子到窗口来看他们,王二开口就骂:他心情很坏。因为陈保持了镇定的情绪,所以觉得他很有趣。最后,保卫干部赶完了集,回来把他们放开。陈清扬还在问明天的日程,王二就气哼哼地跑掉了。

晚上,王二在住处继续写交待材料。他有抵触情绪,不愿交待细节,陈安慰他;告诉他说,犯了案子就要交待。于是他交待道——他们俩从队里跑掉,在窝棚附近开小片荒,中午时分,二人在地头休息。王二撩起陈清扬的衣襟,在她肚脐上一吻——他问陈清扬记不记得。陈清扬说记得,当时差一点爱上了他。于是他把此事写进了交待材料。但是上面对此事不感兴趣。

3

又一篇交待材料:王二和陈清扬迁居,夜间出发,黎明时宿营。在早晨的雾气里拥抱着取暖,做起那件事。当时有一只老水牛在一边看着,后来那头牛叫了一声跑掉了。这篇材料里有足够多的细节。上级表示满意,让他继续交待。

下一篇交待材料里说道他们到了山上一个独居的麻风病人那里,这是一个小山沟,虽然安全,但雾气更重。他们俩在雾气里开荒时,王二向陈清扬求欢,说要"敦敦伟大友谊",陈清扬问他是正着敦还是反着敦。王二把这件事写进了交待材料,上级让他解释什么叫做"郭郭伟大友谊"。他们就这样交待来,交待去;总也过不了关。后来,陈清扬对此厌倦了,自己写了一篇材料交上去,就过关了。王二不知道这篇材料里写的是什么。他很想知道。

四

时间：九十年代
地点：北京

1

时隔二十年，陈清扬在上海当医生，到北京来开会，在庙会上和王二不期而遇。两人决定重叙旧情，跑到饭店里开房间，因为男女同宿，饭店要求出示证件，陈清扬取出了七十年代的结婚证。这使王二很惭愧地想了起来，他们曾是夫妻，他把这一点都忘掉了。原来当年他们俩过了关以后，就登了记；因此有这张证件。然后，在房间里，两个人隔着很远坐着。有一种陌生的气氛。

陈清扬说到她还保留着当年交待材料的副本，说这些材料写得很有文采。由此又涉入写这些材料的内容。他们在山上住了很久，有一次想要去赶街。为此就化装起来，作当地人的装束。陈清扬扮作傣族姑娘，穿上了筒裙。因为没有穿惯，走起来很困难。走到沟沟坎坎就过不去，让王二背她。就这样走到街上，遇上了熟人。对方告诉他们，整他们的军代表已经调走了。这就成为两人回到农场的契机。

2

陈王二人在写交待材料,因为过不了关,受到阶级敌人的待遇:白天在砖窑出砖,晚上随宣传队出动,和很多问题分子一样蹲在后台,等着被宣传队员押到台上去。陈清扬准备了一双破鞋,轮到他们时,就挂在自己的脖子上……这些回忆使陈王二人在饭店里变得亲近了,并且睡到了同一张床上。陈清扬不胜自豪地回忆道,她是当地斗过的破鞋中最漂亮的一个。

再后来,陈清扬自己写了一篇交待材料交上去,他们就过关了。过关以后,两人结了婚,马上又离婚,然后各自东西。王二很想知道陈写了些什么,陈说到分手的时候告诉他。

3

第二天早上,王二送陈清扬上车站。陈清扬说,那篇交待材料写的是在山上最后一天的事情。那一天他们从街子上回来,走在深山里。道路泥泞——在一段坡道上,王二扛着陈清扬往山上爬,忽然脚下滑动了。王用手里的枪支住地,奋力支撑住;此时陈又在他肩上乱动,要下来,情况十分危险……

在火车站上,王与陈说起当时的情景:等到缓过来,王就打了陈清扬的屁股,陈安静下来了。陈清扬说,这就是她交待的内容。

这篇交待材料使保卫干部看了面红耳赤,要她重写,但她坚持说,这是实际情况,人家只好把它装进了档案袋。

火车将要开动时,陈清扬说出了那篇交待材料的关键:在王二打了她以后,她爱上了王二。然后,火车开动,载着陈清扬远去。此后二人再没有见过面。

＊此篇为作者为拍电影所写的故事梗概。

《东宫·西宫》的补充
——形体与感觉

原剧本 1-4

一、小史收到了阿兰寄来的书。他摩挲那本书的封面,又开手指,手指微屈,用指尖轻触封面上的字。而这种手势原来是阿兰所独有的。过去,阿兰曾经用这种手法轻触小史的胸膛,因此,这种手势是小史最难忘的。

二、那本书的封面是紫色的(同性恋色)。

三、阿兰坐在长椅上。他把右手放在长椅上,做着同一手势,轻轻摩挲着长椅的板条。

四、通过这些说明,赋予此手势以性的意义。此手势将在影片里多次出现。

主要的叙述角度应该是阿兰。一个爱情故事做一个单元来处理。他和小史的事实际上是第一个爱情故事,后来中断了,最后又重续,成为最后一个。每个爱情故事都有一种基调。和小史的爱情故事，基调就如那本书。

原剧本 5-8

阿兰的房间有一种设计出来的格调，有很鲜明的颜色对比。当他进入回忆，首先是进入了一幅静止的黑白画面。

一、在阿兰房间周围有一些白色的帷幕。有一束白纱从天花板上垂下来，在我看来，这是男性生殖器的象征，但是它应该有流水似的质感。阿兰在怀念小史时，走近那束白纱，用指端轻轻地触及它。后来，他又把它轻轻地握在手里。

二、在回忆（小史握住他的手腕，要给他戴上手铐）结束时，阿兰紧紧地攥住了那束白纱。

原剧本 9-12

阿兰抚摸小史，以他那种轻柔的手势，从手臂开始。而小史读他的书时，只浏览了目录就回到了封面上，他把书放在玻璃板上，同时，长久地端详自己的手臂，仿佛那只手还在他手臂上摩挲。

原剧本 11

阿兰说，是我把这一夜的浪漫情调破坏了。也许他应该说，他对自己不够忠诚。

原剧本 13-14

东宫的门口应当有牌子，男厕，W.C.，等等。但是它只是一间有隔板的房子。或者放上一个没有盖的木箱，作为便池的象征。因为真正的厕所实在是太脏了。

原剧本 15

阿兰蹲在派出所的地下，他伸出手来，同时摩挲着教授和民工的手臂。教授把手臂往前伸，在他腿上弹了两下（就如餐桌上感谢别人斟酒），而民工带着厌恶的表情，把手缩回去了。

教授离去时，阿兰对他做出了那个轻柔的手势。这使教授忘却了所受的屈辱，对阿兰做了一个吻的口形，然后出去。转瞬之间，他们的本来面目又暴露出来了。

原剧本 16-17

阿兰蹲在地下，受到警察们的嘲笑。此时他看到了起初的、模糊的幻象：初春的树、残雪等等。这个幻象后来发展成了女贼受辱的故事。这个故事有很重的水汽——女贼哈气成烟，衙役赤裸的身躯也在冒热气，这种冷和热的对比，是受羞辱、受摧残的象征。

原剧本 19

阿兰说，同性恋是他生活的主题，这就意味着爱一个男人和被一个男人所爱，就是他此生期待的成就。

原剧本 20

阿兰和小史对坐的场面变成了一张陈旧的黑白相片，旁白……

原剧本 21

阿兰待在他那间房子里，地板上有一摊狼藉的蜡迹。在那个地方，有一支红色的蜡烛烧尽了，留下了类似花朵、肉冻似的痕迹，后来，在红蜡的中央又燃尽了一支白色的蜡烛，于是红白相间的蜡就留在了地板上。整个画面看起来叫人多少有点恶心，但又带有肉感的含义。阿兰把手指放到了蜡迹上。

原剧本 26

公共汽车弹动手指，姿势和阿兰抚摸别人的手势很相像。此后，公共汽车在囚车门口的景象又缩成了一幅黑白的图像，旁白……

原剧本 28

公共汽车去打苍蝇，就在此时，画面静止，成为黑白。

原剧本 29

阿兰与公共汽车做爱,这是重要的一节。对于阿兰来说,这是对自己的不忠。因为他不仅是同性恋者,也属于受羞辱受摧残的一类。然而,他抵挡不住公共汽车的诱惑。因而,在做爱时,他表现出了痛苦的神情,而公共汽车则镇定如常。

原剧本 30

阿兰说到自己的贱是天生的,把手放到了那团混合了的蜡上。

阿兰儿时的回忆,结束在一幅静物上:一副手铐和一支警棍放在一起,闪烁着金属的光辉,整个色调是灰暗的。

原剧本 31-32

第一个爱情故事。

坦白自己的爱情和隐私——受羞辱,受摧残。阿兰和姓马的同学都有不自然的成分,臊得慌。

阿兰在冥冥中看到那个女囚,被反锁着双手在河堤上行走。

原剧本 33-35

第二个爱情故事对阿兰来说,主要说明了他自己像孤魂野鬼一样在世上飘荡。应该有种痛不欲生的气氛。

原剧本 36

第三个爱情故事。内涵复杂。阿兰有种自爱自怜的感觉,后来完全地动情了。

核心在于小学教师饱受摧残的大手。这双手看起来很粗暴。

点菜的时候,菜单握在他的大手里。

晚上在卧室里,他说"你对我做什么都行"时,俯卧着,那双大手放在头顶上。后来,阿兰说"你对我做什么都行"时,那双大手又顺着阿兰的腰肋抚摸下去。在做爱时,阿兰亲吻那双手。后来,他又把那双大手放到下身,快乐地呻吟——我想象这一幕里,阿兰像拜脚狂一样崇拜那双手。所以可以插入这样的场面,这双大手插入一堆白亮的绸缎之中,揉搓,撕裂。

原剧本 37

第四个爱情故事,无声无语,但极度温柔。整件事发生在雨天里。和刘的故事要大大简化——首先是他和刘在一个公共场所见面,然后就和他一道出去,来到一个旅馆里,脱掉衣服走到卫生间里,在淋浴的喷头下做爱。刘是一个外地来的旅客吧。阿兰把手张开在瓷砖墙上,脸迎着喷头,呻吟,直至喷头里的水停掉。

原剧本 38

衙役把女贼锁在家里,这里有一面石墙,女贼坐在地下,衙役把她的双手分锁在两个铁环上。后来,他又用双手捧起了她的脸。此时女贼的脸上漫无表情——假如有表情的话,就不成立为受屈辱、受摧残。

原剧本 39

在讲述第五个爱情故事时,阿兰从极度的羞怯逐步转为狂热(或者说上劲)。最后他转为坚定。这种坚定看上去像是冷漠,因为他对自己会有什么结果已经无动于衷。

原剧本 42

阿兰待在那间挂满白色帷幕的房子里,长篇大论,说"它"常常是灰色的,皱巴巴、毫无光彩,就像生活一样。但是后来伸展开,带上了晚霞的颜色,或者说,像成熟的苹果一样,表面有一层透明的膜,光彩照人。然后又忽然打住了。

读周建《没有极限的科学——关于相对论三大实验验证的历史反思》文稿的眉批

请注意物理学家的工作态度。因为经典物理的完备，物理学家有一种对已有知识的崇拜，以天之骄子或上帝选民自居。经典物理的不完备妨碍他们享受自满自足的大快乐，是他们内心的痛苦。

我知道一个例子是这样的：古埃及的人因为生活在平原地方，很早就相信地球是圆的。古希腊的人则生活在多山地区，一直不相信地球是圆的——你又怎知老一辈物理学家反对狭义相对论不是出于生活在低速世界中人的偏见呢。

补充理论的出现本身就是有趣的事。实际上有渴望新理论的人，有希望保住旧理论的人。这是志趣的不同。

这两种观点似太过分。似乎涉及到世界是否需要解释的问题。所谓观念，就是对世界的解释吧？

也不能说完全有理。的确存在解释过度的问题。

我个人认为，没有任何解释的知识是不存在的。最起码这种知识我不会懂得。

客观地说，这些实验手段是太可怜了。但是从长远的观点来看，谁也不能说将来的人有什么做不到的事。也许有天，人类有可能像今天摆布电磁场一样来摆布引力场……将来人能做些什么谁也说不准。但我同意广义相对论比实验手段超前得太远一些了。

应该把实验受到的限制看作一时一事的事。从长远的观点看问题，任何理论都等待经验验证。

即使如你所述，一种理论难于验证和它本身不可验证是两回事，这是一定要分清的。有一种命题本身就不可验证，是所谓先验的命题，广义相对论不是这样。

图腾巫术不是这种东西。马林诺夫斯基（人类学家）有论述。

这类东西里包含了对自然的恐惧、无奈，有种感性的东西。

伪科学和科学是有区别的。伪科学包含了自欺欺人这种态度。诚实和虚伪是最本质的区别。

那个时期的人对科学和艺术不做区分，对知识和道德不做区分。这种态度在现代已经不可行了。

只记S-O型的转化似太简单，主观和客观不是简单一谈就清楚的。对人类只好发展这种最复杂的过程搞简单图示是最危险不过的了。

涉及到心灵（mind）的实质，不是常数可以概括的。

恐怕事情真的不像你说的这么简单。有一件最重要的事没有述及，就是科学本身是在不计利害（不谋好处）地追求实现真理，还是直接谋求人本身的利益。这是一个最根本的差异。从古希腊始，人有寻求知识如苏格拉底说知识等于美的说法，知识本身是目的，还是知识解决问题，目的在人的内心深处。这比主观些还是客观些带根本性。这不是实验可以验证的。

说科学是二元的，态度能是二元的吗？

我的观点是：人能够把追求知识本身看作目的，也就是古希腊文明的出现，这是带有一点偶然性的。整个人类从古希腊得益极多。

这个说法有些意思，但还带一点神学色彩。所谓宇宙的创造性是先验的命题。也许对科学家来说是个好的信仰，但属神学一类当无疑问。

我认为二维性把很多不同的说法混为一谈了。也可能是因为你把它拿到科学外去用所致。

起码有三类性质完全不同的事：

一、知识目的问题。

二、知识性质：先验还是经验？

三、科学是要解释，还是简单描述。

一是知识分子与匠人的区别；二是神学家与科学家的区别；三是马赫主义与非马赫主义的区别。它们无因果关系。知识分子不等于科学家，不等于马赫主义者。

科学是二元的？恐怕不止罢。对于科学的价值等于S-O，有个最简单的质疑。只要不违背经验，主观的解释可以无限增多，加入大批废话，这是否多元呢？冗余什么都不违背啊。

对于科学做主客观二元分析，在科学内部是可行的，但不可以外推到人类知识的全部领域。全体科学家都有求知的态度，他们是一个特殊人群。科学知识又是全部知识中的一个特殊的类。在科学内部，人们对知识有个主观的评价标准，这个标准和艺术全然不同。

这些东西互相排斥，怎能说是积累的呢？起码没有人相信数学美属于科学……它是属于艺术的。真善美同一的想法现代人早不信了。

讨论主观准则是困难的，还不如少提。

对希腊的这种认识是错误的。罗素说，西方智慧一切最好的东西都可以追溯到古希腊。

客观地说，亚里士多德学说、经典力学等，一度有种神圣的光轮。这是一般愚人加上去的。把这层光轮去了以后，大体还是个一般的科学理论。古人有分不清科学、神学、艺术界限的时候，现代人再分不清就该打了！

你好像忽略了一点，就是总有一种理论是最好的。科学上也有定评、公论一说。

这种阶段论的说法，也似有点过时。

我有点明白你想法的由来了。

假如针对同样的证据可以有无数理论，何以只有有限甚至只有一种理论为人接受哪？这些理论为何有高下之分呢？我倒不以为是个别科学家的理论有更大的魅力，就如艺术家表现出的那样。这就说得远了。

假设有 AB 两种理论，没有一种比另一种更对，如欲指出某种更好，就进入了价值而非艺术的论域。B 理论的拥护者最终会同意 A 理论更好，一般情况下不是被 A 的魅力折服，还是被说服的。价值的争论是伦理之争。伦理问题是可以讨论的，只要双方有共同的伦理基础。换言之，只要有双方都能接受的原则。艺术则不是这样的。

假如没有一种无条件求知的精神，科学是不会存在的。把宗教和哲学混同是不对的。这是很奇特的看法啊。请注意，科学也是一种文化，它自身也有超越现世人的目的，不是那么简单地为人服务的。一个人不可能直接了解它。

不能否认，人是可能有偏见的。迁就偏见不是合理的要求。

这段有关艺术的说明实在太可怕了。艺术的真谛在于"创新性"，凡是能被你这样明白地说出来的，都太简单太陈腐，丧失魅力。有魅力的东西永远是第一次出现。这就是说，艺术不接受简单说明。我总觉得以下想得太过离奇了。

把科学与艺术类比，犯了一个根本的错误：从根本上说，艺术家在做使人感动的工作，科学家做着使人信服的工作。诚然，科学家回顾自己的成就时会被感动，但这种感情是冗余的，有滥情之嫌。科学不会因一种理论使人感动就接受它。同理，艺术家的工作不论多么令人信服，只要使人反胃，勾不起人的兴致，也是失败的。

这个说法恰恰不对。十进制是人的偏见。

进化论的思想用在这里显得庸俗。

这个问题换个角度来说是这样的：既然观点有无限多种，就有如何服人的问题。科学家喜欢说自己的理论是真理，可以使人信服。其实服人的方式有以下几种：

一、使人信服——罗素曾指出，有理性的权威，涉及对错。

二、使人屈服——武力、权力，涉及利害。

三、使人折服——艺术的魅力。

除了这几种之外，还有一种说服别人的方法，这是因为大家都在追求好的知识，会同意这一种比另一种用起来方便，等等。总之，科学服人的手段，只能是说服，不是使人感动。只有好的理论能够成立，但好的理论不是"更崇高""更高层次"，而是因为它更合我们的心意。

我个人认为，在不违背已知证据的基础上，不同理论之争是种价值之争。也就是说，处于伦理的范畴。科学家有共同的伦理准则，就是无条件的求知，追求客观真理。对科学理论的评价，归根结底是在这个准则上的争议——这其中有很多细节我们并不知道。我倒不以为科学和艺术应该走向同一个方向。作为艺术家，我个人的全部努力都放在求新求异上，我自知这样子来干科学是完全不行的。科学家的伦理原则倒是个很有趣的问题。罗素说：不计成败利钝地追求客观真理。我认为人对客观真理是有感知力的，所以我绝不同意在科学问题上可以自由地来。

《红拂夜奔》第六章说明

本书这一部分受到了乔治·奥维尔的经典之作《一九八四》的影响。有人说,《一九八四》受到了摩尔爵士《乌托邦》的间接影响,假设如此,本书作者就是从这两本书内获得了益处。虽然本书是如此的粗陋,得到的有益影响又是如此令人遗憾的微不足道(这是因为本人的鲁钝),但是作者仍要在此表达对两位前辈大师的感激之忱。

《万寿寺》写作笔记

红绡

红绡是一个女人。她是个苗族人。总是披着头发走来走去。这是一个肤色黝黑的小姑娘。

薛嵩

薛嵩住在湖南的山上。他的营栅是长满了木耳的树干筑成的,树干下面堆满了虫子屎。

王小波自书简介

王小波，1952年生，北京人。在北京西郊大学区长大。1968年到云南插队，后来在山东转插，做过民办教师。1973年以后在北京街道当工人。1978年上大学，1982年中国人民大学理学学士，1986年美国匹兹堡大学文科硕士。1988年回国，曾在北京大学、人民大学工作。现为自由撰稿人。

作品：

《立新街甲一号与昆仑奴》，短篇小说，《收获》1993年3月

《夜行记》，短篇小说，《四川文学》1991年5月

《黄金时代》，第13届台湾《联合报》中篇小说奖

《王二风流史》，小说集，香港繁荣出版社，1992年

《我的阴阳两界》，中篇小说，《青年作家》1993年

《革命时期的爱情》，《花城》1994年3月

《未来世界》,第 16 届台湾《联合报》中篇小说奖

《黄金时代》,小说集,华夏出版社,1994 年

附录

王小波年谱简编

1952年　出生

5月13日,王小波出生于北京一个干部家庭。此时正值"三反"运动期间,家庭境况突发变故,这一突变对王小波的人生产生极大影响。他的名字"小波"就是这一事件的记录。

父亲王方名原籍四川省渠县,逻辑学家,中国人民大学教授。1935年参加中国共产党领导下的学生运动,不久赴延安,转战至山东。50年代初任教育部干部。1952年被错划为"阶级异己分子",1979年平反恢复党籍。母亲宋华为教育部干部,原籍山东省牟平县。

王小波在全家五个孩子中排行老四,在男孩中排行老二。他的许多小说中主人公取名"王二",或许并非偶然。大姐王小芹,二姐王征,兄王小平,弟王晨光。

1957年　五岁

父亲就逻辑学发表的系列文章引起较大反响。4月11日与周谷城等人一起受到毛泽东的接见。这件事对王小波的家庭状况、成长环境有一定影响。

1958年　六岁

"大跃进"运动给王小波留下深刻印象,其杂文、小说中可见一斑。

1959年　七岁

9月入北京市二龙路小学读书。

1964年　十二岁

小学五年级时一篇作文被选作范文,在学校中广播。王小波对于小学语文老师对他写作能力的欣赏印象颇深,这位老师可以说是他写作生涯中的第一位"伯乐"。

1965年　十三岁

9月入北京市二龙路中学读书。

1966年　十四岁

上初一时"文化大革命"开始,作家对这一运动的印象可以在《似水流年》等小说中看到。

1968 年　十六岁

在云南兵团劳动，并开始尝试写作。这段经历成为《黄金时代》的写作背景，也是处女作《地久天长》的灵感来源。

1971 年　十九岁

在母亲老家山东省牟平县青虎山插队，后做民办教师。一些早期作品如《战福》等就是以这段生活经历为背景写作的。

1973 年　二十一岁

在北京牛街教学仪器厂做工人。后在北京西城区半导体厂做工人。工人生活是《革命时期的爱情》等小说的写作背景。

1977 年　二十五岁

与在《光明日报》做编辑的李银河相识并恋爱。当时在王小波朋友圈中传阅的小说手稿《绿毛水怪》是二人相识的契机。

1978 年　二十六岁

参加高考，考取中国人民大学，就读于贸易经济系商品学专业。大学期间在《读书》杂志发表关于《老人与海》的书评。

1980年　二十八岁

1月21日与李银河结婚。同年在《丑小鸭》杂志发表处女作《地久天长》。

1982年　三十岁

大学毕业后,在中国人民大学一分校教书。教师生活是《三十而立》等小说的写作背景。开始写作历经十年才完成面世的成名作《黄金时代》。

1984年　三十二岁

赴妻子就读的美国匹兹堡大学,在东亚研究中心做研究生。

1986年　三十四岁

获硕士学位。开始写作以唐传奇为蓝本的仿古小说,继续修改《黄金时代》。其间得到他深为敬佩的老师许倬云的指点。在美留学期间,与妻子李银河驱车万里,游历了美国各地,并利用暑假游历了西欧诸国,这段经历在一些杂文和小说中可以看到。留学期间,父亲去世。

1988年　三十六岁

与妻子一道回国,任北京大学社会学所讲师。

1989年　三十七岁

9月出版第一部小说集《唐人秘传故事》,山东文艺出版社出版,原拟名《唐人故事》,"秘传"二字为编辑擅自添加,未征得作者同意。小说集包括五篇小说:《立新街甲一号与昆仑奴》《红线盗盒》《红拂夜奔》《夜行记》《舅舅情人》。

1991年　三十九岁

任中国人民大学会计系讲师。

小说《黄金时代》获第13届《联合报》文学奖中篇小说大奖,在《联合报》副刊连载,并在台湾出版发行。获奖感言《工作·使命·信心》发表于《联合报》1991年9月16日第24版。这次获奖对王小波的写作事业起了鼓励作用。

10月5日,《人民日报》海外版第4版报道了《黄金时代》获奖的消息。

1992年　四十岁

1月,与李银河合著的《他们的世界——中国男同性恋群落透视》由香港天地图书公司出版。

3月,《王二风流史》由香港繁荣出版社出版。收入三篇小说:《黄金时代》《三十而立》《似水流年》。

8月,《黄金年代》(由于编辑的疏忽,"时代"一词误印为"年代")由台湾联经出版事业公司出版。

9月,正式辞去教职,做自由撰稿人。此时至去世的近五年间,写作了他一生最主要的著作。

11月,与李银河合著的《他们的世界——中国男同性恋群落透视》由山西人民出版社出版。

12月,应导演张元之约,开始写作同性恋题材的电影剧本《东宫·西宫》。

1993年　四十一岁

写作完成并曾计划将《红拂夜奔》《寻找无双》和《革命时期的爱情》合编成《怀疑三部曲》,寻找出版机会。

1994年　四十二岁

7月,《黄金时代》由华夏出版社出版。收入五篇小说:《黄金时代》《三十而立》《似水流年》《革命时期的爱情》《我的阴阳两界》。

9月,王小波作品《黄金时代》研讨会在华夏出版社召开,著名文学评论家及记者近二十人与会。

1995年　四十三岁

5月,小说《未来世界》获第16届《联合报》文学奖中篇小说大奖。

7月,《未来世界》由台湾联经出版事业公司出版。

1996年　四十四岁
10月,妻子赴英国剑桥大学做访问学者。
11月,杂文集《思维的乐趣》由北岳文艺出版社出版。

1997年　四十五岁
4月11日,因心脏病突发辞世。
4月,妻子李银河发表悼文《浪漫骑士·行吟诗人·自由思想者——悼小波》。
4月,与张元合著的电影剧本《东宫·西宫》在阿根廷国际电影节上获得最佳编剧奖。同年,电影《东宫·西宫》入围戛纳电影节。
4月26日,王小波遗体告别仪式在北京八宝山公墓举行。
5月,《黄金时代》《白银时代》《青铜时代》由花城出版社出版,5月13日首发式于中国现代文学馆举行。
10月,《沉默的大多数——王小波杂文随笔全编》由中国青年出版社出版。
10月,《沉默的大多数》由香港明镜出版社出版。

1998年
2月,《地久天长——王小波小说剧本集》《黑铁时代——王小波早期作品及未竟稿集》由时代文艺出版社出版。

1999年

2月,《黄金时代》(上、下)、《白银时代》《青铜时代》(上、中、下)由台湾风云时代出版公司出版。

4月,《王小波文存》由中国青年出版社出版。

9月,《王小波文集》(四卷)由中国青年出版社出版。

图书在版编目（CIP）数据

黑铁时代／王小波著 .－北京：北京十月文艺出版社，2018.9（2024.4重印）
ISBN 978-7-5302-1851-8

Ⅰ.①黑… Ⅱ.①王… Ⅲ.①短篇小说－小说集－中国－当代 Ⅳ.①I247.7

中国版本图书馆CIP数据核字（2018）第150196号

黑铁时代
HEITIE SHIDAI
王小波 著

出	版	北京出版集团公司
		北京十月文艺出版社
地	址	北京北三环中路6号
邮	编	100120
网	址	www.bph.com.cn
发	行	新经典发行有限公司
		电话 (010)68423599
经	销	新华书店
印	刷	山东韵杰文化科技有限公司
版	次	2018年9月第1版
印	次	2024年4月第28次印刷
开	本	850毫米×1168毫米 1/32
印	张	12
字	数	218千字
书	号	ISBN 978-7-5302-1851-8
定	价	63.00元

质量监督电话 010-58572393
如有印装质量问题，由本社负责调换

版权所有，未经书面许可，不得转载、复制、翻印，违者必究。